中国民办高等教育组织变迁研究

——组织社会学的视角

姜 华 著

科学出版社

北 京

内 容 简 介

我国民办高等教育一直处于同现有体制的博弈之中，怎样把握民办高等教育的发展规律与路径，使它更好地成为我国高等教育的重要部分，是本书阐述的重点。本书共分十章，以大量的调查资料和数据及全国几十所民办高校办学实例为基础，对我国民办高等教育发展的组织变迁和制度创新进行了分析论证，并利用系统工程的方法解析了民办高等教育可持续发展的问题。

本书可供教育管理部门、有关教育科研单位及高校相关专业的师生参考。

图书在版编目（CIP）数据

中国民办高等教育组织变迁研究：组织社会学的视角/姜华著.
–北京：科学出版社，2011.5
ISBN 978-7-03-030748-4

Ⅰ.①中… Ⅱ.①姜… Ⅲ.①民办高校–研究–中国
Ⅳ.①G648.7

中国版本图书馆CIP数据核字（2011）第063390号

责任编辑：袁海滨　　　　　责任校对：侯沈生
责任印制：李延宝　　　　　封面设计：汤子海

科学出版社 出版

北京东黄城根北街 16 号
邮政编码：100717
http://www.sciencep.com

丹东印刷有限责任公司印刷
科学出版社发行　各地新华书店经销

*

2011 年 6 月第 一 版　　开本：850×1168　1/32
2011 年 6 月第一次印刷　　印张：10
印数：1-1 000　　　　　　　字数：254 000

定价：**39.00** 元

前　言

中国的私立大学在上个世纪初叶，已经成为近现代高等教育的一支重要力量。在 1952 年和 1953 年院系调整中，这些私立大学或并入他校，或改变校名，全部由国家接办改为公立。

改革开放之后，伴随着高考制度的恢复，中国私立高等教育在空白了 26 年之后，从 1978 年开始恢复，并称为民办高等教育。中国民办高等教育从恢复之后到今天一直处于快速的发展和激烈的变化状态。

民办高等教育从初期的高考辅导班、自学考试的助考机构、学历文凭考试试点学院直到今天的民办高职学院和独立学院，各个时期的组织形式不同，面临的困难和遭遇的问题也不同。民办高等教育一直处于同现有体制的博弈之中，民办高等教育也是在曲折和艰辛中逐步发展起来的。把握民办高等教育的发展规律与路径，总结民办高等教育发展的经验与教训，梳理民办高校内部和外部的矛盾与冲突，对于民办高等教育的可持续发展，对于民办高等教育政策的制定，是一项既具有理论意义又具有实践意义的工作。

纵观以往民办高等教育的研究，研究者主要来自于两个领域：一个领域是高等学校或研究部门中的研究者，他们多是具备了较充分的理论基础和严谨的研究方法，能够从理论上阐述民办高等教育中的问题，但是容易脱离民办高等教育管理的实践；另一个领域是民办高校的实践者，他们是民办高等教育第一线的研究者，触及到实践中的问题，能够有的放矢，但多是就事论事，难以上升到理论分析的层次。作为在民办高校工作多年，又重新回到大学做研究工作的我，希望能够对于民办高等教育发展中的核心问题进行一个全面的梳理，并能够系统对这些问题进行一个总体的分析。

从 2005 年开始，我调查了陕西省、北京市和辽宁省的几十所民办高校，收集了大量的问卷和基本数据，并做了几十次的访谈。根据这些资料，从我国民办高等教育发展的过去、现状和未来三个方面进行了研究，并试图从一个新的角度来研究民办高等教育的发展，这个角度就是纵向上的组织变迁分析、组织特性的实证分析和横向上的制度分析，本书就是这种研究的结晶。

本研究的第一部分首先以组织变迁为视角，对民办高等教育恢复后 32 年（1978－2009 年）发展过程进行了必要的梳理，对民办高等教育的发展历程做了重新划分，根据其组织形式的不同将民办高等教育划分为三个阶段，找出各个阶段组织变迁的特性，并提出本研究的问题。在对以往的研究作了综述之后，进行了研究的设计。

本研究的第二部分，从纵向的组织变迁的角度，对三个不同发展阶段的组织特性进行了深入分析，挖掘出各阶段民办高等教育组织变迁背后的深层次原因。

首先，运用文献分析、理论分析和案例分析的方法，对民办高等教育发展第一个阶段中的各种办学形式进行了研究，包括高考辅导班、高等函授教育和自学考试辅导机构。民办高等教育在发展的初期经历了多种多样的形式，这些形式的变化，既是外部制度环境变化所导致的，也是民办高等教育寻求合法性的结果。

其次，运用种群生态学理论，采用理论分析、比较分析和案例分析的方法，对民办高等教育发展的第二个阶段中民办专修学院的兴衰进行了探究，揭示出组织的依附性和独立性对组织变迁的影响，从民办高等教育的资源、环境和政策法规三个方面概括了影响组织变迁的诸多因素。

再次，运用新制度主义的理论，采用理论分析、案例分析和统计分析的方法，对民办高等教育发展的第三个阶段中民办高职学院的多样性和同形性进行了讨论。通过对民办高等教育组织同形三种机制的分析，得出结论：民办高等教育组织是在模仿机制和规范化机制下的同形，强制机制下是表象上的同形，实质上的多样。

本研究在金·卡麦隆关于高等学校组织效益研究的基础上，对民办高等教育组织的特性进行了实证分析。运用对陕西省13所高职学院问卷调查所收集到的数据，采用数理统计的方法，将民办高职院校按照办学层次、建校时间和是否有初期投入进行分类。经过研究发现，不同类型的民办高职院校，在事业化特征方面具有同形性，并趋同于高层次学校和公办高校；在企业化（经营）的特征方面具有多样性。在管理特征方面，不同类型的学校面临的大多数问题各不相同，但都存在着经费不足和管理人员素质不高的困境。

在进行了民办高等教育纵向的组织变迁分析和组织特征的实证分析之后，本研究的第三部分对民办高等教育进行了横向的制度分析。其中包括了现代民办大学制度的建立，民办高等教育的可持续发展和区域制度环境对民办高等教育的影响。

制度对于民办高等教育的发展是至关重要的，制度建设滞后、制度供给不足、制度规则不合理和不明确，直接影响了有志于民办高等教育的个人和团体的行为选择，这也是目前我国民办高等教育处于边缘、混乱境地的主要原因。本研究对民办大学的内部制度、中介制度和外部制度三个方面分别进行了研究，并得出结论。

民办高等教育的可持续发展，是摆在我们当前的重要问题，本研究在分析了民办高校的激励机制、同美国私立高等教育的发展比较和政府给予非营利性学校以财政援助之后，利用系统工程的方法分析了民办高等教育可持续发展的策略。

我国民办高等教育在30年的发展过程中呈现出区域性的不平衡状态，这种不平衡的状态主要是由制度环境的因素造成的，不同区域的制度环境，造成了不同地区民办高等教育发展的不同。因此研究区域制度环境对民办高等教育发展的影响至关重要，本研究以辽宁省和陕西省为例分析了区域制度环境同民办高等教育发展之间的关系。

通过对我国民办高等教育的纵向的组织变迁分析、组织特性的实证分析和横向的制度分析，本研究的主要结论如下：

1. 民办高校面临的主要问题是办学资金的短缺；
2. 制度建设是民办高等教育发展的首要因素；
3. 各类民办高等学校都要提高自主办学的能力；
4. 政府应为民办高校提供公平健康的外部环境；
5. 区域制度环境对于民办高等教育的影响较大。

姜 华

2007 年 7 月

于北京大学

目 录

第一部分：问题引出及研究设计

第二部分：民办高等教育的组织变迁

第三部分：民办高等教育的制度与发展

附　录

第一部分

问题引出及研究设计

第一章 我国民办高等教育组织的变迁及其问题

中国的私立大学始创于清末，经过民国时期的发展，逐渐成为近现代高等教育的一支重要力量。在 20 世纪 50 年代以前，根据办学者的不同性质，我国的私立大学分为两类：一类是中国人自己创办的私立大学；另一类是由外国传教士创办的私立大学（王红岩，2003：75）。到 1951 年底，全国接受外国津贴的高等学校共 21 所全部由政府接办，其中改为公立的 12 所，改由中国人民自己办理维持私立，政府给予补助的 9 所。在 1952 和 1953 年院系调整中，这些教会大学校名全部撤销，或并入他校，或改变校名，全部由国家接办改为公立（金忠明等，2003）。

从 1952 年到 1978 年，中国私立教育的历史空白了 26 年。在改革开放以后，私立教育才得以重新恢复，并被称为民办教育。从恢复以后到今天，民办教育尤其是民办高等教育一直处于不断的发展变化之中。

民办高等教育是从一开始的各种高考补习班、函授班、自学考试辅导班发展起来的，1993 年开始，国家试办学历文凭考试，于是就出现了学历文凭考试的助考机构，2004 年学历文凭考试制度的取消，使得大部分学历文凭考试的助考机构丧失了存在的合法性，无法获得足够的生源，进而濒临倒闭的边缘。少数发展得比较好的学历文凭考试机构逐渐转变为高等职业学院。一些优秀的民办学院经过多年的努力，质量不断提高、规模逐渐扩大，并获得了颁发大学本科文凭的资格。民办高等教育 30 多年的发展变化伴随着中国社会的巨大变化：中国经济十几年的持续高速发展，中国加入世界贸易组织、社会结构的巨大变化、城市化进程的加快、高等教育规模的扩大、高等教育从精英阶段跨入到大众化阶段等等，这些外界环境的变化对民办高等教育的发展有着深刻的影响。

外部环境的变化，使得民办高等教育一直在坎坷之中发展。在短短的 30 多年中，民办高等教育从无到有，从小到大，从弱到强，经历了多次震荡。从一开始的高考辅导班到今天的正规化的高等学校，经历了很多次的波折，其中部分民办高等学校也在发展之中夭折了。在 90 年代后期一些企业开始联合公办高校举办二级学院，后来转化为今天的独立学院，在短短的十几年时间内，独立学院获得了快速的发展，今天独立学院不论是学校数量还是在校生的数量都已经超过了普通的民办高校。

独立学院的出现使得普通民办高校凭空增加了一个强有力的竞争对手，有的民办高校业已奋斗了多年，才具备了颁发高职毕业证书的资格，而新出现的独立学院，在"出生"时就具备了颁发本科文凭的资格。

当普通民办高校刚刚过上好日子的时候，全国范围内又出现了大学生过剩、分配难的问题，使得民办高等教育遭遇了一个新的"寒冬"。

伴随着跨入 21 世纪的第十个年头，民办高等教育又遇到了新的问题，中国民办教育协会的统计数据显示，2001 年我国民办高等学校在校生人数只有 14.3 万人，但到了 2008 年迅猛增至 393 万人，短短几年间规模扩大 27.48 倍，而同期全国普通高等学校在校生总量只增长了 1.4 倍。在中国民办教育协会高等教育专业协会的成立大会上，民办教育的实践者们感到了来自各个方面的压力，中国青年报[①]以"学费贵工作难，民办高校遭遇史上最严重的'寒流'"为题目进行了报道：

规模急剧膨胀的同时，质量却没有相应提升，民办高校的影

---

① 学费贵工作难，民办高校遭遇史上最严重的"寒流"，中国青年报，2010 年 1 月 14 日

响力和吸引力甚至还不如以前，原因何在？一位与会专家一语中的："专业设置偏重文科且相互雷同的低成本扩张之路，把中国民办高校带入了水深火热的'红海'。"

据这位专家透露，由于文科类专业办学成本低，国内绝大多数民办高校的学科设置主要集中在外语、经济管理、旅游、会计等文科专业，以及个别应用性较广的学科领域。而这些专业恰恰是市场上最难找到工作的专业。以福建省为例，民办高校共设有100多个专业，90%是文科类专业。

学费贵过清华北大，学生生存能力比不上农民工。

同年代"出生"，同时姓"民"，为什么时至今日，民办高等教育与民营经济的社会地位有天壤之别？

"学生'进口'萎缩，'出口'受阻，民办高校遭遇了史上最严重的'寒流'。"日前，在中国民办教育协会高等教育专业委员会成立大会上，民办高校的董事长、校长们急切地请与会专家帮助寻找病灶，开具药方。

30多年民办高等教育发生了巨大的变化，从一开始艰难的"出生"，中间经过各种磨难，我国的民办高等教育在曲折中发展到了今天，已经具备了相当的实力，成为了高等教育的重要组成部分。但是到了今天，民办高等教育却遇到了更加艰巨的困难，下一步民办高等教育如何发展，国家的民办高等教育政策如何制定，都是悬而未决的问题，这些问题一直在困扰着政策的制定者和民办高等教育的实践者们，解决这些问题需要对民办高等教育的历史、现状和未来的发展进行深入细致的研究。

民办高等教育发展的30多年，从一开始的建立就呈现出多种多样的形式，在发展过程中又有各自的发展模式，不同的地区、不同的学校的发展模式各不相同，在一个地区适合的发展模式，在另外一个地区却不适合，各个地区的行政管理部门对于民办高等教育的态度也是各不相同，这些历史的、社会的、政治的、文化的因素交织到一起，需要我们在这些纷繁的头绪中理出思路，从复杂的表面现象中总结出规律，无论是在理论上还是在实践上都是一件有意义的工作。本研究对我国 30 多年的民办高等教育发展的历史进行梳理，将其发展的历程进行重新划分，根据各个发展阶段的组织特性，运用组织社会学的理论探究组织变迁的根源，研究建立我国民办大学制度的途径，分析区域制度环境对于民办高等教育可持续发展的影响，探索我国民办高等教育可持续发展的方向，为政府的教育主管部门和教育政策的制定者提供决策上的支持，为民办高等学校的实践者提供符合实际的帮助。

第一节　我国民办高等教育的发展过程

一、我国民办高等教育发展的大事记

我国民办高等教育恢复于 20 世纪 70 年代末期。1978 年，随着我国高考的恢复，在中国民间悄然兴起了各种文化补习班、职业培训班，标志着非公立的高中后教育机构开始建立，也标志着私立（民办）高等教育传统开始得以恢复。

1982 年，经北京市教委批准，改革开放后我国大陆的第一所民办大学——中华社会大学成立。此后，各类民办高等教育机构在全国各地不断涌现。虽然这些机构被称为民办大学，但其并不具备独立颁发文凭的资格，多数是作为自学考试的辅导机构存在，学校的规模较小，教室多是租用的，开设当时社会急需的财会、外国语、企业管理、计算机、旅游、广告、服装设计等专业，其教师也是从公办大学聘请的兼职教师，创办者多数是从大学退休的领导干部或者教师。

1993 年，国务院批准北京市 15 所民办高校作为首批学历文凭考试试点院校，之后在全国普遍展开。学历文凭考试使民办高等教育在普通高等教育和自学考试之间找到了第三条道路，此时虽然民办高等学校没有独立颁发毕业文凭的资格，但是毕竟可以自己开设和考核 1/3 的课程，有了一定的主动权，这项措施使得一大批民办高校迅速成长起来。

1994 年 2 月，河南黄河科技大学被国家教委批准为全国第一个实施高等学历教育的民办高校，1994 年底，有 6 所民办高校获得独立颁发文凭资格，到 1996 年，全国具有独立颁发学历资格的民办高校已经有 21 所，民办高校和民办高等教育机构在校生的规模超过了 100 万（孙宵兵，2003）。

1996 年陕西省率先出台地方性的《陕西省社会力量办学条例》，1997 年国务院颁布全国的《社会力量办学条例》，这是中国第一个民办教育的行政性法规。

《社会力量办学条例》的颁布实施，使民办教育有了长足的发展，但同时教育行政部门也开始对民办教育进行整顿，1998 年 5 月 1 日国家对民办高校开始启用办学许可证制度。

1999 年 7 月，经教育部和浙江省人民政府批准，浙江大学与杭州市政府和浙江邮电管理局合作创办了浙江大学城市学院。1999 年全国第三次教育工作会议召开之后，一些地方利用高校的教学资源吸引社会资金，进行了试办独立学院的大胆探索，拓展了我国民办教育发展的新空间（牟阳春，2004：5）。

经过 4 次审议，《民办教育促进法》在千呼万唤中终于在 2002 年底出台，这是第一次由全国人大牵头并审议通过的民办教育法规，也是第一次在法规上明确"促进"，标志着我国民办教育法律地位的确定。但是由于《民办教育促进法》是《教育法》的下位法，所以对于民办高等教育中最敏感的投资与回报问题没有做出明确的界定，而是提出了一个折中的"合理回报"概念，但是具体实施中如何界定"合理回报"的任务却落到了由国务院起草的《民办教育促进法实施条例》上。

2004 年 6 月 28 日，教育部下达了关于取消学历文凭考试的通知，7 月 2 日通过教育部考试中心网公诸于众。学历文凭考试的突然取消使得占总数近 1/3 的民办高校必须寻找新的出路：或者努力获得颁发学历文凭的资格，或者回到依附自学考试的老路，或者倒闭。

2010 年 2 月 28 日开始，《国家 2010 – 2020 年中长期教育改革和发展规划纲要》（征求意见稿）在教育部网站上发布，开始在全国范围内征求意见。在这个纲要中指出"民办教育是教育事业发展的重要增长点和促进教育改革的重要力量，各级政府要把发展民办教育作为重要的工作职责，鼓励出资办学，促进社会力量以独立举办、共同举办等多种形式兴办教育。支持民办学校创新体制机制和育人模式，提高质量，办出特色，办好一批高水平民办学校"。

民办高等教育发展到今天已经成为一个比较复杂的系统。在这个系统中既有个人或非政府机构建立的民办学院、中外合作学院和民办高等教育机构，又有由普通公办高校按新机制、新模式举办的本科层次的独立学院。

在世界高等教育发展史上，可能很难找出类似于中国民办高等教育能够在如此之短的时间内发生如此之巨变的实例了，用纽约州立大学奥伯尼分校利维（Levy，2004）的话说："中国的私立高等教育是最具有活力的。"

二、近十几年民办高等教育的变化

在我国的高等教育统计信息中，一开始并没有专门的民办高等教育条目。几十年来民办高等教育的数据统计比较凌乱，在一开始的统计中很多数据是混杂在其它的数据中，没有单独地分离出来，直到近几年才有了比较完整的统计信息。为了定量化地了解我国民办高等教育的发展变化情况，本研究综合了所能够收集到的文章、统计报告、蓝皮书和网络上的信息，按照民办高等教育机构、学历文凭考试试点高校、普通民办高校、独立学院和民办高校总计等条目，分别统计了学校的数量和在校生的数量，并以此数据为基准，进行后续的研究。

表1-1　近年来民办高等院校的发展情况统计表[①]

年份	民办高等教育机构		学历考试试点高校		普通民办高校		独立学院		民办高校总计	
	院校数/所	学生数/万人	院校数/所	学生数/万人	院校数/所	学生数/万人	院校数/所	学生数/万人	院校数/所	学生数/万人
1996	1020	103.2	89	5.14	21	1.2			1130	109.61
1997	938	109.6	157	9.40	20	1.6			1115	120.61
1998	900	—	300	—	25	2.2			1225	—
1999	870	92.6	370	25.8	37	4.0			1277	122.42
2000	815	68.5	467	29.7	43	6.8			1325	105.03
2001	766	80.9	436	32.11	89	14.0			1291	127.08
2002	703	53.1	448	31.12	131	32.0	—	—	1282	116.15
2003	668		440		173	81.0*	—	—	1277	181.4
2004	751	—	436		226	70.9	249	68.6	1415	245.08
2005	1077	109.15			252	105.17	295	107.46	1624	321.78
2006	994	93.9			278	133.79	318	146.7	1590	373.79
2007	906	87.34			297	163.07	318	186.62	1521	437.03
2008	866	90.2			318	188.0	322	213.3	1506	491.5

*注：该数据中已经包含独立学院的学生。

"—"线表示没有得到具体的数据，空格表示没有该年的数据。

---

① 注：本表格的数据是从以下材料中综合而成。

（1）占盛丽，钟宇平.2005.中国大陆高中生需求民办高等教育的实证研究[J].民办教育研究.（1）

(2)吴畏,徐长发,邹天幸.2002.民办教育的改革与发展[M].北京:教育科学出版社,43-44

(3)元华.2006."2000年我国民办教育情况最新统计数字"[EB/OL].http://www.jyb.com.cn/gb/2001/03/06/zy/zhxw/5.htm,04-06

(4)周满生.2006.中国百姓蓝皮书:教育发展最快的十年[EB/OL].http://www.edu.cn/20020716/3061661.shtml,04-06

(5)郭石明.民办高等教育:现状、问题与趋势[EB/OL].http://www.zjskw.gov.cn/sklweb/magazine/homepage200403.nsf/documentview/2004-06-17-08-C62C419D2BEF785448256EB600039C7C?OpenDocument

(6)教育部.2006."2003年全国教育事业发展统计公报"[EB/OL].http://www.edu.cn/20040527/3106677.shtml,04-06

(7)教育部.2006."2004年中国教育事业发展状况"[EB/OL].http://www.edu.cn/20050301/3129837.shtml,04-06

(8)教育部.2006."民办高校"[EB/OL].http://www.huaue.com/mb.htm,04-06

(9)教育部发展规划司.教育统计报告[EB/OL].http://www.ep-china.net/academia/private/Date.htm

(10)教育部.2010."2005年中国教育事业发展统计报告"[EB/OL].http://www.edu.cn/jiao_yu_fa_zhan_498/20060706/t20060706_187144.shtml.4-11

(11)教育部.2010"2006年中国教育事业发展统计报告"[EB/OL].http://www.edu.cn/jiao_yu_fa_zhan_498/20070608/t20070608_236759.shtml.4-11

(12)教育部.2010."2007年中国教育事业发展统计报告"[EB/OL].http://www.edu.cn/jiao_yu_fa_zhan_498/20080901/t20080901_321919.shtml.4-11

(13)教育部.2010."2008年中国教育事业发展统计报告"[EB/OL].http://www.edu.cn/jiao_yu_fa_zhan_498/20090720/t20090720_392038.shtml.4-11

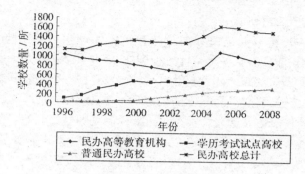

图1-1　民办高校的数量变化

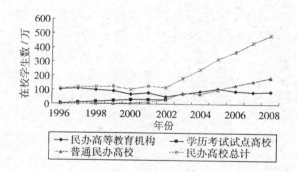

图1-2　民办高校学生数的变化

　　为了直观起见，将表格1-1中的民办高等教育机构、学历考试试点高校、普通民办高校和民办高校总计四个部分按照学校数量和在校生数量两个部分做出折线图。从图1-1和图1-2可以看出，普通民办高校的数量和学生人数一直在增加，截止到2008年，这类民办高校的数量已经达到318所，学生数量已经达到了188万人。公办大学按照新机制、新模式举办的本科层次的独立学院虽然才有几年的历史，但是其发展的势头非常快，到2008年无论是学校的数量还是在校学生的数量都已经超过了普通民办高校。截止到2008年全国有独立学院共计322所，在校生的数量为 213 万人。

从 1996 年开始，民办高等教育机构的学生数量一度减少，从 1996 年的 100 多万人一直减少到 2002 年的 53 万人，达到历史上的最低点。2004 年之后由于多数学历文凭考试试点院校停止招生，很多学校转为非学历的教育，2005 年民办高等教育机构的数量和招生数量又有较大的提高，但是随后又开始下降。

2004 年国家取消学历文凭考试试点以后，这些试点学院（统称为专修学院）中只有少数成为普通民办高职学院，多数都面临招生的困难，对于这些学院的情况我们可以通过以下的报道有一个初步的了解。

据江西省教育部门统计，目前江西各地已有 6 所民办学校没有学生，9 所民办学校不到 100 人，7 所民办学校不到 300 人，有关方面正在考虑取消这 22 所民办高等教育机构的办学资格①。

陕西省教育厅决定撤销西安唐都培训学院、陕西国际经济贸易培训学院、西安城市理工培训学院、陕西科技专修学院、陕西长城职业中等专业学校等 5 所学校。据了解，陕西省教育厅近期连续撤销不具备办学条件的民办学校和教育机构，加上被撤销的 19 所高校"自考班"，一个多月来被撤销的民办学校、教育机构数量已超过 40 所②。

2003 年辽宁省有民办高等教育机构 60 所，其中 28 所是学历文凭考试试点学院。国家取消学历文凭考试试点以后，原来的学历文凭试点学院有 3 所升格成为普通民办高职学院，剩余的民办专修学院中除了几个挂靠到公办大学的还能够招收到自考的学生以外，其余的学校已经基本上没有学生，濒临消亡了。

我国的民办高等教育是在逆境中破土而生的，在发展的过程中，经历了许许多多的磨难。一开始国家将民办高等教育定位于

---

① 中广网南昌 2005 年 4 月 30 日消息（记者蔡福津）
② 数据来自于中国自考网

"拾遗补缺"的位置，在公办高等教育的夹缝中得以生存，当民办高等教育刚刚开始蓬勃发展时，国家取消了学历文凭考试制度这个民办高等教育赖以发展的渠道，使得民办高等教育面临了又一个冬天，在国家颁布《民办教育促进法》之后，民办高等教育成为我国高等教育的"重要组成部分"。虽然近十年民办高等教育有了长足的发展，但是由于公办高校的扩招、毕业生就业的困难和民办高等学校的资金问题，使得民办高等教育又面临着新的困境。

最新起草的《国家中长期教育改革和发展规划纲要》中指出："民办教育是教育事业发展的重要增长点和促进教育改革的重要力量。"作为我国高等教育领域的新兴力量，民办高等教育在培养适应现代化建设人才，实现高等教育大众化的过程中发挥着越来越重要的作用。伴随着我国高等教育大众化进程的加速推进，民办高校站在了一个新的起点，面临新的挑战，未来十年是民办高等教育发展的重要战略机遇期。可持续发展战略对于民办高校是至关重要的，因此本研究从多种视角，对于我国民办高等教育的组织变迁和现代制度的建立以及可持续发展等问题进行研究。

本研究的主要样本来自于陕西省和辽宁省。

第二节　样本省份民办高等教育情况

本着就近与方便的原则，本研究选择了陕西省和辽宁省为获取研究样本的区域。这两个省的民办高等教育的历史和发展具有较强的代表性。

陕西省是我国民办高等教育发展最好的省份之一，从经济上讲，陕西省的经济实力并不强，2008 年陕西省的 GDP 和人均GDP 在全国都排名第 18 位。陕西省的民办高等学校的数量和规模位于全国的前列，在全国具有颁发本科文凭资格的 25 个民办学院中，陕西省占了 5 个。全国在校生超过万人的 10 个民办学院中，陕西省占了 6 个（丁祖诒，2001：57）。陕西省民办高等教育的发展状况引起了研究者的注意，被研究者们称为"陕西现象"。陕西省民办高职学院共计 15 所①，主要分布于西安市和咸阳市二个地区。本研究于 2006 年初对陕西省的民办高职学院做了调研，对其中 8 所学院的负责人进行了访谈，对其中 13 所学院的管理人员进行了问卷调查。

辽宁省是经济规模比较大的省，也是较早有民办高等教育和较早实施学历文凭考试试点的省份，辽宁省的民办高等教育发展不太均衡，普通民办高职学院的数量和规模较小，截止到 2008 年辽宁省共有民办高职学院 10 所，其中仅有的 1 所本科院校是由职工大学转制为民办高职学院的，辽宁省的民办高职学院主要分布在沈阳和大连两地。与普通民办高职学院发展缓慢相对应的是独立学院的发展比较好，辽宁省有 23 所独立学院，数量在全国名列前茅。本研究对辽宁省 9 所民办高职学院的负责人进行了访谈，搜集了全省民办高等教育的数据；对北京、陕西和辽宁的 16 所民办高职学院的举办方式、机构设置、运行模式和人员组成等情况进行了问卷调查。

一、陕西省民办高等教育的发展情况

陕西省最早的一所民办高校是培华女子大学，该校从其诞生起就拥有了独立颁发专科文凭的资格，政府还向学校派送了公办教师。

20 世纪 80 年代以后，陕西的一些公办院校离退休的教授开始创办民办大学，这些学校都是租用的场地，一般只有几个或十几个工作人员，教师也不是固定的，学校的发展主要是依靠学费的滚动积累。在这一时期，西安形成了多个在当时比较有名的民

---

① 根据 2004 年的数据，陕西省的民办高职学院共计 15 所，详见表 6-1。

办院校，如乡镇企业大学、秦英自修大学等，这些学校在当时的民办高等教育中处于显著的位置，民办院校的出现解决了高考落榜生对高等教育的需求，民办院校也得到了党和国家领导人的肯定，一些民办院校从一开始就拥有"大学"的头衔。

进入上世纪 90 年代，在小平同志南巡讲话精神的鼓舞下，陕西省的民办院校开始蓬勃发展起来。一些具有经营头脑的人开始投入于民办高校的发展之中，一些公办大学的教师，通过在民办大学中的兼课，对于民办高等教育有所了解，又不甘心在公办教育体系中干一辈子，毅然辞去了公职，全力以赴地投身到民办高等教育中。这些人的进入给民办高等教育带来了新的因素，也带来了发展转型的动机。注重硬件建设的学校很快就成为民办高校发展的新领头者，西安翻译学院的丁祖怡就是这批人的代表，这些民办学校或者购买郊区闲置的低价厂房改造成为校舍；或者依靠租赁农民的闲置的资产，急剧地扩大学校的规模；或者直接从银行获得贷款，当年建校、当年招生，很快实现了规模的扩张；或者依靠公办大学产业集团的投入资金，在建校的初期就建起了很好的校园。这样他们在硬件上走在了全国的民办学院的前列。

这些新兴起的民办高校在赢得市场之后也获得了社会的认可，学校的创办人也逐步成为各级人大代表或政协委员。这些学校在办学层次上也开始不断地升格，由开始以自学考试为主，变为学历文凭试点学院，接着逐步成为可以独立授予专科学历资格的院校。到了 2000 年以后，以 5 所万人高校为代表的新型的民办学院，已经形成了陕西省高等教育领域中很重要的力量。在综合民办学院蓬勃发展的同时，陕西还出现了几所非常有专业特色的民办学院，例如专攻中医美容专业的西安海棠职业学院、专攻汽车专业的西安汽车科技职业学院和专攻服装专业的陕西服装职业学院。

2004 年教育部出台了促进独立学院的发展，同时限制普通民办学院专升本，并压缩学制的文件，这些规定在一定程度挤压了民办高校的发展空间。陕西省的民办高校一度也开始积极探索同公办院校合作举办独立学院的可能性，同时这些学校也正在积极进行运作，以期望升格为本科院校，一举突破发展的瓶颈限制。在2005年，有5所90年代以后发展起来的万人民办高校晋升为本科院校，陕西省民办高校的整体格局发生了重大的变化。这些升格为本科院校的民办高校在民办高等教育中确定了自己的霸主地位，并开始从注重招生转向了注重教育质量等内在的发展。在本研究的调研中，了解到西京学院正在建设投资1000多万元的数控中心，西安汽车科技职业学院投入巨资购买国外各种型号的汽车供教学使用，欧亚学院有意识地逐渐减少计划外学生的数量，增加计划内的学生数量。民办学院的这种改变，说明了陕西省的民办院校已经开始从过去主要提供外语、管理、旅游、文秘等对教学设施要求较低的文科专业，开始转向那些国民经济急需的，对教学设施要求高的理工科专业了，并更加重视教学质量的提高。

二、辽宁省民办高等教育发展的情况

辽宁省的民办高等教育是从1982年的社会力量自学考试助学开始起步的。由辽宁省民主同盟创办的沈阳盛京大学是辽宁省的第一所民办大学，同时成立的还有东北工学院（现为东北大学）分院和大东港中日友好日语中专，这一阶段，辽宁省的民办教育基本上属于自发性发展，办学的主体大多数是离退休的教师、老干部个人或联合投资举办。这些民办学校没有大的资金投入，办学规模小，办学条件也差。

1992年以后，辽宁省的民办高等教育有了长足的发展，辽宁省是继北京以后第二个学历文凭考试试点的省份，1992年后辽宁科技专修学院、辽宁北方专修学院、辽宁中山专修学院等30余家民办专修学院相继通过审批，辽宁省专修学院的数量相对于其它省市是比较多的。

在公办大学开始扩招前，辽宁省的学历文凭考试学院的招生情况比较良好，高考的落榜生成为他们的主要生源，例如辽宁北方专修学院在校生最多时达到了 1000 多人。这个时期民办专修学院的毕业生也比较受用人单位的欢迎，例如沈阳盛京大学（后改名为盛京学院）的毕业生多数都被分配到了市区级的医院里，成为了医院里的医疗骨干。但是随着公办大学的扩招，这些学历文凭考试学院的招生越来越困难。这些学院多数没有自己独立的校舍和专职的师资，学校的规模也不大，同时还要同自学考试、电大、成人教育和网络教育争生源，学历文凭考试学院的规模逐渐开始萎缩。

据统计 2003 年 7 月辽宁省民办高校 60 所（不包括独立二级学院），这些学校中有 28 所是学历文凭考试学院，在校生总计 1 万多人，平均每个学校的在校生为 400 人，最多的大连翻译专修学院在校生 3000 多人，而最少的一所专修学院的在校生仅有 12 人。

与专修学院艰难发展相对应，一批具有投资意识的个人和企业迅速加入到了民办高等教育的行列，大连市得天独厚的自然条件吸引了这批办学者们创办民办学院，其中有个人投资举办的，有企业或学校投资举办的，还有公办的职工大学转制的。辽宁省具有独立颁发学历文凭资格的普通民办高校 10 所。这 10 所民办高校分布在沈阳、大连和锦州市，其中沈阳 2 所：辽宁北方广告职业学院和辽宁美术职业学院；大连 7 所：大连经贸职业学院、大连商务职业学院、大连艺术职业学院、大连翻译职业学院、大连软件职业学院、大连东软信息技术职业学院和大连枫叶职业技术学院；锦州 1 所：锦州商务职业学院。

辽宁省的民办高职学院有以下两个特点：其一是作为辽宁省省会的沈阳市仅有的两个民办高职院校，一个是广告学院，另一个是艺术设计学院，这两所学院都是依靠滚动积累发展起来的。

其二是大连的民办职业学院中，除了由公立的职业大学转制过来的大连经贸职业学院以外，其它的民办学院基本上是在办学的初期就有投资方参与办学，并很快就获得了独立颁发学历文凭的资格。

第三节　我国民办高等教育发展的阶段划分

一、前人对于中国民办高等教育发展的阶段划分

对于我国民办高等教育恢复以后发展的阶段划分，通常认为自 1978 年至今可分为三个阶段。由于不同的研究视角，对每个阶段的起止时间和特征描述并不一致。美国杨伯翰大学教育领导与基础系的 E. Vance Randall 和 Cheng Biao 将此分为：觉醒（1978 - 1987 年）；早期发展（1987 - 1991 年）；茁壮成长（1992 年至今）三个阶段（［美］杨伯翰大学教育领导与基础系统 E. Vance Randall & Cheng Biao，2000）。

有的学者认为从 1982 年到 1991 年是民办高等教育的恢复和试办阶段，其标志是 1982 年 3 月，由老革命家、老教育家范若愚、聂真和于陆琳创办的大陆第一所开放性大学"中华社会大学"（现名北京经贸职业学院）在北京成立；从 1992 年到 1996年是快速发展的阶段，其标志为 1992 年初邓小平的南巡讲话。邓小平在讲话中指出：不要再争论姓"资"姓"社"的问题，提出"发展才是硬道理"的论断，人们的思想禁锢才开始打破，民办高等教育进入了快速发展阶段；从 1997 年至今是规范发展的阶段，其标志为 1997 年 7 月国务院颁布的《社会力量办学条例》。该条例的适用范围为：企业事业组织，社会团体及其他社会组织和公民个人利用非国家财政性教育经费，面向社会举办学校及其他教育机构的活动（陈笃彬、吴端阳，2005：13；杜安国，2005：75）。

　　还有的学者认为我国新时期民办高校从多年销声匿迹到悄然兴起、从无章可循到有法可依的历史，其发展大体经历了三个阶段：1986 年之前为孕育、萌芽、初创阶段；1987 年至 1991 年为调整、规范、缓慢发展阶段；1992 年邓小平同志"南巡讲话"解决了"姓资姓社"问题后，民办高校进入了发展与繁荣阶段（潘懋元、韩延明，1999：20）。

　　文雯（2005：42）通过对中国民办高等教育合法性的分析，将我国民办高等教育从上世纪 70 年代至今的发展分为三个阶段：1976 – 1986 年复兴之初的合法性依附；1987 – 1998 年对合法性的主动建构；1999 年至今面临的合法性危机和对新的合法性诉求。并从合法性的法令到规范再到文化认知的三个层面，分析了我国民办高等教育发展中合法性的演变过程。

　　李泽彧和唐拥华（2005：31 – 32）通过对民办高等教育法规的研究，认为我国民办高等教育政策法规建设经历了三个阶段：1. 起步阶段（1978 – 1996 年），这一阶段，宪法规定了民办高等教育的合法地位，中央提出要建立以政府办学为主体、社会各界共同参与的办学体制，明确了在政策上对民办高等教育给予支持与鼓励，并提出了民办高等教育的管理方针；2. 发展阶段（1997 – 2001 年），这一阶段，国家在办学体制上继续进行改革，明确要建立以政府办学为主体、社会各界共同参与、公办学校和民办学校共同发展的办学体制，积极鼓励和支持社会力量依法举办高等学校，凡符合国家有关法律法规的办学形式，均可大胆试验；3. 初步确立阶段（2002 年至今），这一时期国家出台了《民办教育促进法》，这是我国关于民办教育的第一部国家法律，其后还出台了《民办教育促进法实施条例》，诸如产权归属、合理回报等一些在理论界长期争论、困扰民办高校办学多年的重大政策问题基本得到明确。

　　以上的阶段划分虽然以某一个方面的特征划分了我国民办高等教育的发展过程，但是并不能够说明民办高等教育组织的变化。对于中国民办高等教育发展的划分，如果以领导人的讲话和国家相关政策的颁布来划分，并不能够完全地反映我国民办高等教育组织的变化过程。我国的民办高等教育是一种典型的市场化产物，所以其发展的过程必然受到市场的影响，同时受到国家对于民办高等教育政策的影响，市场和国家的政策都是民办高等教育外部环境的重要组成部分。而以重要领导的讲话和法规的颁布来划分民办高等教育的阶段性则具有一定的局限性，这些讲话和法规的颁布对于民办高等教育的发展有的起到了一定的作用，有的并没有起到决定性的作用，所以用领导人的讲话和法规的颁布来对中国民办高等教育的发展进行划分虽然能够说明一定的问题，但是并不是很清晰。

合法性的划分能够说明我国民办高等教育发展过程中合法性的演变过程，但是对于组织形式的演变过程却难以把握，尤其是在我国的民办高等教育已经取得了合法性以后组织的演变更是无法把握的。以民办高等教育的法规的颁布作为标志来划分我国民办高等教育的发展过程，仅仅反映了法规的演变过程，法规的演变并不能够等同于组织的演变过程。因此，还是要从组织形式的演变过程来看民办高等教育的发展过程，尤其是要关注民办高等教育中重大的组织形式的演变。

二、以组织形式的演变划分民办高等教育发展过程

本研究认为对于我国民办高等教育的划分应该看其组织形式的变化，也就是说要看其种群特性发生了哪些根本性的变化，并关注该种群中大多数成员的组织状态，从制度性的标志、组织的合法性、组织的独立性和组织特性来划分我国民办高等教育的发展阶段，分析各个不同阶段中典型组织形式的演变过程，才能够找到民办高等教育发展不同阶段组织演变的深层次原因，寻找出我国民办高等教育可持续发展的路径，提出相应的政策建议。

虽然我国私立高等教育的历史较长，但是50年代私立（包

括教会）大学的转制，使得我国私立高等教育有了一个很长时间的断档，而在恢复以后的民办高等教育几乎同以前的私立高等教育没有任何关系了，因此本研究就从民办高等教育教育恢复以后开始。

根据组织形式的演变，我国民办高等教育恢复以后的发展可以划分为以下阶段，见下表：

表 1 - 2　我国民办高等教育发展的阶段划分

阶段划分	阶段名称	时间阶段	制度标志	组织的合法度	组织是否独立	组织特性
第一阶段	恢复发展阶段	1978 - 1992	自学考试的助考机构	依附性合法	不独立	合法性与不合法性
第二阶段	快速发展阶段	1993 - 2003	学历文凭试点（专修学院）	半依附合法	半独立	依附性与独立性
第三阶段	稳定发展阶段	2004 -	发展高职院校和独立学院	完整的合法	完全独立	多样性与同形性事业化与企业化

1977 年我国恢复了中断多年的高考，自 1978 年开始各种高考辅导班出现了，这就是民办高等教育的萌芽，因此本研究将 1978 年作为民办高等教育恢复之后的起点。民办高等教育起始的比较正式的标志是 1982 年中华社会大学的成立，有的研究也以此作为民办高等教育恢复后的起点。这个时期民办高等教育主要的组织形式是高考的辅导班和后来的自学考试的助考机构，组织的合法性是依附在由公办大学主考的自学考试，民办高等教育组织不具有独立性。

从 1993 年开始国家实行学历文凭考试制度，这个时期民办高等教育主要的组织形式是学历文凭考试学院，学历文凭考试是与自学考试相似的一种高等教育形式，是专门针对于民办院校的，与自学考试不同的是，学历文凭考试中 1/3 的课程考核由国家负责，1/3 课程的考核由省教育考试部门负责，剩余 1/3 的课程考核由民办学院负责。

从这个时期开始，民办高等教育开始有了半依附的合法性，也就是说民办高等教育还部分依附于国家和各个省组织的学历文凭考试上，民办高等教育组织具有半独立性，这个时期的民办高等教育的特性是依附性和独立性。

从 2004 年开始，国家取消了学历文凭考试的试点，发展比较好的专修学院升格到了职业学院，发展不好的则逐步走向了消亡，这个时期民办高等教育组织的主要形式是高职学院和独立学院，民办高等教育具有了完全的合法性和独立性，这个时期的民办高等教育的特性是多样性和同形性，并同时具有事业化和企业化的特征。

2004 年，国家教育部出台了《关于规范并加强普通高校以新机制和模式试办独立学院管理的若干意见》，正式确认了这种新型办学模式的合法性并给予了正式的名称"独立学院"，提出了"积极支持、规范管理"的原则。文件的发布使得独立学院有了飞快的发展，2004 年独立学院的在校生数量是 69.6 万人，到了 2005 年独立学院的学生数量就达到了 107.46 万人，超过了当年的民办高职学院的学生数量。

第四节　问题引出

民办高等教育是高等教育的一个组成部分，那么高等教育组织都有哪些特性？分析大学的组织特性可以从组织目标、组织结构和组织行为等方面进行。高等教育的组织目标具有多元性、模糊性、惰性、系统性、行为指向性和行为规范性等特征；高等学校组织机构的特性包含有矩阵性和松散性；高等学校组织行为也有其专门化特性和自主性等特性（张德祥、周润智，2002：96
–101）。以上这些特性是公办高等教育和民办高等教育所共有的，那么作为发展历史较短的民办高等教育组织都有那些特性？

民办高等教育恢复以后的 20 多年的历史，在每一个阶段中主要的组织形式一直在改变，那么在这些阶段中民办高等教育组织的特性是什么？各个阶段组织变迁的特性对于民办高等教育的发展有那些影响？民办高等教育组织变迁背后深层次的原因是什么？新的时期，为民办高等教育提出了新的挑战，也为民办高等教育的发展提供了新的机遇，如何建立现代的民办大学制度？民办高等教育如何实现可持续的发展？这些都是本研究需要回答的问题，也是我国民办高等教育急需解决的问题。

一、民办高等教育的合法性与不合法性

我国民办高等教育的恢复是同高考制度的恢复紧密相连的，对于上大学的渴望，催生出了民办高等教育最初的形式——高考辅导班。紧接着，由于当时大学的录取率极低，多数渴望学习的年轻人无法进入大学，为了满足这部人的学习要求，国家设立了自学考试制度，自学考试的辅导班如雨后春笋般地出现。为了使地处偏远地区的人们能够获得知识，出现了函授学院，这些函授学院后来多数都成为了普通民办高等学校。

这个时期的民办高等教育带有很强的对合法性的探求，由于这个时期还很少有具有颁发学历文凭资格的普通民办学院，所以生存和发展是首要的问题。这个时期在国家层面上还没有制定出相关的法律，各个省市和地区的相关政策和规定都不完善和不健全，民办高等教育处于一个相对比较自由的阶段，各种教育形式都涌现出来，有的经历了不断的演变，有的在较短暂的时间内就消失了。那么这个时期民办高等教育的合法性与不合法性对民办高等教育的发展起到了什么样的作用？

二、民办高等教育的依附性与独立性

从 1993 年开始，民办高等教育进入第二个发展阶段，其主

要的组织形式发生了改变,多数的自学考试的助学机构逐渐改变成为学历文凭的考试试点学院,民办高等教育机构终于有了自己特有的颁发学历文凭的资格,虽然这种资格不过是一种半独立、半依附的资格,但还是极大地促进了民办高等教育的发展,到2000年,学历文凭考试学院就发展到了最高峰的467所,从2000年开始,学历文凭考试学院的数量就没有再增加,一直徘徊在400多所,一直到2004年国家停止了学历文凭考试的试点。

在这个阶段的11年中,民办高等教育有了突飞猛进的发展,少数专修学院校逐渐从租赁教室、兼职教师的模式而逐渐发展成为有自己独立校舍和专职教师的高职学院。但是多数专修学院却没有脱颖而出,究竟是什么原因使这些专修学院都面临消亡的结局?在这个阶段中,民办高等教育依附性与独立性,对其发展起到了哪些作用?

三、民办高等教育的多样性与同形性

由于建校时投资模式的不同,举办者和举办方式的不同以及各个学校的办学经历不同,我国民办高等学校具有天然的多样性,民办高等教育发展的第三个阶段,民办高等教育组织的主要形式是高职院校和独立学院,其它的组织形式已经没有生命力了。

这些高职院校不论建校初期是何种状态,随着其向高职学院或独立学院的转型,合法性的要求促使学校的组织模式发生了变化。由于从20世纪50年代开始中国的私立高等教育就完全消失了,所以近几十年中国高等教育的标准模式是由公办高等学校树立的,这种标准的树立起到了一种规范的作用,或者说是将民办学院进行统一化了,那么民办学院是否还具有多样性?

不论是民办高职学院还是独立学院,其所处的外部环境基本相同,其组织的形式也相似。民办学院为了增加自己的合法性,也在有意模仿公办大学的组织形式和行为模式。民办高等学校之

间是否相互同形？是否会逐渐趋同于公办大学？

　　我国的民办高等教育的特点是投资办学①。从本研究调研的辽宁省的民办高职学院情况来看，10 所学院中完全依靠滚动发展起来的有 2 所，其余的高职学院或者有初期的资金投资，或者得到了银行的贷款。同高职学院的发展相对应，设立高等学校的硬件要求决定了独立学院在成立的初期需要有一定的资金投入。从本研究的研究结论来看，民办高职学院和独立学院的资金投入基本上是带有寻利目的。

　　从民办高等教育发展的历史来看，由于既无国家的资金投入，又无其它外部资金，民办高等学校只得通过办学积累实现学校的滚动发展，但因缺乏相关法律和政策保障，其办学权经常受到侵害。在这种"不盈余民办高校就无法生存，不允许民办高校办学盈余（公办高校的办学营利活动却可以大行其道），民办高校办学如果盈余就得上税费"的两难困境中，民办高等教育发展的潜力没有充分发挥出来，其发展的步伐也就显得慢了一些，这不能不说是历史的遗憾（柯佑祥，2003）。

　　民办高等教育组织是典型的市场化的产物，所以其组织的特征具备有企业的性质，同时民办高等教育组织同公办高等教育组织一样是提供高等教育的场所，还具备有事业单位的特征，对于民办高等教育组织的事业化和企业化特征的研究以及对于民办高等教育组织管理特征的研究，有助于我们对民办高等教育组织结构的变迁有更加深刻的了解。

----

　　①　邬大光（2005）指出：我国民办高等教育发展过程中产生的各种矛盾冲突，关键是把捐资办学的制度安排试图转移到今天具有我国本土特征的投资办学的民办高等教育模式上来。包括在《民办教育促进法》的制定上。《民办教育促进法》本意是促进民办教育的发展，但是法律包括其实施的很多具体条例都有着捐资办学的制度安排在里面。也正因如此，《民办教育促进法》出台之后，几乎没有带来中国民办教育的继续发展。

四、现代高等教育制度的建设

民办高等教育的发展是艰难而曲折的,从我国民办高等教育发展的历程来看,民办高等教育的组织形式始终在发展和变化之中,然而决定着民办高等学校命运的除了技术因素之外,还有制度因素。民办高等学校要健康地发展,要获得足够的资源,都要有制度因素来保障,如果没有一个良好的制度因素,没有一个良好的外部制度环境,民办高等教育的发展会受到极大的限制。

同经济领域的私有制的制度相比,民办高等教育领域的制度建立是非常迟缓和落后的。制度的建立不是凭空而来的,是为了满足现实的需要而逐渐建立的。在高等教育的领域中,公办高等教育处于统治地位,现有的制度都是为公办高等教育建立的;民办高等教育恢复初期,由于其实力较弱和没有独立的合法性,其相应的制度建设是非常迟缓和不完善的。因此,建立现代制度是民办高等教育发展的首要环节,也是民办高等教育发展中迫切需要解决的问题。

五、民办高等教育的可持续发展

可持续发展战略是一种要求自然、经济、社会协调发展的社会发展理论,它包含社会各子系统的全方位的可持续发展,是一个组织在现有战略基础上向更高一级目标发展的战略。教育作为社会发展的一个子系统,必须与社会政治、经济、科学文化等系统共同协调发展;同时作为一个相对独立的系统,必须协调内部各子系统之间的关系,合理配置内部资源,处理好质量、规模、结构、效益四个发展基本要素的动态平衡关系,实现自身的可持续发展。

本研究对于民办高等教育的可持续发展主要从以下几个方面来研究,第一,通过本研究对于民办高等教育的阶段划分,总结出不同阶段民办高等教育的发展模式;第二,分析了政府对非营利性民办高校进行财政援助的必要性和紧迫性；第三，将中国同美国在高等教育大众化过程中民办（私立）高等教育的发展历程进行比较，从而总结出我国民办高等教育的可行之路；第四，研究了同可持续发展密切相关的民办大学的激励机制；最后，通过综合已有的研究，运用系统工程的方法，探讨了民办高等教育可持续发展的根本策略。

六、区域制度环境与民办高等教育发展

由于中国土地辽阔，各地区的政治、经济、文化、教育和风土人情都各不相同，因而我国各个地区民办高等教育的发展状况是非常不一样的。有研究表明，我国不同区域的民办高等教育发展呈现出不同的模式。从全国来看，国家在制度层面上主要提供一些基本的法律、法规和基本的制度框架，各个区域又具有互不相同的制度环境，这种不同的区域制度环境对于民办高等教育的发展至关重要，因此本研究通过对辽宁省和陕西省民办高等教育的发展进行研究，探讨区域制度环境与民办高等教育之间的关系。

七、章节安排

本书一共分为三部分共计十章。

第一部分　问题引出及研究设计

第一章　我国民办高等教育组织的变迁及其问题

通过分析我国民办高等教育的发展过程，利用组织变迁中的制度性的标志，将我国民办高等教育的发展过程进行了重新划分，并引出本研究的问题。

第二章　文献综述

综述了国内外对民办（私立）高等教育组织的研究和国外对于高等教育历史的分段性研究，同时综述了民办高等教育的可持续发展，并寻找出已有研究的不足，确立了本研究的基点。

第三章　研究设计

首先对本研究的基本概念进行了界定，确立了理论研究、案例研究、比较研究和统计分析的研究方法，概括出本研究的分析框架和本研究所依托的两个基本的理论——种群生态学理论和新制度主义理论，最后确定了研究视角。

第二部分　民办高等教育的组织变迁

第四章　民办高等教育恢复发展阶段

本研究运用文献分析、理论分析和案例分析的方法，对民办高等教育发展的第一个阶段中的各种办学形式进行了研究，对高考辅导班、高等函授教育和自学考试辅导机构的研究表明：民办高等教育在发展的初期产生了多种多样的形式，这些形式的变化的根源是寻求其存在的合法性。

第五章　民办高等教育快速发展阶段

通过学历文凭考试试点院校发展的案例和研究组织资源、环境和政策法规的变化，分析了影响专修学院发展的因素，揭示民办专修学院兴亡的深层次原因，并说明了依附性和独立性对民办高等教育组织发展的影响。

第六章　民办高等教育稳定发展阶段

通过对民办高职学院变化的阐述以及对民办高等教育组织多样性和同形性的探讨，分析了影响民办高等教育组织特性的因素、组织同形的机制，揭示了民办高等教育组织向公办高等教育组织趋同的过程。

第七章　民办高等教育组织特性的实证研究

运用金·卡麦隆的高等教育组织效益研究的模型，用统计分析方法，根据在陕西民办高职学院收集的 670 份调查问卷所获得的数据，对民办高职学院组织的事业化和企业化（经营）特征及其管理特征进行了统计分析。

第三部分　民办高等教育的制度与发展

第八章　现代民办高等教育制度建设

在进行了民办高等教育纵向的分析之后，本研究主要分析了现代民办大学制度的建立，对民办大学的内部制度、中介制度和外部制度三个方面分别进行了研究，并得出结论。

第九章　民办高等教育的可持续发展

民办高等教育发展到今天，成为了中国高等教育的重要的组成部分，无论是在学校数量，还是招生数量都占有了一定的比例，但是民办高等教育面临着很多的发展困境，如何实现可持续地发展，是摆在我们面前的重要问题，本研究在分析了民办高校的激励机制、同美国私立高等教育的发展进行比较和分析政府给予非营利性学校财政援助之后，着重分析了民办高等教育可持续发展的策略。

第十章　区域制度环境与民办高等教育的发展

我国民办高等教育在 30 年的发展过程中呈现出区域性的不平衡状态，这种不平衡的状态主要不是由经济、文化和教育的因素，而是由环境制度的因素形成的，因此研究区域制度环境对民办高等教育发展的影响是至关重要的。

第二章 文献综述

第一节 国内对于民办高等教育的研究

近年来，随着民办高等教育实践的迅猛发展，民办高等教育理论研究也取得了显著成效，并逐渐成为中国高等教育理论界关注、探讨的热点问题。1988年，潘懋元先生在《光明日报》上发表了名为《关于民办高等教育体制的探讨》的文章，从政府决策角度阐明我国发展民办高等教育的必然性，同时也开创了国内对于民办高等教育研究的先河。以下分为几个方面进行综述。

一、民办高等教育的发展与问题

30年来，民办高等教育走过了一条不平坦的发展道路，即从"拾遗补缺"阶段过渡到了"组成部分"阶段，再到"重要力量"阶段。所谓"拾遗补缺"阶段，是指上个世纪80年代计划经济时期，民办高等教育的地位不被承认，民办高校"默默"地做着为正规高等教育体系弥补缺漏的工作。它们面向广大社会青年，从事自考助学工作。所谓"组成部分"阶段，是指随着商品经济、市场经济体制逐渐确立，民办高等教育也逐渐为社会所接受，它们此时不仅"助学"，而且开始"办学"（张彤，1999：24）。

2010年初颁布的《国家中长期教育改革和发展规划纲要》（征求意见稿）中指出："民办教育是教育事业发展的重要增长点和促进教育改革的重要力量"，将民办教育提到了从没有过的高度。这种观念上的改变可能是民办高等教育历史上最为重大的改变，这种改变直接地影响到了民办高等教育的发展。

作为民办高等教育的实践者，西安外事学院的董事长黄藤对于民办高等教育的发展及其面临的问题有深刻的论述：

在经历了连续扩招、规模扩张和快速发展之后，无论是公办高校还是民办高校，大都自觉或不自觉地进入调整阶段。对民办院校来说，这是一次更加艰难的酝酿和抉择。

综观民办教育的发展历程，可以明确地认识到，民办教育的发展是与我国经济社会发展和教育改革开放的大背景紧密相连的。民办教育在扩大教育资源、促进教育公平、构建和谐社会、转变政府职能和推进教育体制改革、提高国民素质、维护社会稳定、缓解就业压力和增加就业机会、拉动内需和促进地方经济增长等方面作出了突出贡献，这是不争的事实。

目前困扰民办教育的问题，首当其冲的是教师队伍问题。在养老保险等方面，民办学校的教师不能享受公办学校教师同等的社会保障制度，这是导致民办学校教师队伍不稳定的主要因素。二是工资待遇问题。近年来，政府对公办学校的投入不断加大，公办学校教师工资持续上涨，福利待遇越来越好，给民办学校造成巨大压力。由于物价上调和对学校收费标准的限制，民办学校已不能为教师提供高于公办学校教师的收入。三是科研经费问题。由于多方面的原因，民办学校几乎拿不到政府的科研项目和科研经费，科研工作无法正常开展。因此，民办学校对优秀教师、高层次人才的吸引力逐渐丧失，这种局面将会导致民办教育面临整体实力衰减的风险（黄腾，2008：1-4）。

作为国内第一个本科民办高校黄河科技大学的校长胡大白，认为未来的中国民办高校将面临更加激烈的竞争。未来十年是民办高等教育发展的重要战略机遇期，民办高校和高等教育机构在整体加快发展的同时，将面临更激烈的竞争。一是来自公办高校不断扩大规模的竞争压力，二是来自中外合作办学不断发展的竞争压力，三是来自民办高等教育内部的竞争压力，四是来自不规范的二级学院或公办大学下设的职业学院的冲击，这也是最大的挑战（胡大白等，2004：15 - 16）。

对中国而言，无论从供给，还是从需求的角度来看，民办高等教育蕴涵着巨大的发展潜力和空间。大力发展民办高等教育不仅是中国经济社会发展的必然选择，是中国高等教育发展的必然选择，也是中国实现高等教育大众化以及普及化和中国大学走向世界一流的必然选择（卢彩晨、邬大光，2007：9）。

民办高校的成长和发展，促进了新高校的兴办，形成了高等教育的多样化；改变了我国高等教育的投资格局及资金来源渠道；给高等教育带来了竞争和活力，有效促进了高等教育的改革。今后几年，我国民办高等教育将朝着如下方向发展：规模继续增长，层次逐步提高，注重内涵建设，体制更具多样化（徐绪卿，2009：5 - 9）。

民办教育已经成为我国高等教育发展不可或缺的一部分，沈云慈（2009：148 - 150）针对我国民办高等教育存在的不足，提出了三点看法，即建立健全民办高等教育法规政策，构建民办高等教育质量保证体系，建立长期有效的资金筹措机制。

二、民办高等教育的办学体制和评价方式

中国民办高等教育具有很多其他国家私立大学不具备的特征，如办学主体多元化、民办与公办大学之间的界限不甚清晰、营利性行为、家族式管理、注意扩大办学规模、学校办学层次多样、地域性等明显的特点（阎凤桥，2006：123 - 124）。

对中国民办高校的治理机构及其职能进行分析，一个完善的高校治理机制应该包括内部治理和外部治理两个层面，外部治理是内部治理实施的框架和约束，内部治理则以外部治理为基础，是外部治理的内生性制度安排（赵旭明，2006：75）。

整个民办高等教育的发展大致划分为两种模式，捐资办学和投资办学，改革开放以来，在中国能够称得上是捐资办学的高校

只有两所。剩下的民办学校尽管是口头上或者是观念上不要回报，但是从操作模式上看、从财力上来说，还不具备捐资办学的实力，不得不走投资办学的路（邬大光，2005）。根据资金投入和运作方式的不同，可以把我国民办高校的发展归纳为 4 种主要模式：滚动发展模式；注入式发展模式；改制运作模式和附属运行模式（刘莉莉，1999：23 - 24）。

由于以下三方面原因，导致了建立民办高校社会评估制度的必要性：①当前社会对民办高等教育办学质量等重要信息的极度缺失，导致了教育市场竞争的混乱和教育效率的低下；②随着机构精简和职能的转变，政府难以有效发挥对民办高校的具体评估职能，从而要求第三方部门的积极参与；③政府对民办高校的督导是对办学"最低标准"的督促与检查，难以在推动民办高校持续发展方面发挥引导性和支持性作用（丁秀棠等，2007：15）。

对于民办高等教育的评价，我国高等教育学科的创始人潘懋元先生在各个不同的时期都做了精辟的论述。

我们评价民办大学的教育质量，也应当有一个客观的"定位"和标准，不能机械地以公办大学的学术水平、师资力量、办学规模、专业设置等"标尺"来进行衡量，甚至"削足适履"，从而抹煞了"民办"的特色。从理论上讲，"质量"是相对的、动态发展的和多层面的。多种形式办学应该有多种规格，有不同的社会适应面和特色，从而有不同的衡量质量的标准。按照同一种模式同一个标准培养的人才，已经难以适应现代社会多样化的需求（潘懋元、韩延明，1999：21）。

民办高校起步晚，发展历史短，在发展过程中面临着许多问题和困难。特别是社会上确实存在一些民办高校办学不规范的现象，使得人们对其存有偏见，在他们的心目中，民办高校几乎是"高收费"与"低质量"的代名词。因此，适时开展民办高等教育评估，有利于国家掌握民办高校的情况，制定合理的民办高校发展政策，以及鼓励社会力量对民办高等教育的支持。但是，我国高等教育现行评估标准主要是面向公办高校，评估目标、体制、标准和模式等，不完全符合民办高等教育发展的实际（潘懋元、姚加蕙，2006：5）。

在对民办高校进行评估时，要坚持分类指导原则，依类型、层次不同提出不同的要求。对民办高校评估有以下建议：一是要把评估从管理工具转向服务，二是要从政府主导的评估转向社会中介的评估，三是从统一评估转向个性化评估，四是从横向评估转向纵向评估（潘懋元，2008：1-2）。

在不同国家的不同历史发展时期，私立高校所具有的基本性质有所不同，所处的社会、经济和政治环境也不同，因而所形成的评估模式也多种多样。一般说来，主要有三种评估模式。①"自我评估+认证评估"模式。即通过高校的自我评估和认证机构的认证评估两种形式相结合的方式对私立高校进行评估。自我评估和认证评估处于同样重要的位置，而且政府对私立高校的行政监督包括行政评估在内非常少。该模式以美国的私立高校评估制度为典型代表。②"自我评估+行政评估"模式。即是由政府主导的行政评估和高校自我评估的有机结合，但政府对私立高校行政评估的力量要远远强于私立高校的自我评估。该模式以一些欧洲大陆国家的私立高校评估为代表；我国目前对私立高校的评估也可勉强归入这类模式，只是我国私立高校的自我评估力量更为弱小。③"自我评估+认证评估+行政评估"模式。即以高校的自我评估为基础，采取认证机构的认证评估和政府的行政评估相结合的方式。而且从发展趋势来分析，在整体评估模式中，三种评估形式的力量越来越趋于势均力敌。该评估模式以日本为代表。上述三种评估模式的产生均有其独特的客观必然性，不能简单断定优劣。目前，行政评估仍是私立高校评估的重要形式；但是从发展趋势上来说，单调的评估模式不利于私立高校的健康发展，多种评估形式并存的私立高校评估机制是未来发展的方向（徐国兴，2009：19-20）。

三、民办高等教育的多样化

办学体制多样化是第二次世界大战之后世界各国高等教育发展的普遍趋势和共同对策。它主要包括两个方面：一是高校类型的多样化；二是办学主体的多元化。而构成多元化的主体之一便是私立（民办）大学（潘懋元、韩延明，1999：20）。

从投资模式来看也较为多样，包括公司、企业、教育集团投资的办学模式，个人或多人捐资合作办学的模式，房地产开发商垫付资金的办学模式，依托大学的独立学院的模式，中外合资办学的模式等等（顾明远，2009：44）。

政府在促进民办教育发展时应该保持清醒的头脑。政府不能直接影响社会对民办教育的需求，直接影响民办学校的办学特色。但这并不意味着政府在促进民办教育发展上是无所作为的。政府如果坚定地执行《民办教育促进法》，切实保障民办学校的办学自主权，积极推行市场开放政策，就会对民办学校产生扩大市场空间的影响。政府如果进一步对民办学校提供直接的财政资助和广泛的政策优惠，就可以降低民办学校办学成本，也可以引导民办学校降低学费水平，从而在扩大市场空间和减轻资金压力两个方面帮助民办学校提高市场竞争力（中国民办教育协会专题调研课题组，2009：17－22）。

鉴于我国民办高等教育的发展现状和发展前景，不同的高校应采取不同的发展战略。其中一般院校，宜采取总成本优先战略来求得生存，然后再谋求发展和提升。在相当长的时期内，这些民办高校无法建设学历结构、年龄结构合理的专职教学的师资队伍，只能开设易模仿的传统专业，大班授课，减少选修课，也可以开设远程教育以节省成本。少部分条件较好的民办高校则要努力规划，加强各方面的建设，采取差异化的战略发展成国际知名的研究型民办高校。有条件的民办高校要加强规划、加强师资队伍建设、加强学科建设和科研工作、加大资金投入，努力提高自身的办学层次，成为研究性知名民办大学（赵福芹，2007：60）。

在组织治理方面，普通民办高校也呈现出多样性的特点。根据民办高等教育的相关法律，民办高校的董事会或理事会是最高决策机构。现实中，董事会或理事会能否发挥作用以及发挥多大作用是由董事会或理事会的组成及董（理）事会成员之间的关系以及董（理）事会与学校，更确切地说是与学校创始人的关系等因素决定的（郭建如，2008：8）。

在学生培养和管理方面，民办高校大多会提出各有特点的办学理念和培养方案以吸引生源，尤其是吸引计划外的非统招生（郭建如，2008：8）。

四、民办高等教育发展的区域化特征

民办教育是我国改革开放和社会分化的产物，而地域性和阶级性的分化是我国社会分化的主要特点和内容。从地域性看我国民办高等教育的发展很不平衡，在民办高等教育发展较好的地区几乎是一个地区一种模式（郭建如，2004：51）。

我国民办高等教育的区域发展模式，分别为市场资源依托型——以浙江省为例；教育资源依托型——以湖北省为例；政策推动型——以陕西省为例。通过分析不同的区域发展模式得到一些基本结论：第一，民办高等教育的生成和发展与公办高等教育资源之间存在密不可分的相关性；第二，民办高等教育的发展与社会经济的发展水准之间形成了连动关系；第三，从区域的角度看，民办高等教育发展处在非均衡状态，部分民办教育发达地区与非发达地区的差异明显（鲍威，2006：156－157）。

用 Panel Data 模型，对中国民办教育的影响因素与产出弹性进行计量分析后发现，社会对教育的强劲需求是影响我国民办教育发展的主要因素，各地区之间民办教育对经济的产出弹性差异不大（胡永远等，2004：111）。

通过建立以民办高等学校数为因变量，以 GDP 和公立普通高等学校数为自变量的回归模型，利用我国 31 个省、自治区和直辖市 2002 年、2005 年和 2006 年的有关数据，对回归模型进行了统计分析，结果表明：民办普通高等学校区域分布及其时间变化受GDP 及其变化的显著影响；独立学院区域分布受公立普通高等学校数的显著影响；民办高等学校区域分布及其时间变化同时受GDP 和公立普通高等学校数及其变化的显著影响。以市为单位进行的分析发现，以省为单位的分析结果会低估公立普通高等学校对于民办普通高等学校的积极影响（阎凤桥，2007：16）。

我国民办教育发展的区域非均衡性特征已十分明显：在省域层面上主要表现为市场主导，教育需求是民办教育发展最终决定力量；在市（地）域层面上主要表现为政策主导，只有当本地政府能够提供比周边地区更为优惠的民办教育政策环境时，才能对民间资金投资教育产生足够的吸引力，在此基础上才有可能产生区域积聚效应；在县域层面上，民办教育发展的基本特征是学校主导，省域层面的市场力量、市域层面的政策力量，最终都只有借助于民办学校实现资源整合，使民办教育发展的潜在可能性转化为现实（中国民办教育协会专题调研课题组，2009：17 – 22）。

五、民办高等教育的资助与营利性

既然民办高等教育也是一种产业，一种特殊的智力产业；既然教育投资也是一种生产性投资，那它就要树立"经营"观点，以形成自我积累、自我成长的良性循环发展机制并引入竞争和市场机制。一般说来，民办大学都有精打细算、讲求实用、注重效益的特点。民办大学作为一种特殊运营形式的高等教育机构，可以通过精心经营、科学管理而使收入大于支出，使经费有所盈余，并将盈余的一部分作为再发展基金和公积金以自我滚动。除此之外，再将盈余的一部分以利息形式回报投资者，增强民办大学的对外亲和力、吸引力、推动力和压力，也是合乎情理的

（潘懋元、韩延明，1999：22）。

当长期困惑公立高等学校办事效率不高的顽疾迟迟得不到解决的时候，民办高等学校运用现代企业管理方式盘活了有限的高等教育资源，当公立高等学校面对知识经济时代的冲击，对"教育产业化"仍停留在"理论探索"阶段之时，民办高等学校却默默地走出了一条高等教育产业化的探索之路（邬大光，1999：21）。

民办高等教育是一种特殊的高等教育产业，其一定的私人产品性质和主要依赖市场配置资源的独特方式，造就、改变和激活民办高校办学和经营机制。民办高校在依赖市场配置的过程中，生源市场（即或资本市场）发挥直接的影响，劳动力市场发挥间接的作用。民办高等学校为了生存和发展，既要满足受教育者的需要，又要满足社会经济发展对于专门人才的需求。对于民办高校而言，以学费为主要收入来源的经费结构决定了满足高等教育个人需求更高于满足高等教育的社会需求（柯佑祥，2003：287）。

民办高等教育的发展过程是产业性与公益性共生的过程，这种现状是由民办高教的内外部因素综合作用所决定的，具体包括高等教育的功能属性、民办高教的投资体制以及民办高校的运行机制与管理体制等方面，并在不同方面各有偏重（米红等，2009：96）。

民办高等教育公益性的维护是其子系统民办高校得以发展的根本诉求，与之相关的制度建设过程以及民办高校的自主发展过程也是对公益性的维护过程。但是公益性与产业性在民办高校发展过程中具有共生性，市场化竞争条件下，民办高校产业性的外延效应的拓展、由产业运作方式引起的营利性等选择倾向成为公益性维护的现实危机（米红等，2009：97-98）。

鉴于我国目前民办教育的实际情况，区分营利性教育机构与非营利性教育机构是一种可以考虑的政策选择。对于营利性教育机构来说，可以与企业同样对待，政府对于其营利程度不做任何限制，营利教育机构要依法纳税，如果营利教育机构要间接获得公共资助的话，需要接受政府或者社会的认证和评估。对于非营利教育机构来说，要遵守非分配约束，政府可以采取各种税收优惠政策，鼓励社会捐赠，通过研究资助、学生贷款等间接方式，支持民办教育的发展（阎凤桥，2006：216）。

美、日、中三国的私立（民办）高等教育有着不同的发展道路，具有不同的发展特征，在各国资助政策框架下政府经费资助状况各异。通过数据比较，周朝成（2007：10）分析了三个国家政府经费资助在私立（民办）高等学校经费来源结构中的比例及其经费资助的特征，指出我国政府在民办高等教育发展过程中应该建立一个稳定的经费资助体系，并将竞争性与非竞争性资助相结合，通过政府资助政策的介入来平衡当前民办高等教育发展过程中过于强大的市场力量。

从理论和实践上看，民办学校完全具有盈利的可能性，即具有可盈利性。其原因有三：①通过提供严重稀缺的教育、高质量的教育或低成本的教育，民办高校的学费水平有可能高于平均培养成本；②学费水平有可能高于办学的边际成本；③学费加政府补贴及社会捐赠收入可能高于学校办学成本（文东茅，2008：55－57）。

第二节　国外有关私立高等教育的研究

一、私立高等教育类型与特点的研究

美国波士顿学院国际高等教育中心主任菲利普·阿尔特巴克（2005）把私立高校分为研究性大学、教会大学和私立高等专科院校三类，它们在资助来源、教学与研究层次、人才培养定位等方面各不相同。

利维（Levy，1986：178）在研究公立教育和私立教育的专著中指出，同私立高等教育最有直接关系的特征是具有特权的客户和高的质量。私立高等教育显而易见地通过各种努力来吸引具有特权的客户，但是优势并不是一成不变的。

卡斯特罗和纳瓦罗（Claudia，Navaror，1999：49）认为有三种理想的私立高等教育机构类型，即：精英私立院校、旨在满足劳动力市场需求、文凭需求的私立院校以及数量很少的在政治和学术方面都具有重要地位的私立院校。精英私立院校主要进行教学活动，承担部分研究生教育与科学研究工作，提供以社会科学为主的相对广泛的大学水平的学位课程；在基金来源上，部分接受政府资助，学费较高；在师资方面，基本接近于公办院校。第二类私立院校相对远离发展研究生教学和从事科研活动，而主要进行低成本的本科教学或职业领域教学工作；晚间为低收入阶层提供低学费课程；以兼职教师居多。第三类私立院校尽管数量上不占优势，但在拉美一些国家却占据着非常重要的位置。

利维（Levy，1986：187）在分析了国际上几个国家的数据以后，利用私立大学的招生数占有整个招生额的比例和公立和私立的差别程度，做出了一个关于合法私立大学的录取率和公私立大学关系的图，如下：

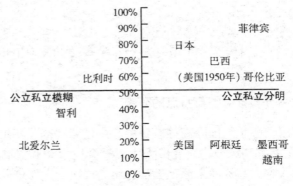

合法的私立大学的录取率

图 2-1　国际私立大学模式比较图

　　教育系统的分化和多样性更多地体现在学校的组织形式和组织行为上。利维（Levy，1999）指出，关于教育机构多样性与同形性的研究在较长时间内是分为两个不同的部分，一部分是组织社会学家用新制度主义理论对同形性问题展开的研究，强调的是制度原因，另一部分是一些教育学者强调私立教育因为技术理性而导致的多样性。利维认为不论是在私立教育内部，还是在私立教育与公立教育之间都存在着同形性的力量。新制度主义理论提出的三种同形性机制，即强制性、模仿性和规范内化，利维将后两种类型合并为非强制性的同形性，以便同前一种即强制性的同形性相对应。

　　国家的强制力量，以及主导性的优势教育组织通过国家施加的力量被统称为强制性的同形力量，如国家使用法律和财政的手段对私立教育组织施加影响等。私立教育组织在环境不明确或技术不确定的情况下，更愿意模仿、复制成功者的做法。这是一种自愿的非强制的同形性。

　　日本东京樱美林大学研究生院教授马越彻（2006：19－32）在研究了亚洲私立高等教育的类型，提出了一个亚洲私立高等教育的过渡模式，将亚洲私立高等教育划分三种类型：私立边缘型高等教育，私立补充型高等教育和私立主导型高等教育。每一种类型都是一个过渡性的模式。并根据这种分类，将亚洲的几个主要国家分类后，得到下图：

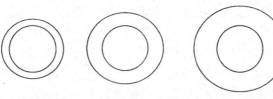

私立边缘型　　　　　私立补充型　　　　　　　私立主导型
中国、越南、马来西亚　　印尼、泰国　　　　　日本、韩国、菲律宾

注：大圆表示全部的高等教育，小圆内表示公立高等教育，两个圆之间表示私立高等教育

图2－2　私立教育类型的过渡形式

马越彻指出，作为"社会主义市场经济"在 20 世纪 90 年代发展进程中的一部分，中国政府在 1993 年发布了认可私立高等专科学院与大学创建的新政策。紧随其来的是引人瞩目的私立高校的大扩张。1999 年，只有 37% 的私立高校可颁发政府承认的文凭，但是据说号称私立大学的规模各异的学校已经迅速增长到了 1300 多所。由此可预见在不久的将来，中国的高等教育会转变成私立补充式高校类型——在这种类型中公立高校与私立高校共存。

二、私立高等教育发展阶段的划分

盖革（Geiger，1998：38 - 69）对于美国高等教育不同阶段的划分依据是每一个阶段都有非常不同的特性或者是 30 年为一个阶段，对于这种连续的阶段性划分和特性的探求是为了通过不同阶段特性的比较而描述出不同的历史性特征。对于美国高等教育历史，盖革一共划分了 10 个阶段，它们分别是：第一阶段：改革的开始，1636 - 1740 年；第二阶段：殖民地的学院，1745 - 1775 年；第三阶段：共和教育，1776 - 1800 年；第四阶段：共和教育的结束，1800 - 1820 年；第五阶段：古典的、宗教派别的学院，1820 - 1850 年；第六阶段：新的历程，1850 - 1890 年；第七阶段：增长和标准化，1890 年 - 第一次世界大战；第八阶段：区分出不同等级，在两次大战中间；第九阶段：学术的改革，1945 - 1975 年；第十阶段：遵守规则、适当的和稳定的状态。

关于高等学校场域转型的研究——从单个组织向组织群层次上的转变。在组织理论最近 20 年的发展中，研究的关注点已经从单个组织的研究为主转向了组织之间关系的研究，组织之间关系所在的层次往往用部门、场域、组织丛、组织种群概念表示。

把一类大学作为群体进行研究，考察大学组织转型比较经典的案例是美国学者布拉梯和卡拉贝尔（Brint and Karalbel，1989）

对社区学院的研究。社区学院在上个世纪初期出现的时候，是作为转入四年制大学之前的学术准备而出现的，转学教育是这些社区学院相当长时间内最重要的任务，但是到了上世纪 70 年代以后，社区学院的教育却基本上变成了以职业教育为主。为什么会发生这样的转变呢？作者指出了对社区学院这一转型产生重大影响的多个因素之间的互动关系：公立院校的态度、市场的变化、媒体的宣传、教育基金会的影响、联邦政府和企业态度的转变，但是更重要的是作者认为在这些社区学院的领导者有一种追求自我身份认同的要求，他们有将社区学院区别于学术等级体系的冲动。作者们详细考察了这些因素是如何相互影响的。

布拉梯和卡拉贝尔（Brint and Karalbel，1989）在其著作中将美国社区学院从 1900 年到 1985 年的发展历史作了三个阶段性的划分，这三个阶段分别是：形成国家教育的潮流：1900 – 1945 年；飞跃的阶段：1946 – 1970 年；巨大的变迁：1970 – 1985 年。通过以上的阶段性的划分，对美国社区学院教育从文理教育（精英教育）到职业化教育的转变进行了详细的分析和研究。

三、私立高等教育发展的动因

菲利普·阿尔特巴克（Altbach，1999：1 – 2）认为，现代市场经济的逻辑和私有化理念促成了私立高等教育和私立高等院校的复兴。20 世纪 90 年代至今，在世界范围内私立高等教育成为高等教育最具有活力、增长最快的部分。一方面，受高等教育需求空前增长；另一方面，政府支持高等教育事业的能力不足或意愿缺乏。这两方面的因素使得私立高等教育在规模和数量上不断扩张。

印度高等教育研究专家提拉克（Tilak，2006：113）认为近几年私立高等教育的迅速发展与几个重要的特征和问题有关。首先，在建立私立高等教育机构方面，有一个从公益到盈利的明显转变；其次，发展中国家的高等教育体系比发达国家私有化程度更重；第三，许多国家中私立大学在数量上占有很大比重，但在校生所占比重很小；第四，私立高等教育受到诸如学费、自治、质量和学术成就等问题的困扰。

提拉克（Tilak，2006：117）指出私立高等教育由于促进了竞争并因此改善了整个教育系统的效能，因而，从其本质上说私立高等教育是合理的。

詹姆斯（James，1999：571－91）将私立高等教育的发展原因解释为"过度需求（excess demand）"和"差异需求（differentiated demand）"。在一些发展中国家，社会对私立高等教育的需求超出了政府所能提供的服务额度，因而存在对私立高等教育的巨大过度需求。作为另一种路径，在一些发展中国家和世界上许多发达的地区，私立高等教育作为一种对差异需求的反映而发展起来。政府提供的垄断的高等教育可能无法满足社会对不同类型和质量高等教育的需求。

筹措高等教育经费思想的转变也是推动私立高等教育发展的重要因素。传统上认为高等教育的经费应由社会提供的思想，在一定程度上已经被把接受高等教育视为个人利益的思想所取代。这种转变导致学生及其家庭要为高等教育支付费用（阿尔特巴克，2005）。

四、私立高等教育资助与盈利性

虽然各国私立高等教育的资助形式是不同的，但学费是绝大多数私立高校的主要经费来源，有些国家的私立高校可以得到占经费很小比例的政府经费支持（阿尔特巴克，2005）。如：美国的私立高校可以竞争政府提供的科研经费，私立高校的学生可以享受到政府拨付的学生资助经费；菲律宾也有些资助私立高校的基金；日本向私立高校提供有限财政资助。较少一部分私立高校也会有其他一些经费来源，诸如接受宗教组织或其他慈善组织、校友的捐赠是少数私立高校的经费来源之一。这种捐赠在美国表现尤为突出。

提拉克（Tilak，2006：114）在论述不同类型私立高等教育及其经费来源时总结说：全球性的发展趋势表明私立高等教育的公益性特点很大程度上被寻利性所代替，最终结果是公益性私立高等教育几乎成为濒临灭绝的物种。在一些发展中国家，政府越来越无力为私立高等教育提供财政资助或缺乏提供资助的意愿，而且很多私立高校为避免外界干涉也不愿接受政府的资助。那些基于慈善目的而资助公立高校的人，现在转而自己办学以达到盈利的目的。

阿尔特巴克（2005）指出私立高等教育最明显的贡献就是，为那些在公立学校找不到自己位置的学生提供了学习机会，为奄奄一息的公共教育体系带来了一定程度的竞争。但是私立高等教育也给全世界的高等教育体系带来很多挑战。大部分私立高等院校——特别是新建立的职业学院和商学院——把目光盯在自己的成功和在市场的位置上，而不关注自己在国家高等教育中的作用和为公共利益服务。透明度、师资力量和营利性是私立高校面临的主要问题。具体来说就是有关私立高等院校教育质量的可靠信息很难获取；许多新成立的私立院校依靠兼职教师，但这些教师的教学质量往往较低；对于大部分国家来说，充分认识营利性高等院校的性质与作用、建立一套规章制度以保证其教学质量和水平，这也是一个重大的挑战。

第三节　民办高等教育的可持续发展

"可持续发展（Sustainable Development）"的概念最先是1972年在斯德哥尔摩举行的联合国人类环境研讨会上正式提出的。这次研讨会云集了全球的工业化和发展中国家的代表，共同界定人类在缔造一个健康和富有生机的环境上所享有的权利。自此以后，各国致力界定"可持续发展"的含义，现已拟出的定义已有几百个之多，涵盖范围包括国际、区域、地方及特定界别的层面，是科学发展观的基本要求之一。1980 年国际自然保护同盟的《世界自然资源保护大纲》："必须研究自然的、社会的、生态的、经济的以及利用自然资源过程中的基本关系，以确保全球的可持续发展。"

1981 年，美国布朗（Lester R. Brown）出版《建设一个可持续发展的社会》，提出以控制人口增长、保护资源基础和开发再生能源来实现可持续发展。

1987 年，世界环境与发展委员会出版《我们共同的未来》报告，将可持续发展定义为："既能满足当代人的需要，又不对后代人满足其需要的能力构成危害的发展。"它系统阐述了可持续发展的思想。

1992 年 6 月，联合国在里约热内卢召开的"环境与发展大会"，通过了以可持续发展为核心的《里约环境与发展宣言》、《21 世纪议程》等文件。随后，中国政府编制了《中国 21 世纪人口、资源、环境与发展白皮书》，首次把可持续发展战略纳入我国经济和社会发展的长远规划。1997 年的中共十五大把可持续发展战略确定为我国"现代化建设中必须实施"的战略。

最广泛采纳的定义，是在 1987 年由世界环境及发展委员会所发表的布特兰报告书所载的定义，即：可持续发展是既满足当代人的需求，又不对后代人满足其需求的能力构成危害的发展。它们是一个密不可分的系统，既要达到发展经济的目的，又要保护好人类赖以生存的大气、淡水、海洋、土地和森林等自然资源和环境，使子孙后代能够永续发展和安居乐业。

可持续发展与环境保护既有联系，又不等同。环境保护是可持续发展的重要方面。可持续发展的核心是发展，但要求在严格控制人口数量、提高人口素质和保护环境、资源永续利用的前提下进行经济和社会的发展。发展是可持续发展的前提；人是可持续发展的中心体；可持续长久的发展才是真正的发展。使子孙后代能够永续发展和安居乐业。也就是江泽民同志指出的："决不能吃祖宗饭，断子孙路"。

教育可持续发展是指教育坚持以人为中心，遵循教育发展的客观规律，正确处理教育自身发展与经济社会发展的相互关系，构建和谐的发展运行机制，使教育始终保持可持续发展的生机和活力，培养具有可持续发展能力的人才。

联合国教科文组织在"联合国可持续发展教育十年国际实施计划"中强调："可持续发展教育"基本上是价值观念的教育，核心是尊重他人，包括当代人和后代人，尊重差异与多样性，尊重环境，尊重我们居住的星球上的资源；教育使我们能够理解自己和他人，以及我们与自然和社会环境的联系，这种理解是养成尊重的坚实基础；根据公正、责任、探索和对话，"可持续发展教育"的目的，是要通过我们的行为和实践，使所有人的基本生活需要不被剥夺，过上完全的生活。具体而言就是：尊重全世界所有人的尊严和人权，承诺对所有人的社会和经济公正；尊重后代人的人权，承诺代际间的责任；尊重和关心大社区生活的多样性，包括保护与恢复地球生态系统；尊重文化多样性，承诺在地方和全球建设宽容、非暴力、和平文化。

将此概念引入教育，我们可以把高等民办教育可持续发展解释为"坚持以人为中心，遵循教育发展的客观规律，正确处理高等民办教育自身发展与经济社会发展的相互关系，构建可持续发展的运行机制，改革人才培养模式，使高等民办教育始终保持蓬勃的生机与活力，培养具有可持续发展能力的高等人才，从而推动整个社会的和谐发展。"

对于民办高等教育的可持续发展目前已经形成了一个共识，就是可持续发展是民办高等教育未来的唯一出路，因此不管是民办高等教育的管理者、实践者还是学者们，都提出了很多可持续发展的策略，下面分别叙述：

一、为民办高校提供财政援助

蓝满榆（2007：12－14）从办学经费、税制、招生和立法四方面来探讨我国民办高校可持续发展的对策。①政府资助并设立民办高校扶持基金。②税制优惠：在税制上给予民办高校以优惠政策。在区别要求合理回报的民办高校和不要求合理回报的民办高校的基础上，给予民办高校税制优惠。③招生策略：对民办高校招生予以政策上的照顾。因为公办高校的连续扩招和独立学院的兴起，直接影响到民办高校生源的数量和质量。在宣传方面支持民办高校的招生工作。

政府要解放思想，转变职能，以法治校，为民办高校发展提供公平环境，设立民办高校扶持基金、在税收上给予优惠、为民办高等学校提供财政援助（李晓鹏，2005：146－147）。

政府应当提供财政资助，不断拓宽投资渠道——从各级政府的教育事业费中抽取一定的比例直接资助民办高校；给予税收优惠政策，间接资助民办高等教育的发展；鼓励社会捐赠（陈世清，2008：85）。

制定激励政策——国有民办高校在坚持教育公益性原则的前提下，国家应对国有民办高校依法实行税收优惠等扶持政策并不断完善；尽快设立国有民办高校专项经费；加强国有民办教师管理；具有省级及以上教育教学重点建设项目的国有民办高校，应当享受公办高校同等标准的项目经费补助；规范国有民办高校的收费标准，实行优质优价（钱国英，2008：35－36）。

二、提供公平的竞争环境

民办高校的可持续发展需要一个公平的外部环境，黄京钗（2001：68）提出了5个方面的问题：第一是需要一个公平的教育市场竞争法则；第二是进一步扩展办学自主空间（办学自主权、扩招自主权、收费与经费使用权、办学规模与效益、办学层次、教学自主权、颁发学术文凭权）；第三是完善质量保证体系；第四是加大财政和政策扶持力度；最后是深化劳动人事制度和社会保障制度改革。加速出台民办教育的地方立法，优化政策环境——尽快出台实施细则；从制度上保障民办高校与公办高校的同等待遇（陈世清，2008：83）。

三、民办高校要科学定位

从民办高校内部来讲，民办高校需要准确科学的定位，合理定位，实现与公办高校的"异轨竞争"（张应强，2006：20）。科学定位是民办高校落实科学发展观、实现可持续发展的重要前提，依据地区经济社会发展和教育规律要求，确定应用型大学的发展定位，加强全面建设与改革创新，推进学校定位的有效贯彻和落实（陈万年，2006：15）。构建一支可持续发展的师资队伍，确保教育教学质量，促进特色办学，增强民办高校可持续发展实力，调整运行机制，加强与国外高校和企业"联姻"。树立科学的教学质量观，以市场和就业为导向，构建应用型专门人才的培养模式，面向市场需求，降低服务重心，明确学校定位（孟新，2004：15 - 17）。促进特色办学，增强民办高校可持续发展实力——要发挥自身优势，打造特色专业；要打造特色课程，重视实践教学。

四、民办高校要坚持以学生为本

有学者认为，坚持以"学生发展"为本是民办高校可持续发展的核心理念，构建和谐校园，是民办高校可持续发展的根基（余孟辉，2006：3）。坚定地面向市场，依法办学（张应强，2006：21）。健全、完善和坚持董事会领导下的校长负责制，多渠道筹集经费，确保办学经费的充裕，提高整体办学实力（徐绪卿，2004：20）。天虹（2008：18 - 20）从发展规模、办学条件、学生流转和教学要求上谈可持续发展，树立人才强校的观念，把教师队伍建设切实摆在学校可持续发展的战略位置。以学生为本的一个重要的方面就是要构建一支可持续发展的师资队伍，确保教育教学质量——要优化教师队伍结构，促进教师队伍的可持续发展；完善教师培训机制，加强对教师的培训，走内涵式发展道路；要坚持人本管理，尊重和关心老师，激发教师的工作热情和积极性（陈世清，2008：83）。

五、对民办高校进行规范管理

吴霞（2006：39－43）从观念层面、制度层面和具体操作层面对可持续发展问题进行了研究。邓宗琦等（2008：49）认为规范管理是民办高校可持续发展的前提条件，培养文化是民办高校可持续发展的不竭动力。徐绪卿（2006：15）认为师资队伍的建设是民办高校可持续发展的根基。陈文联（2006：13－15）认为特色化是民办高校可持续发展的基本策略。石丽媛（2006：25）认为以就业为导向是民办高校可持续发展的唯一出路。徐智德（2006：75）认为实验室建设是民办高校可持续发展的基础建设。调整运行机制，完善日常管理，开展切实可行的评估——促进民办高校完善内部管理体制，提高民主决策水平；加强对民办高校办学过程的监控，完善日常管理；开展切实可行的评估（陈世清，2008：83）。由集中统一管理向现代大学制度的转变——产权明晰，完善法人治理结构；规范内部管理，建立健全内部管理体制；凝练办学特色，提升核心竞争力，扩大社会影响力（郭占元等，2008：114－115）。

六、质量、特色和创新

高伟云（2004：133－134）认为质量、特色、创新是民办高校可持续发展的保证。沈中伟等（2004：7）、邓宗琦等（2008：48）认为教学质量是民办高校可持续发展的生命线，贾永堂等（2006：67）认为探索投资于办学良性互动式民办高校是可持续发展之路。张剑波等认为（2007：153）完善法人治理结构是民办高校可持续发展的重要保障。由追求外延发展向提高办学质量转变（郭占元等，2008：114 - 115）。

在分析了民办高校收费存在诸如项目繁多、审核机构缺失、营销风气浓厚、资金使用模糊、服务滞后等问题后，黎利云等（2010：125 - 127）指出非规范性收费改变教育性质、阻碍学生顺利完成学业、损害学校形象、妨碍学校发展，从促进民办高校可持续发展的角度来看，解决非规范性收费问题的主要对策是：加强对非规范性收费危害的认识，合理确定收费标准，成立收费审核机构，规范收费管理建立公示制度以及加强监督检查工作。

第四节　已有研究存在的不足

民办高等教育的研究呈现出其独有的研究特点，一是实践性较强，由于民办高等教育在实践中遇到很多的问题，这些问题促使高等教育的研究者、民办高等教育的实践者来探讨和研究，比较遗憾的是很多研究停留在表面的探讨上，得出的是应然性的结论，而对于现象后的深层次的原因缺乏研究；二是比较研究较多，由于我国的民办高等教育的历史较短，实践上和理论上的积累较少，解放前我国的私立高等教育同今天的民办高等教育的模式又相差巨大，所以借鉴国外私立高等教育的理论和研究范式成为今天民办高等教育研究的一大特点；三是对于民办教育的产权和体制关注较多，产权问题从民办教育恢复开始就一直在困扰民办高等教育的发展，产权归属的模糊和产权界定的困难一直是民办教育悬而未决的问题，对于产权问题的关注一方面说明民办教育还有很多的基本问题没有解决，另一方面又忽视了民办教育的举办者虽然没有明确的产权却有实际上的处置权和经营权，也掩盖了多数民办学校在不营利框架下的营利性的行为。

民办高等教育的研究一直是教育研究的热点问题。对于民办高等教育的发展过程，国内的研究主要从经济发展、制度约束、环境改变和合法性变迁等因素来研究，并没有注意到组织资源变化对组织变迁的影响，更没有详细地分析民办高等教育组织所需要的资源。种群生态学的理论对组织的资源研究和组织变迁的研究为本研究提供了一个理论的基础，但是国内的民办高等教育领域用种群生态学的研究案例很少①，也没有利用群体生态学的理论来分析我国民办高等教育发展的一个完整的研究。

国内目前对于民办高等教育多样性的论述很多，例如从投资模式、组织结构、管理方式和不同地域的外部文化和经济环境特征等方面进行的研究，但是对于民办高等教育的同形性分析很少，已有的研究基本停留在定性分析上，缺乏实证性的分析。新制度主义对于组织同形性的研究比较丰富，是一个非常合适的分析框架，也是本研究的基本理论，尽管新制度主义理论的框架已经完善，但是具体的实证性的研究不足。

民办高等教育的可持续发展是目前的研究热点之一，影响可持续发展的因素包括民办高校的外部因素和内部因素。众多的研究者从各个方面提出了各种各样的可持续发展的策略，但是这些策略之间缺乏条理性和逻辑，他们之间相互混杂，很难让民办高等教育的政策制定者理出头绪，并抓住主要的影响因素。另外，已经达成共识的是，制度是影响到民办高等教育可持续发展的主要因素之一，对于如何建立现代民办高等教育的制度，目前还没有比较系统的论述。由于我国幅员辽阔，各个区域的社会和经济文化因素都有较大的区别，从而导致区域内的制度环境也各不相同，因此有必要研究区域制度环境对民办高等发展的影响。

---

① 可供参考的有北京大学阎凤桥教授的研究《我国民办高校组织特征的环境因素分析》（阎凤桥，2006：122）

第三章 研究设计

第一节 概念界定

一、基本概念

1. 民办高等教育（Private Higher Education）

关于民办（高等）教育或民办（高等）学校的定义，学者们大体上从如下的几个方面进行了一些定义。

从资金上界定，"民办学校，实质上相当于私立学校。它不同于公办学校的基本点有二：①它是由公民私人或私法人所设立的。②由设立者筹集学校资金，而不是依靠政府拨款。后者才是私立学校的本质特点"（魏贻通，1991：13）。

从归属上界定，"民办教育指的是非直接地归属政府部门的学校。其共同的特点是：①学校由非政府部门建立并维持。②学校资金来源于非政府部门但政府资金仍有可能直接或间接地进入这些学校。③政府对这些学校的控制较为间接"（程介明，2000：157）。

从称谓上界定，在私立学校的称谓上，究竟是"私立学校"，还是"民办学校"，或者称"社会力量办学"，尚未达成共识。称谓表征是对这类学校的界定，但实际上反映了对私立学校性质的认识（李守福，2000：33）。

从办学主体上界定，所谓"私立"，是相对于"公立"，即历史上的"官办"或者当今的"国家办学"而言。一般说来，判定学校是私立学校有两个标准，一是办学主体不是国家公共权力机关，二是办学经费主要来源于非公有制资产（胡卫，2000：17）。

民办高等教育又称为私立高等教育，国际上通常是指由非政府举办的高等教育，即基本不依靠政府财政性拨款的高等教育。中国的民办高等院校主要是指由个人、企事业单位和社会团体举办的高等教育机构，其中还包括国家公办大学的二级独立分院和由公立高校转制的民办高校。本研究的研究对象主要包括民办高等教育机构、学历文凭考试试点学院和具有独立颁发学历文凭的民办高校。

为了方便研究，在后面的论述中，对于举办学历文凭考试试点学院称为民办专修学院①，对于具有独立颁发文凭资格的民办高校称为职业学院②，将公办高校按照新机制成立的二级独立学院成为独立学院。

2. 组织（Organization）

根据美国社会学家斯格特（2002：23）的研究，可将组织看成是理性的系统、自然的系统和开放的系统，并有着不同的定义。

根据理性系统的定义，组织是有意图的寻求达成目标的集合体。在某种意义上，组织是"有意图的"，即是说参与者的活动和相互关系被协调起来，用以达到特定的目标。组织是形式化程度较高的集合体。参与者间协作是"有意识的"和"谨慎的"；人与人之间的关系是清晰的，而且可以"有意识地被建构和重构起来"。

根据自然系统的定义，组织是一个集合体，参与者寻求多种利益，无论是不同还是相同的。但是，他们也认识到组织作为一

---

① 政府在称谓这些学院的时候，也是用的专修学院加以区别。

② 这些学院在审批的时候，除了特批的以外（例如吉利大学、黄河科技大学），政府一律要求更名为职业学院（例如陕西的西京大学，在获得独立颁发学历文凭资格的时候改名为西京职业学院）

项重要资源永久存在下去的价值，在参与者之间发展起来的非正式结构，为理解组织行动提供了比正式结构更丰富和精确的指导。

根据开放系统的定义，组织是参与者之间不断变化的相互联系、相互依赖的活动体系；该体系植根于其运行的环境之中，即依赖于与环境之间的交换，同时又由环境建构。

本研究的组织具体来说是由民办的高等教育机构、民办专修学院和民办高职学院所组成的民办高等教育组织。

3. 变迁（Transition）

变迁既是变化，变迁包含两个方面：一是数量的改变，从数量上看，民办高等教育系统一直在变化，有新的民办高等学校产生，也有旧的民办高等学校消亡，从我国的民办高等教育组织的变化来看，总体上数量的变化不大；二是结构上的改变，民办高等教育组织结构的改变却非常大，或者说民办高等教育组织的构成成份发生了很大的改变，从最初为自学考试服务的助考机构开始，到学历文凭考试试点的专修学院，再到独立颁发学历文凭的职业学院以及公办大学利用新机制举办的独立学院，自 80 年代初期我国的民办高等教育恢复开始，在短短的 20 多年中，民办高等教育组织结构的改变是非常巨大的。

4. 特性（Feature）

对于特性的定义是：①某一事务所特有的性质，②特殊的品行、品质（汉语大词典①）。英语中"Feature"的解释是：the makeup, structure, form, or outward appearance of a person or thing（Webster's Dictionary ②）。本研究所关注的是民办高等教育组织

---

① 汉语大词典编辑委员会，汉语大词典编纂处编，汉语大词典，北京：汉语大词典出版社，1990 年，第六卷，260 页。

② Philp Babcock Gove Ph. D and The Merriam – Webster Editoral Staff, Webster's Third New International Dictionary of The English Language, Unabridged. G. & C. Merriam Company, 1961：pp832.

的三组基本的特性：合法性与不合法性、依附性与独立性、多样性与同形性。这三组特性是民办高等教育不同发展阶段表现出来的具有代表性的特性，对于这三组特性的研究，有助于把握民办高等教育组织机构改变的规律，并探求背后的原因。

5. 发展（Development）

发展是指事物由小到大、由简到繁、由低级到高级，由旧质到新质的运动变化过程①。事物的发展原因是事物联系的普遍性，事物发展的根源是事物内部的矛盾性，即内部矛盾着的双方又斗争又统一，推动了事物的发展，事物的外部矛盾是其发展的第二位的原因。外因通过内因起作用。发展不是简单的重复，数量的增加或减少，而是旧事物的灭亡新事物的产生，表现为旧质态向新质态的转化，采取的是从肯定到否定，否定之否定的螺旋式上升和波浪式前进的路线。整个世界的发展是无限的，每个具体事物的发展是有限的。发展是无限和有限的辩证统一②。发展的本质是新事物的产生和旧事物的灭亡，即新事物代替旧事物。

任何具体事物的发展都是有限的，整个物质世界的发展则是无限的。形而上学认为发展是外力推动的结果，是减少和增加，是重复，这种观点只看到了事物发展的某些表面现象，而没有看到本质。研究科学技术的发展，要破除形而上学的观点。它是科学发展论中的一个概念。

从涉及的领域来看，发展包括四个基本方面：①经济的发展，即为人类个体、群体、整体与自然万物的和谐发展，创造和提供更有利的物质条件；②文化的发展，即为人类个体、群体、整体与自然万物的和谐发展，创造与提供更有利的精神条件；

---

① 向洪编著. 1987. 当代科学学辞典. 成都：成都科技大学出版社. 第109页.

② 彭克宏 马国泉. 1989. 社会科学大词典. 北京：中国国际广播出版社. 第31页.

③政治的发展，即为人类个体、群体、整体与自然万物的和谐发展，创造与提供更有利的社会管理体制与运行机制；④社会的发展，是在对立、转化、统一的相互作用过程中，优化社会要素、组织与关系的结构，为人类个体、群体、整体与自然万物的和谐发展，创造与提供更有利的社会环境。社会的发展，归根到底是人的发展，是人类整体发展的综合表现，要通过人类个体、群体及其相互关系的发展来实现。

6. 制度（Institution）

制度指"已建立的，公认具有强制性的一整套社会文化规范和行为模式①。"从社会结构角度看，一种制度是一个特定的社会群体或阶级所承认并遵循的一种特定的行为规范，它属于这一特定的社会群体或阶级；同时，由于规范的建立即体现了有限度的适当行为，也即建立起一种秩序。因而，制度就具有双重意义，一方面他为该制度的组成分子提供了规范，保证了他们适度地行为；另一方面也体现了这些组成分子之间的社会结构关系。

制度有以下两层基本的含义：①要求成员共同遵守的办事规程或行动准则；②一定历史条件下形成的政治、经济、文化等各方面的体系②。在社会学中，制度指一个社会中各个领域的具体的社会制度。如经济制度、政治制度、教育制度等。制度并不是只限于经济，制度就是在人类社会当中人们行为的准则。人们依靠制度来衡量自己的行为。制度包括：约定俗成的道德观念，法律，法规等。

其中的教育制度（Educational Institution）有两种新释：一是根据国家的性质制订的教育目的、方针和设施的总称。如社会

---

① 秦玉琴　主编. 1999. 新世纪领导干部百科全书·第5卷. 北京：中国言实出版社. 第3875页.

② 张清源　主编. 1992. 现代汉语常用词词典. 成都：四川人民出版社. 第520页.

主义国家教育制度、资本主义国家教育制度。二是一个国家内各种教育机构的系统。后者按范围大小又有几种不同的涵义：一是泛指有组织的教育和教学的机构体系，包括学前教育机构、各级各类学校教育机构、成人教育机构、少年儿童校外教育机构以及各级教育行政组织机构等；二是专指各级各类学校教育的制度，简称学制①。

教育制度是社会发展到一定历史阶段的产物，它的发展受社会生产力发展水平和社会政治、经济制度的制约。我国的学校教育制度，其宗旨是培养德、智、体全面发展的各种建设人才，以满足社会主义现代化建设不断发展的需要，维护和发展社会主义制度，逐步提高人民的物质生活和文化生活水平。制定学校教育制度，要根据学生不同年龄阶段身心发展的特征，确定各级各类学校的性质、任务、入学条件、修业年限、学校教育的分段及其相互关系等。

二、组织特性的基本概念

1. 合法性（Legality）和不合法性（UnLegality）

合法性概念在社会科学中的使用有广义和狭义之分。广义的合法性概念被用于讨论社会的秩序、规范或规范系统。狭义的合法性概念被用于理解国家的统治类型，或政治秩序。

广义的合法性概念涉及广泛的社会领域，比法律、政治更广的范围，并且潜含着广泛的社会适用性。韦伯所谓的合法秩序是由道德、宗教、习惯、惯例和法律等构成的。那些由专门人员和机构保证人们遵从的规则是法律，社会自然遵守的规则是惯例。合法性是指符合某些规则，而法律只是其中一种比较特殊的规则，此外的社会规则还有规章、标准、原则、典范以及价值观、

---

① 周德昌 主编. 1992. 简明教育辞典. 广州：广东高等教育出版社. 第160－161页.

逻辑等等。因此，合法性的基础可以是法律程序，也可以是一定的社会价值或共同体所沿袭的先例。

当韦伯和哈贝马斯论述统治的合法性的时候，他们都是在狭义地使用合法性概念。合法统治是合法秩序的多种形式之一，它包含着被统治者对统治的承认。哈贝马斯说，合法性意味着某种政治秩序被认可的价值以及事实上的被承认。统治能够得到被统治者的承认，是因为统治得以建立的规则或基础是被统治者可以接受的乃至认可、同意的。从理论上说，统治因为具有合法性而得到承认，可是，从社会学研究来看，统治因为得到了承认，才具有合法性。这种以承认为指标的社会学研究，对我们理解中国民办高等教育的合法性具有借鉴意义。

不合法性是与合法性相对应的概念，从狭义上来理解中国高等教育的组织，具有不合法性的组织就是没有被承认或者没有合法性的组织形式。但是由于中国高等教育组织的内部发展的驱动力，使其天生具有强烈的寻求合法性的力量，在这种力量下，可能会使得某些不具备合法性的组织形式逐渐演变成具有合法性的组织形式。

2. 依附性（Dependence）和独立性（Independence）

"依附性"又称为"从属性"，表示一种事物（或者一种组织）对于另外一种事物（或者另外一种组织）的依赖或从属的关系。英汉辞海中的解释是：①对某种事物的依赖或者随另一事务而定的性质和状态；②受某种事物的影响或视另一事物的条件而定或以另一种事物为必不可少的性质或状态①。我国的民办高等教育系统本应该是一个独立的系统，但是由于历史的原因，使得其在一定的阶段不具备独立性，只能够依赖于或者从属于公办高等教育系统。

---

① 王同亿　主编译. 1987. 英汉辞海（The English - Chinese Word - Ocean Dictionary），北京：国防工业出版社，1367 页。

"独立性"是表示一种组织处于独立的状态，具有独立的性质，表明一种组织不依赖于另外的组织生存。任何组织都应该是一个具备独立性的组织，当该组织能够依靠自己的资源，在适当的环境中正常生存的时候，该组织就具备有完全的独立性。民办高等教育组织的独立性表示其具备有独立颁发学历，并能够独立获取资源的能力。

3. 多样性（Diversity）和同形性（Isomorphism）

"多样性"简单来说就是"各种各样"的意思。多样性来源于生物学，生物多样性包括所有自然世界的资源，包括植物、动物、昆虫、微生物和它们生存的生态系统。

从系统论的角度来讲，作为一个完整的系统，必然要有各种要素组成，而要素之间是互不一样且不能够相互代替的。我国的民办高等教育也是一个完整的系统，各个民办高等学校就是这个系统的组成部分，各个部分就应该是各有特点而且是不能够相互代替的。

本研究中民办高等教育系统的多样性主要是指民办高等教育系统内的组织结构、组织运行和组织成员的行为特征是多种多样、互不相同的。

"同形性"又称同态性，是指同性或同构的性质或状态①。同形性来源于生物学，是指生物体形式上的相似性，如由不同的上代个体所产生的有机体的相似性，在组织理论中是指不同的组织之间在结构上的相一致的特性。

本研究中民办高等教育系统的同形性是指民办高等教育系统内的组织结构、组织运行和组织成员的行为特征具有同形的特性。

---

① 王同亿　主编译. 1987. 英汉辞海（The English – Chinese Word – Ocean Dictionary），国防工业出版社，北京 2770 页。

第二节　研究方法

本文主要采用理论分析、案例分析、比较分析、统计分析和系统分析的方法进行研究。

一、理论分析

理论分析是本研究的基础，理论分析的方法主要是运用社会学中的种群生态学理论、新制度主义理论和金·卡麦隆关于高等学校组织效益的研究方法对民办高校发展的有关制度环境问题进行分析。本研究拟采用种群生态学理论解释我国民办高等教育发展第二个阶段的变迁；利用新制度主义理论解释我国民办高等教育第三个阶段的变迁；利用金·卡麦隆关于高等学校组织效益研究模型分析民办职业学院的组织类型特征和管理特征。

种群生态学强调群体层面的组织。种群生态学研究组织同环境的关系、种群的生长与消亡、种群间的相互作用、环境的选择作用、组织与环境的关系等等。在"适应"的视角下，组织种群的变异选择非常有限，因此，提出"选择"的视角。结构惯性来自组织内、外部的压力，是适应或选择间的关键。

新制度主义理论为我们看待问题提供了一个新的视野，新制度主义强调一个组织必须适应环境才能够生存，我们要解释各种组织现象，不能只考虑技术环境，必须考虑它的制度环境，必须要考虑它的法律制度和各种政策的环境。而这些制度环境和政策到底在多大程度上影响了民办高等教育的发展，这些制度环境和政策又是如何影响了民办高等教育的发展，都是需要我们在理论上进行研究和探讨的。

新制度主义理论虽然解释了民办高等教育发展中的同形现象，但是这种解释带有一定的局限性，虽然有一些组织在表面上表现出了同形状态，但是在实际的组织运作中却各不相同，甚至有很大的差异，所以还要注意组织在实际运作中的具体情况。

二、案例分析

本研究访谈了辽宁省建立最早的民办学院——沈阳盛京大学的创始人、在当时辽宁省专修学院中较有名气的民办学院——辽宁北方专修学院的创始人和辽宁省的唯一一所民办中医专业的民办学院——沈阳东方中医专修学院的创始人。其中辽宁北方专修学院和沈阳盛京大学已经停止招生了，沈阳东方中医专修学院在2004年成立了中专学校，目前招生量很少，勉强维持。通过对他们的访谈，对辽宁省的民办高等教育的发展过程有了一个比较清楚的了解。

本研究调研了陕西省的民办高职学院，访谈了8所民办高职学院的负责人。这些负责人中有原公办大学的负责人、政府管理部门的负责人、大学教师和企业家等。他们从陕西民办高等教育的历史、外部环境、政府和社会等诸多方面介绍了陕西省民办高等教育发展过程、成功经验和失败教训。

本研究对辽宁省的9所民办高职学院进行了问卷调查，并访谈了他们的负责人，收集到了一些案例。辽宁省教育信息中心为本研究提供了较完整的民办高等教育数据，通过这些数据，本研究对辽宁省民办高等教育的状况有了一个更为精确的了解。

三、比较分析

分析制度环境有两个层面，一是国家的制度层面，也就是宏观的制度层面；二是省的制度层面，也就是中观的制度层面。在实际中这两个制度层面都分别对某个地区民办高等教育的发展起作用，在实践中，地区制度和政策首先要服从和符合国家的制度和政策。但是地区制度和政策在一定的范围内可以进行修改和变通，正是这种有限的修改和变通，才使得陕西省民办高等教育有了今天大发展的局面。

　　本研究比较了陕西省、辽宁省和北京市给民办高等教育所提供资源的差异程度，揭示出不同地区民办高等教育发展不均衡的原因。通过比较辽宁省与陕西省民办高等教育发展环境的差异之处，分析区域性的制度环境对民办高等教育发展的影响因素。

　　立足于高等教育大众化的情境，本研究比较了在中国和美国民办（私立）高等教育的发展过程，尤其是分别比较了中美四年制公办、民办（私立）高校的发展过程和三年制（美国是两年制）公办、民办（私立）高校的发展过程，从而提出了结论：在保证教育质量的前提下，我国的民办高等教育应扩大规模，承担起高等教育规模继续扩大的重任。

四、统计分析

　　本研究收集了陕西省、辽宁省和北京市一共 16 所民办学院的调查问卷，该问卷对于民办高等院校的基本情况、学生情况、教师情况、经费、管理结构和制度、学校同政府的关系以及学校同外界的关系等方面做了深入调查。为研究分析民办高校的管理结构、管理模式、同政府的关系以及同外界的关系提供了依据。

　　对于民办高职学院的组织类型和组织管理特征的研究，本研究通过统计分析的方法，对从陕西省 13 所民办高职学院收集到的 670 份问卷进行分析，将 13 所学校按照办学层次、建校时间和初期是否有资金投入进行分类，然后比较其组织类型的变化，分析不同分类院校的组织特征、领导特征和工作重点等变量的均值和差异程度，从而考察其事业化和企业化的特性在不同的民办高等教育组织中的表现。

　　在研究民办职业学院的组织管理特征时，应用因子分析的方法，首先将众多变量进行因子分析，提取出 6 个公因子，并按照办学层次、建校时间和初期是否有资金投入对这 6 个公因子进行均值和差异程度比较，从而考察其组织的特征在不同的民办高等教育组织中的表现。

五、系统分析

民办高等教育作为一个独立的教育系统，同其他教育系统一样受到外部和内部双重因素的影响。本研究对于民办高等教育的可持续发展研究是从外部和内部两个方面进行。本研究综述了目前对于可持续发展的策略，总结出外部策略 17 条，内部策略 17 条，然后将这些策略分别请教专家和民办学院的管理者，请他们删减这些策略，并确认这些策略之间的关系。然后利用系统工程中的结构模型技术，最终推导出民办高等教育可持续发展的最重要的外部策略和内部策略。

第三节　研究的基础理论

一、种群生态学理论

对于种群有两种解释：一是组织本身的规模，组织结构是组织内各部分适应的结果，适应和变化取决于各部分的适应和对资源的获取；二是组织作为适应的单元，种群是组织集合体。很少有两个组织在经历相同的外界变化时所受到的影响是完全相同的，但还是可以根据环境变化对组织的不同影响进行相对的分类。也可以根据研究者视角的不同而变化。种群可以是由于研究的需要而从现实中提取的，并非真实的存在。

劳伦斯和洛齐（Lawrence and Loesch）的研究发现，有效组织在面对快速变化的技术环境时都会选择非规则协调的机制，在面对稳定的技术环境时采用规则协调方式（阎凤桥，2006：126）。

哈南和佛里曼（Hannan and Freeman，1977：931）指出组织的调整能力是有一定限制的，组织具有普遍的惰性，压力越大，组织调整的弹性越低，组织更加倾向于选择适当合法性的形式，进而推论，机构惰性的问题其实是在调整性和选择性之间的选择问题。

惰性来自于组织的内部结构安排和外部环境的约束。

1. 组织的内部结构安排有如下几个方面：

（1）一个组织在厂房、设备和专用独特资产的投资很难承担其他的任务和使命。减低费用的观念会一直限制组织的调整。

（2）组织决策人面临他们能够获得信息的约束，无数事实证明了组织的决策人无法获得决策所需要的足够信息。

（3）内部政策约束也是很重要的，当组织改变结构时，政策的均衡被打乱。只要资源的总额是固定的，结构改变几乎总是带来下属单位中资源的再分配，这种再分配搅乱了以前在下级单位之间的交换原则，所以至少有一些下级单位愿意坚持原来的组织形式。

（4）组织面对的约束产生于它自己的历史，一旦程序标准化、任务固定化和权威性已经变成一个标准化的东西，改变所花费的代价就非常大。

2. 外部环境的约束有以下几个方面：

（1）从广义上说进入和退出市场的法律和财政的障碍是无数的，典型组织行为的讨论多数是强调进入市场的障碍（如政府执照的垄断位置等）；退出市场的障碍应该一样被引起关注，这里有不断增长的案例说明政策防止企业退出一定的行业，所有的这些进入和退出的约束都缩小了调整的幅度。

（2）内部信息有效性的限制和外部信息一样，在有干扰环境下获得关于相关环境信息的代价是昂贵的。另外，组织所雇佣专家的类型既限制了它所获得信息的种类也限制了它所能够加工和利用信息的类型。

（3）合法性的障碍也来自于环境，在一定程度上调整（例如公办大学限制本科生的规模）都会冒犯合法性的权益，从而带来可观的成本。所以外部的可见的合法性同样也趋于限制调整。

（4）最后，这里还有一个选择合理性的问题，**在同一个经济时代所涉及到的最困难的问题几乎都是一样的**①。如果一个组织能够在竞争的市场中找到一个实用化的策略，其他的竞争者们便马上开始使用这个策略。将一个很多其他组织的决策者都采纳的策略变成一个组织决策人的合理性的策略是很困难的，很多这种理论在竞争的市场理论中被讨论过，但是在组织理论中还没有被提及。面对变化的环境适合一个单个组织的行动方式也将适合其他竞争中的组织的现实使其调整采取相同的策略。

汉南和佛里曼（Hannan and Freeman，1977）解释了组织衰亡的原因，在他们看来，没有必要坚持认为组织在试图适应其环境时没有表现出结构的变化，因为许多组织没能根据环境的变化而尽快调整其结构。

二、新制度主义理论

霍利（Hawley，1968）最早描述了组织同形性的原因：同形性是一种强迫过程，迫使一个组织在总体上模仿处于同样环境条件下的其他组织。

哈南和佛里曼（Hannan and Freeman，1977）极大地扩展了霍利的观点，他们指出，同形性是由于在总体的组织形式之外没有其它更加合适的形式可以选择了，同形性使得组织的决策者可以有适当的例子学习并根据他们调整自己的行为。

作为新制度主义的创始人迈耶和布莱恩（Meyer and Brian，1977）认为任何一个组织必须适应环境才能够生存。迈耶和布莱恩提出：第一，我们必须从组织环境的角度去研究、认识各种各样的组织行为，去解释各种各样的组织现象。这是一个最基本的出发点；第二，如果我们要关注环境的话，不能只考虑技术环

---

① 本研究第六章关于民办高等教育组织管理特征的实证研究，得出了同样的结论。

境，必须要考虑它的制度环境（Institutional Environment），即一个组织所处的法律制度、文化期待、社会规范、观念制度等等为人们"广为接受"（Taken – for – granted）的社会事实。

迈耶和布莱恩指出，组织制度化过程即组织或个人不断地接受和采纳外界公认、赞许的形式、做法或"社会事实"的过程。如果组织或个人的行为有悖于这些社会事实就会出现"合法性"的危机，引起社会公愤，对组织今后发展造成极大地困难。

迪玛奇奥和鲍威尔（DiMaggio and Powell，1983）定义了制度型同形性的三个机制：

（1）强制性的机制（Coercive），它是从政治影响和合法性衍生而来的，例如，组织必须遵守政府指定的法律、法令，不然就会受到惩罚。法律制度具有强迫性。

（2）模仿性的机制（Mimetic）是由标准的反应和不确定性形成的，即各个组织模仿同领域中成功组织的行为和做法，模仿的一个重要条件是环境的不确定性。例如，组织的目标常常是不清楚的。理性模式告诉我们要有明确的目标，才能够进行组织设计。但是什么是组织的目标，我们常常并不清楚。

（3）规范化的机制（Normative）是与专业化相联系的。社会规范产生一种共享的观念、共享的思维方式。社会规范机制对人们或组织的趋同性有着十分重要的作用。

迪玛奇奥和鲍威尔指出：一旦当完全不同类型的组织中进入到现实中的同一个商业领域内（正如我们指出的，通过竞争，国家，或者专业），就会出现强大力量使他们彼此之间更加趋同。组织可能会改变他们的目标或者发展新的原则，或者成为新的组织以进入该领域。但是从长远来看，已经做出理性决策的组织者们在自己周围构建一种环境，以迫使他们有适应未来变化的能力。迪玛奇奥和鲍威尔在组织层次和组织域的层次上提出了同形性的基本命题。

豪斯查尔德和曼纳（Haunschild and Minner，1997：472 – 500）

的研究对模仿行为作了重要的推进。他们认为模仿机制按特征也可以分为三种不同的形式：一种是按频率来模仿；第二种是按照特征来模仿；第三种是按照效益、成果来模仿。

迈耶和布莱恩（Meyer and Brian，1977）指出组织的同形是与环境的同形，是组织的结构、功能和程序的同形，也是组织为了获得理性的合法性的必然选择。

利维（Levy，2004）谈到，新制度主义虽然是解释同形性很好的理论，但是它也有很大的局限性，利维在考察了阿根廷、中国和匈牙利三个国家的私立高等教育以后认为，私立高等教育中多样性超过了同形性的增长。多种形式的私立组织出现了，伴随着其逐渐增加的技术的合理性，有一种新兴的力量存在于组织的结构中，还有与组织密切相关的国家、专业化和市场，我们已经看到了一个被修补的（Revamped）和被贬低的（Diminished）国家和被鼓舞的市场以及有限的专业化程度，这些都使得与技术合理性有关的多样性在增加。

利维（Levy，2004）谈到，下一步的研究应该是探索同形性力量与多样性力量之间易变的平衡。

利维（Levy，2006）指出，新制度主义不适合我们来分析私立高等教育发展中形成的组织独特性，实际上，私立高等教育组织更加注重的是技术理性的竞争。

第四节 研究框架与研究视角

一、分析框架

对一个组织发展的研究，即要了解组织的发展历史，又要了解组织的现状，才能够把握组织未来的发展。本研究从纵向和横向两个主要的视角来分析民办高等教育的发展。从纵向的视角，将民办高等教育恢复以后的 30 多年分为三个主要的阶段，按照

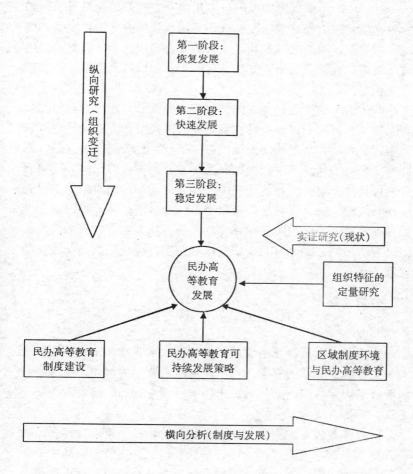

图 3-1 总体分析框架图

这种阶段的划分，着眼于组织结构的变化和组织的演变过程，对民办高等教育组织的三个阶段的特性进行研究。

对于一个组织现实的反映可以用多种方式，但是最有说服力的就是从实践中得到数据，也就是要用实证的方式得到真实的情况。本研究选取了陕西省和辽宁省的民办高校作为研究对象，通过问卷调查和访谈的研究方法，反映了目前民办高等教育组织的现实状况。

对于组织的发展研究，最终要解决的问题是组织如何可持续地发展下去，我国民办高等教育是在公办高等教育的夹缝中才得以生存下来的，制度的缺失是民办高等教育最为迫切的问题，因此需要研究如何建立现代的民办高等教育制度。对于民办高等教育的可持续发展，前人的研究中已经提出了不少的策略，本研究利用系统工程的方法对这些策略进行综合分析，从而得出根本性的发展策略。同时由于区域环境的差异，民办高等教育的发展状况就有所不同，因此有必要研究区域制度环境同民办高等教育的发展关系。

二、分析要素

1. 外部要素

影响民办高等教育组织发展的外部要素非常多，这些要素之间的关系也是非常的复杂，本研究从组织变迁的视角，将影响组织变迁的因素抽取出来，总结出影响组织变迁的外部要素为三个方面：资源、政策和环境。

民办高等教育的资源包括有：资金、生源、土地及校舍、教师和称谓，其中资金包括投资、贷款和捐赠；生源包括高中毕业生数量和外省的生源占总生源的比例；土地及校舍包括土地是否享受国家的划拨价格、学校是自有的校舍和学校是租赁的校舍；教师包括公办大学的数量、政策、专兼职教师的比例、教师的年龄结构和职称结构；称谓是指学校是被称为大学、职业学院，还是专修学院等，以及在学校的名称中是否有民办的称谓。

民办高等教育的环境包括了公办高等学校、社会认可和学生的就业市场。公办高校因素是指其数量、层次，是否招收成人、自考和网络教育的学生①，公办高校的扩招程度和分院等等；社会认可因素包括民办高校的领导人在社会上的兼职，社会上对于民办高校的舆论报道和导向，民办高校的学生是否能够享受像公办高校一样的贷款等优惠政策；就业市场因素包括民办高校的就业率、起薪和对于岗位的适应性。

民办高等教育的政策环境包括中央政府、地方政府、法律法规、税收和民政。中央和地方政府对民办高等学校的审批、评估和监管的方式是民办高等教育重要的政策环境。法律法规包括一系列的教育法律和法规，尤其是民办教育促进法和实施条例以及地方的政策。税收和民政因素包括是否给予民办高校免税的政策和是否允许民办高校进行法人登记。

2. 内部要素

影响民办高等教育组织的内部要素很多，经过对民办高等教育组织进行简化，筛选出最具有代表性的几个方面，同时这些要素对于民办高等教育的多样性或同形性均有不同程度的影响，图示如下：

表 3 – 1　影响民办高等教育组织变化的内部要素

	举办方式	投资	管理体制	董事会职能	组织结构	决策程序	人员构成
多样	√	√				√	
同形			√	√	√		√

①　公办大学的成人、自考和网络教育对于民办学校的冲击很大，同时公办大学由于教师在成人、自考和网络教育中兼课，也影响了公办大学的正常的教学和科研活动。

在以上内部要素中，举办方式主要包括个人举办、若干人举办、民营企业举办、社团举办、民主党派举办和公办转制等方式；投资包括是个人投资、若干人投资、企业投资、贷款、捐赠、政府资助，还是没有投资；管理体制包括董事会（理事会）领导下的校长负责制、校长负责制、校务委员会领导下的校长负责制和投资企业领导下的校长负责制；董事会（理事会）的职能是指决定学院的重大事情还是仅仅起到了一个咨询的作用；组织结构包括一个学院中包括哪些部门，是成立分院还是成立系，分院在教学、教师管理和学生的管理上有多大的权力，院长负责哪些部门；决策程序包括重大的决策中是由董事会做出的，还是由院长做出的，是否经过学校的委员会讨论，是否经过职工大会讨论通过；人员构成包括专任教师和管理人员的比例，专职教师和兼职教师的比例，教师同学生的比例，专任教师同学生的比例。

三、研究视角

1. 组织社会学的视角

组织社会学是从社会学角度去研究组织现象的。组织社会学的视角包含两个方面的含义，其一，在古典社会学中，涂尔干最明确地提出了一个社会学的研究方法。他提出，社会学的角度应该是从群体的层次来研究群体（社会）现象（周雪光，2003）。在本研究中，根据民办高等教育发展的不同阶段，将从民办高等教育组织中的区分出的不同群体（种群）分别进行研究，同时这些群体（种群）也是每个阶段中最具有代表性的种群。其二，社会学研究者越来越多地强调要分析、解释社会现象背后的"因果机制"。我们可以看到，对"机制"的关注大大减轻了理论研究的困难。"因果机制"的概念成为一个比较容易把握的分析角度：我们是从具体可观察的因果关系着眼去分析问题、解释问题，而不是去建立一个宏大完整的逻辑体系，去寻找具有普遍意义的因果规律（周雪光，2003:16）。

2. 理论联系实际的视角

民办高等教育的研究同民办高等教育的实践有密切的关联，本研究认为，理论必须联系实际，一是研究论文要联系实践中所反映出的问题，二是所研究确实是实践中存在的，并能够上升到理论分析高度的问题。配鲁（Charles Perrow）1986 年在《复杂组织》（Complex Organization）一书第三版的序言中这样写道："所有的重要社会过程都起源于正式组织或者正式组织在其中起到了重要的中介作用，组织研究必须是社会科学的核心。"组织社会学不仅仅是社会学的一个分支，而且是社会学的核心领域。它所涉及的组织制度、组织能量在社会生活中有着举足轻重的作用。这一领域中的研究活动为其他领域提供了重要的解释角度、研究课题和分析工具（周雪光，2003：21）。本研究就是从组织社会学的视角来解释民办高等教育发展变化的机制和特性。

第二部分

民办高等教育的组织变迁

第四章　民办高等教育恢复发展阶段

第一节　高考辅导班

　　1977 年在邓小平同志主持下，中断了多年的高等学校入学考试终于恢复了，高考的恢复对于我国高等教育的影响是非常巨大的，这其中也直接影响到了民办高等教育。1977 年的高考已经是当年的 12 月份，第一次高考结束以后，在社会上引起了巨大的反响，"文化大革命"的十年整整耽误了一大批的青年人，于是很多人开始投入到高考的复习当中，当时高考的录取率很低，多数中学应届和往届毕业生考不上大学，还要找地方继续复习来年再考，一些大学教师、中学教师、民主党派和社会团体就开起了高考补习班，这种补习班很受考生的欢迎，市场的需要是最好的动力，部分高考辅导班因此逐渐发展壮大，逐渐演变成为今天民办高等学校。但是也有相当一部分高考辅导班一直没有多少变化，甚至到今天，一些补习班还在办，而且很有影响。

　　当时，除了教师自己办的辅导班以外，比较有影响的高考辅导班多是民主党派办起来的。民办党派为了发挥智力优势，为社会主义建设服务，办起了很多高考的辅导班。例如民盟、民进阜新市委员会自 1981 年成立业余文化补习班和业余技术学校以来，到 1985 年，先后开办高考补习班、职工干部初高中文化班、电工技术班、英语班、青少年书法班、少年儿童小提琴班、自学考试中文、工民建、会计专业辅导班、土建中专班，共 54 期，98 个班。培养学生 4752 人。

　　1984 年 6 月玉溪市政协召开了第二次常委扩大会，作出了关于创办玉溪市政协补习学校的决定，1984 年 8 月经市人民政府批准，正式成立。补习学校自创办以来，先后开办了 18 个班。其中有职工文化"双补" 4 个班，成人高考 4 个班，缝纫 1 个班。两年多来入校学生 1193 人。其中有干部、职工 573 人，社会青年 610 人。初中职工"双补"班领取了合格证的 187 人，高中文理科和成人高考辅导班，两年经过国家统一考试，被录取大专、中专的 125 人（1985 年 76 人，1986 年 49 人），升学率分别为 45%、35%。

上个世纪 80 年代，天津市社会力量办学的发展很快，全市社会力量举办的各类学校有 281 所，开设的有高等教育自学考试辅导班，普通和成人高考补习班，初、高中文化补习班。还有各类职业技术、技艺培训班，文化生活班，各种少幼培训班。各类专业（科目）有 100 多种，在校学员达 56570 人。

1989 年内蒙古自治区社会力量举办的各类学校（班）共 261 所，比上年增加 110 所。这些学校开设财务会计、中医、维语、汉语、外语、无线电维修、裁剪缝纫、美容理发等实用技术学科，还开办了成人高考辅导班、高等教育自学辅导班，据不完全统计，在学人数达 3 万余人，其中少数民族占 20%。从办学的组织来看，民主党派中有民革、民盟、民进；人民团体有科协、文联、音协、老年协会等，个人办学已发展到 30 余家。

第二节　民办高等函授教育

与自学考试同时兴起的还有函授教育，20 世纪 80 年代初，十年浩劫刚过，百废待兴。许许多多渴望知识、渴望成才的年轻人被拒在高等教育的门槛之外。为了获得各种实用性的知识，各种函授学习班在全国各地普遍展开，当时有书法函授、口才函授、服装裁剪函授、会计函授、计算机函授、法律函授等等。当时在全国范围内比较大的函授机构是北京人文大学。

　　北京人文大学最初称为北京人文函授大学，是我国改革开放的浪潮中，为响应"多渠道、多层次、多形式发展高等教育"的号召，经北京市成人教育局批准，于1984年10月创建起来的一所高等函授院校。

　　北京人文函授大学成立短短一个半月，报名的人数竟达6万人。首批开设文学系、秘书系、新闻系，学制均为两年大专，招收学员5万人。第二年，招生专业新增了法律系、群众文化管理系、农业经济管理系。仅法律系就招收了9万多人，占全部学生的一半。

　　在发展的鼎盛期，北京人文函授大学在全国建立起近200个分校和辅导站，定期派遣知名学者、教授奔赴全国各分校、辅导站向学生面对面讲授、辅导，深受学生的欢迎。学校由最初3个系发展到12个系科，学员发展到50万人，为社会输送了大批人才。仅为国家培养出所需的法律专门人才，就高达28万人之多①。

　　像北京人文大学这样的函授学校，不仅仅是出现在北京，而且在全国各地踊跃出现，比如从1987年成立至今已经培养了几十万名计算机人才的"中国计算机函授学院"。

　　早在80年代初，钱洲胜（中国计算机函授学院的创始人）就萌生了要办一所电脑培训学校的想法。1984年，他拿出多年的积蓄，利用两间房屋，"中国计算机函授学院"的前身"安徽微机函授大学"由此诞生了。在他和一帮教师的努力下"安徽微机函授大学"迅速发展起来。几年的辛勤耕耘，终于把被人们视为不速之客、高不可攀的计算机从曲高和寡中解放了出来，他们培训的电脑人才开始服务于社会，同时也为钱洲胜事业的进一步发展打下了坚实基础。

---

　　①　材料来自于由李德堂主编. 北京人文大学志1984－2004［M］. 北京：中国文献出版社。

　　成功往往总是眷顾那些肯付出汗水，勇于开拓的人。钱洲胜便是这样。创业的千辛万苦，在他看来，是别人永远也夺不去的宝贵财富，他甚是珍惜。以后的日子里，钱洲胜更是加倍努力，用一个个辉煌的成绩实践着一个有志青年的崇高追求。"旧时王谢堂前燕，飞入寻常百姓家"。计算机为人们的工作生活带来了极大的方便，电脑普及教育随之而来。因此社会需求也日益扩大，原有的"安徽微机函授大学"已远远满足不了需要。早在1986 年，钱洲胜就预见性地提出：21 世纪，不懂电脑就是文盲。为了更好实现他的教育之梦，1987 年，他通过有关领导向国务院有关部门申请创办一所民办电脑培训高校，得到国务院有关机构和国家教委、安徽省教委的重视和支持。经国务院科技领导小组批准，1987 年 10 月 8 日，中国计算机函授学院正式成立。

　　如今函授学院已经发展到占地 2 万平方米，教学楼、办公楼、学生宿舍、综合服务楼等建筑面积达 4 万平方米，校园环境优美，硬件设施齐全、师资力量雄厚、人文气息浓郁。已形成了远程教育、短期培训、高等教育自考助学三大教学部门相互衔接、补充，多层次多类型的办学体系。在全国 35 所教学条件优越的高校设立了教学辅导中心和 65 个教学站，学员遍布全国各地（陈聪，2004）。

　　在当时的条件下，一些学校无法获得函授教育的批准，为了尽快的建立起函授学院，有一些地区借助已经成立的函授学院，在一些地区还建立起了分校，例如：

　　1984 年 11 月 11 日，湖北函授大学鄂州分校经湖北函授大学批准成立，由游俗奇等人组建。同年 12 月，游俗奇被任命为学校校长。1985 年 11 月 28 日，湖北省劳动人事厅、湖北省教育委员会在《关于职工、函授中等专业学校毕业生待遇问题的通知》中，将湖北函授大学鄂州分校明确为中等专业学校，国家承认其学历证书资格。

　　7 年来，游俗奇率领一批科技人员和中、高级知识分子，甘愿丢掉铁饭碗，一不要国家投资，二不要国家编制，自愿组合，自主决策，自筹资金，自负盈亏，在省委、市委和各级领导及社会各界的关怀支持下，以智力开发智力，以智力开发财力，白手起家，艰苦创业，创办了全国最大的一所融教学、科研生产、经营、咨询为一体的民办学校。为鄂、豫、赣边区和穷、老、少地区培养了社会急需的各类中等专业人才 15000 余名，兴建了面积达 15000 余平方米的教学大楼、学生公寓等建筑设施，先后创办了"珍稀动物研究所"、"养殖场"、"印刷厂"、"成人教育科研所"、"科技经营服务部"等实业单位，拥有固定资产达 600 余万元，为国家节省教育投资 1000 余万元，探索出了一条多元化的教育投资新路，走出了社会力量办学的成功之路。鄂州分校的成就，受到了中央及省、市有关部门和领导的赞扬与肯定。《科技日报》、湖北电视台等 10 多家新闻单位先后作过宣传报道，美国俄亥俄州大学校长、香港浸会学院院长等国际知名的成人教育学者曾赴该校考察访问（卢平，1992：36）。

由于教学方式的灵活，可以面向全国招生，因此，民办函授院校有了一个突飞猛进的发展，仅 1988 年，北京市就有面向全国招生的函授院校 19 所，这些学校共有学员上百万人，而且90% 都是外省市的学员，北京本地的学员不足 10 万人，这些函授院校中比较著名的还有中华社会大学、中国科技经营管理大学、京桥大学等。但是这些函授院校中，有一些不遵守教学规范，引起了社会上的不良反映，因而也带来了一些负面的新闻。

1986 年 7 月，国家教委和高教司领导在社会力量办学情况调查汇报会上指出：一般不再新建高等学校，社会力量办学也是一样，不要再批大专以上层次的学校和跨省市招生的学校。1987年中央有关领导指示："为了保证教学质量，搞好教学管理，今后不要再办跨省市招生的脱离地方教育行政部门管理的成人学校，已经办起来的要加以改变"。高教司有关领导曾数次向北京市成人教育局口头传达类似的批示精神。因此，北京市成教局对社会力量办学没有再批准新建高等院校。1988 年上半年，北京市成教局在根据国家教委要求，对全市社会力量办学情况进行普查和清理的过程中，遇到了社会力量办学面向全国招生的学校的有关政策问题。为此，他们曾多次向国家教委高教司请示，但均未得到明确指示（林小英，2010：25）。

尽管函授教育曾经作为一种培养技能的教育，拥有了一段时期的繁荣发展，但随着外部环境的变化，加之其颁发的学历证书无法获得国家的认可，因此进入到 20 世纪 90 年代，函授教育就逐步显现出萎缩的态势。以北京人文大学为例，1996 年 12 月经过北京市成人教育局的批准，北京人文函授大学改为学历文凭试点学校，校名改为北京人文大学，1997 年开始招收面授学生。

第三节　高等教育自学考试的辅导机构

国家为了给更多的人提供接受高等教育的机会，设立了高等教育自学考试，学生自学规定课程，通过了相应的考试，就可以得到国家承认的毕业证书。这种模式一经设立，立即受到了热烈欢迎，从下面的一段文章中可以看出当时参加考试的场景。

经中央批准，一九八〇年北京开始进行高等教育自学考试试点工作。这项工作受到了首都高等院校的热情支持和社会上的热烈欢迎，三年来有五万五千多人、十二万人次应试。其中，年龄最小的仅十六岁，最大的七十五岁，有干部、职工、战士、待业青年，有离休退休人员，还出现了母子、兄妹、夫妻同场应试的生动局面。考试合格率平均达到百分之四十以上，已颁发单科合格证四万五千多张，并已有一百三十三人取得了大专毕业学历（关世雄，1984：3）。

在改革开放初期的高等教育领域，经费投入的严重不足与人民大众对接受高等教育的强烈需求之间产生了极大的矛盾。以高等教育自学考试制度的确立为契机，民办高等教育开始以一种既不同于我国历史上的私立高等教育，又不同于国外私立高等教育的发展态势出现了（林小英，2007：90）。

这种新的高等教育模式，给民办高等教育组织的产生和发展提供了契机，于是有的高考补习班便改为或增加了自学考试的辅导班，同时一些大学的退休领导和教师也加入到了这个行列。90年代成长起来的民办专修学院多数都经过了自学考试辅导班的过程，自考的助考机构是民办高等教育发展过程中最初的组织形式。

第四节 民办高等教育的合法性

通过对民办高等教育发展历程的考察和分析，我们发现，民办高校的发展与其合法性的确立紧密相联，什么时候民办高等教育的合法性得到了确认，民办高等教育就走向繁荣，反之则走向衰落（文雯，2005：41）。以下是两个案例。

案例一：北京京华医科大学

北京京华医科大学是是由著名医学教育家、胸外科专家、中国医学科学院原院长、协和医科大学原校长黄家驷教授发起，首都医学界一些知名的医学专家、教授创办，经北京市卫生、教育领导机关批准，于1984年成立的一所中西医结合的民办医科大学（非学历）。

学校创办初期，中国医学科学院的名誉院长黄家驷教授，热心支持创办这所医科大学：为辅助国家栽培急需人才，也为高考名落孙山的青年提供升学的机会。他再三叮嘱这两位校长：无论如何，我们都不能叫那些失学而不丧志的青年人失望。

非常不幸，这之后不久，这位中国胸外科学奠基人和中国生物医学工程学奠基人之一，因碎发性心室颤动而长辞人世。大业始创，就失去了这根台柱子，打击是十分沉痛的。

但沉痛之余，王辅民与王起决心实现黄家驷的遗愿。王辅民，刚刚退下来的协和医院党委书记，建国之初的大连医学院党委书记兼副院长，再早是延安医科大学的干部，搞医学教育已走过漫长而极不平坦的路，王起，原是空军医学研究所主任，早年也曾救死扶伤于抗日烽火之中。他们没有因为境遇的变迁和个人的沉浮而淡忘了过去。他们考虑到，与全日制高等院校同时招生，用全国高等医学院校的统编版材和统一的教学计划，学生的成绩只能略低于国家统一高考的录取线，这些都好办，关健在于办事的人。

日月如梭，转眼到了1986年。当初只有单一的中医班，逐渐增加到中药、口腔、针灸按摩和实验技师共6个班，学生由40多人猛增到270多人。当初的教室只有青年会主楼下的一间地下室，逐渐扩展到崇文门后沟胡同青少年科技馆的四间教室、中医学院东直门医院教学楼上的一间大教室、以及和平里中医学院内的一座工棚般的简易课堂。应聘的兼课老师也增加到80多人。

学以致用，理论必须联系实践。尤其是要掌握纯粹的医术，必须边上课、边实验，边实习临床。每一间教堂都是租借而来的京华医大，没有中医、西医的任何一种实验室。兼课老师们也帮大忙——他们从哪来就把学生带到哪儿去实验和实习。协和医大的，中医学院和首都医学院的，中医研究院的，北京口腔医院和中日友好医院的，实验室设备都相当好，多多关照少收费。一个班三四十名学生，有的老师如口腔医院教育办公室主任沈铭昌教授，每次实验宁可自己一个一个手把手教，也不要配备助手，为的是每次为京华省下几元钱。

在家长会上，一位家长很有感触地说，"大学也开家长会，这就是个创举，"不少家长主动要求学校提高学费。

从1984年秋天到1987年1月放寒假为止，6个大专班累计共收学费122390元，平均每个学生每年只交费209.2元。学校支出教室租借费和学生实验费 97000 元，课桌、课椅、油印机等家具设备和文具的购置费 5000 元，而 80 多位兼课老师累计 1 万多个课时的讲课费，只有 47900 元，校长、班主任们十余人三年中的津贴交通费，外加学校零星杂支费，只有 12500 元。总共支出 162900 元，平摊到学生头上，每人每年支出 278.5 元。这大约只等于国家为首都公办高等医学院校每个学生每年开支的经费的几十分之一。

这当中，出现了 40510 元的赤字。急公好义的单位如卫生部、中日友好医院、协和医院等慷慨资助，才使京华渡过了这道难关，270 多名学子的学业得以为继。

京华医科大学在办学中充分发挥专家教授的优势，治学严谨，培养出品学兼优的医学毕业生，得到社会的认可，并受到用人单位的青睐。在 1993 年经上级批准，成为国家高等教育学历文凭考试首批试点院校之一。

北京京华医科大学在成立的初期，是一群老教授和医务工作者们怀着一颗颗教育之心，兴办起来的民办大学，由于在上个世纪 80 年代高考的录取率很低，能够考上大学的人数很少，加上十年动乱之后医院短缺医护人员，所以京华医科大学的毕业生能够找到工作，但是京华医科大学在办学过程中，没有初期的投入，而且又没有在较短的时间内完成原始的积累，尽管在 1993 年的时候获得的高等教育学历文凭考试的资格，但是随着我国高等教育的扩招，医学专业毕业生分配的困难，京华医科大学的写实性毕业证书在就业市场上没有任何优势，因此难以为继。

案例二：沈阳盛京大学

沈阳盛京大学是 1985 年由辽宁省民主同盟创办的一所民办大学。民盟中很多盟员都是大学的教授和医生，他们都希望给自己不能够上医科大学的子女提供上学的机会，于是沈阳盛京大学就开设了医学、中医学、检验等大专课程和护理中专课程。学校一开始是同沈阳医学院合作利用他们的教室和实验设备，合作三年以后又同中国医科大学合作了四年，当时有的学生家长就是大学的教师，学生从一开始的 30 多人，到后来增加到了 70 多人。

当时的盛京大学的毕业生还是比较受欢迎的，很多毕业生都进了医院作医生或护理员。由于农村缺医少药的局面非常严重，沈阳盛京大学就主动招收农村学生，当时学校提出毕业生要"回得去，留得住"，但是其学生还是城市的孩子占多数，他们不希望到农村去任职。从 1993 年开始，公办医科大学的毕业生就不好分配了，很多都进不了大医院，所以后来的招生就非常困难，学院面临生存的危机。

到了 1995 年的时候，盛京大学做出了一个错误的决定。当时恰逢沈阳市的新民县改成新民市（县级市），新民县为了提高知名度，与盛京大学商谈希望学校搬到新民县，县政府给学校解决校舍，同时每年提供 20 万元的经费支持，盛京大学没有经过认真的论证，就将校舍从沈阳市区搬到了新民县，开始在新的校舍办学，后来新民县政府答应的经费并没有完全兑现。由于新民县偏僻的地理位置，沈阳市的学生和其它地区的学生都不愿意去，只能够招收新民县当地的学生，所以当年只招收了 20 多名学生。

学校虽然不用支付校舍的费用，却要支付很大的交通费用，每天学校用通勤车将老师从沈阳市接到学校，晚上再送回来，每天在路上要消耗 3 个小时，非常地辛苦；往来的交通费用和入不敷出的教学开销，将学校几年来积攒的几十万资金很快消耗殆尽，最后盛京大学于 1998 年被迫又迁回沈阳市。

之后，学校的董事会作了调整，该校在沈阳市区租了一个比较大的校舍，重新开始招生，然而恰逢全国公办大学开始扩招，该校就没有招到多少学生，学校同时还在办企业，想用企业的赢利来资助学校，并以学校的名义从马来西亚借了 200 万的无息贷款，后来生意赔了无法还款，受到了处罚。

沈阳盛京大学是辽宁省的第一所民办高校，在总结其办学的历程时，学校的举办者谈到了观念落后、没有看准市场、承担风险的意识不强等等原因，这些的确是他们没有发展起来的原因，但是这些都是内部原因。制约他们发展的还有外部的原因，即当时的民办高校没有独立的合法性，在没有独立的合法性的时候，他们只能够在很小的规模上招生，为了扩大招生的规模，就需要自有的校舍，为了解决校舍的问题，搬迁到郊县，而将学校引入歧途。在没有合法性的时候，民办高校难以承受环境的恶化（如公办高校的扩招）。

困扰民办高等教育发展的因素首先是合法性的问题。1984年3月，中国第一所国家承认学历的民办大学"北京海淀走读大学"（现名北京城市学院）正式成立。该校于1983年开始筹办，在中共海淀区委领导和三所重点大学（清华、北大、人大）的关心支持下，1984年教育部长何东昌做出批示：可以试一试批准搞个"试验性的专科学院"，并给了600名专科生指标。而几乎在同时建立的沈阳盛京大学却没有得到这样好的待遇，从办学人的素质来讲，沈阳盛京大学的负责人也是具有多年公办高校管理经验的领导，但是在不具备合法性的前提下，加上一系列的其他因素，沈阳市的第一所民办高校才没有发展起来。

任何新制度都不是凭空产生的，总是在旧制度出现重大危机时，作为原有制度的代替品或者修补品出现。中国的民办高等教育显然是以修补品的形态产生，其好处在于比较容易借助已有的高等教育制度找到合法性来源和基础，即补充国家高等教育资源不足和促进辅助考试制度的完善，这在很大程度上促使其萌芽的成长。上世纪80年代初，原国家主席李先念在对民主党派热心办学表示赞许时首次使用了"拾遗补缺"一词，这一概念一经提出，马上见诸各大报刊，在社会上得到了极大的认同，在此后相当长一段时间内，"拾遗补缺"成为了民办高校取得合法性地位的重要标志。然而，我们也必须客观地看到，正是由于产生之初对国家正规教育体制的强烈依附性和"拾遗补缺"地位的广泛认同,为民办高校日后的独立发展埋下了隐患,也正是这种隐患导致了今天民办高校发展难以逾越的制度性瓶颈(文雯,2005:43)。

民办高等教育第一个阶段采取的是低投入低产出的滚动式发展模式。其特性是缺乏合法的、独立存在的组织形式,办学者多数是学校或文化部门在职或退休的教师或领导,他们以较小的资金投入、租赁的教室、聘请兼职教师的方式办学。由于民办高等教育还不具备独立和合法的办学形式,其本身存在着很大的不确定性,所以无法吸引到大量的社会资金进入到民办高等教育中。以上案例表明这种模式发展中组织承受环境变化的能力小,组织的凝聚力小,组织的发展不稳定,容易改变。

第五章　民办高等教育快速
发展阶段

　　民办高等教育发展的第二个阶段是我国民办高等教育恢复以后的一个非常关键的时期，在第一个阶段中，民办高等教育一直徘徊在低投入、小规模的程度，民办高校还依附在自学考试上，没有自己独立的具有合法性的办学模式。在这种低投入、小规模的发展的模式之下，很难吸引社会资金进入民办高等教育系统中。虽然在民办教育恢复以后，民办的中小学在全国各地都兴办起来，有的私立中小学在一开始就有大量的资金投入，建起了高规格的校舍，办成了贵族学校。但是由于民办高等教育缺乏合理的存在模式，其发展的规模和速度都无法同民办的中小学相比。

　　学历文凭考试试点的出现，使民办高等教育终于有了自己独有的办学形式，这时候的民办教育机构才真正地成为高等学校①。在第二个阶段的 11 年里，民办高等教育才真正地发展起来，比如陕西省几所著名的万人民办大学，多数是在这个阶段发展起来的。

　　由于学历文凭考核试点学院在名称上都有"专修"的字样，所以在以后的研究中将这类学院简称为专修学院。

---

　　①　自学考试的助考机构实际上仅仅是一个高等教育机构，它基本上没有按照高校那样区分招生、教务、财务、后勤等部门，学生基本上是走读的，教师多数是兼职的，工作人员既负责招生又负责排课，教室是以租用的为主。

第一节　学历文凭考试试点院校
发展案例

案例：北方某美术职业学院

　　北方某美术职业学院的创始人原来是省服装研究所培训部的负责人，他从1989年开始承包研究所的服装裁剪缝纫培训班，后来扩大为省服装研究所的培训学校。一开始的时候在一个中学租用两间教室，一间讲课，另外一间作为实习教室，由创办人自己讲课，聘请从服装厂退休的老师傅担任实习教师，培训学校的招生一直很好，后来几次搬迁，租赁的场地也逐渐扩大，从2间教室到一层楼，再到两层楼，最后租了一栋楼，培训的层次也从短训班开始，逐渐增加了服装的中专班，同时开始招收服装设计专业的自考学生。

　　学校在全国的服装杂志上做广告，招收了很多外地的学生，增加了住宿和食堂，逐渐开始由助学教育向学历教育转化。

　　1999年，培训学校被批准为学历文凭的考试试点学院，改名为省服装专修学院，并依靠学院积累的资金在沈阳市的郊区购买了一块校舍，这块校舍含有3栋教学楼，2栋学生宿舍楼，1栋教工宿舍楼，2个学生食堂和其它教学辅助设施，后来学院对整个校园做了全面改造，并新盖了计算机教室和大型的工艺教室，学院开始逐渐走向正规化。

　　本案例的学校（以下简称美院），在1989至1999年之间，从一个服装培训班发展成为专修学院。在美院的发展过程中，没有任何外部投资，完全是依靠滚动发展起来的。学历文凭考试试点的办学形式，在美院的发展过程中起到了非常大的作用，如果没有这种过渡的形式，仅仅依靠招收中专的学生和自学考试的学生，是很难发展起来的。当时中专的生源和自学考试的生源来自于本地，当美院最初成立时，有很多这样的服装培训班，但后来都没有发展起来。同时还有几个市属的服装职业高中，毕业也是同样颁发中专学历，由于北方地区学习服装专业的学生越来越少，最后这几个服装职高的招生情况都不好。

学历文凭考试的招生不在国家的招生计划内，对其招生数量和地区没有限制，美院很多的学生来自于南方，尤其服装设计专业，还有一些学生来自于东北的其它省市。多渠道的学生来源，保证了美院生源的充足，从而促进了学校的健康发展。从美院的发展可以看出，如果没有学历文凭考试这个过渡过程，民办高校仅仅依靠自学考试助考和中专层次的教育，达到升格为独立颁发学历文凭的高职学院的标准是非常困难的。

学历文凭考试的课程设置，虽然从理论上说国家考试、省考试和学校自己组织考试各占1/3，但是为了满足学生毕业后工作的要求，一般学校都会增加专业课程，所以实际上，本校的考试科目基本上占了1/2，这部分由本校考试的课程多数是专业课程，这些课程同学生的就业直接相关，所以学校都比较重视这些课程。

考察美院的教学计划发现，电脑服装设计专业国家考试3门，省考试6门，本校考试9门；广告设计专业国家考试3门，省考试6门，学校考试10门；室内设计专业国家考试2门，省考试7门，学校考试7门。正是由于学校考试的课程非常符合实际工作的需要，其毕业生受到服装公司、广告公司和装修公司的欢迎，每年的毕业生基本都能够找到工作，学生就业的前景好，反过来对于招生又是一个非常好的刺激，这样就使学校越办越好。

表 5 - 1　美院 2002 年 - 2004 年的发展情况

年份 \ 分类	毕业生数	招生数	在校生数	教职工	占地面积（平方米）	固定资产（万元）
2002	0	227	362	138	75000	8000
2003	0	258	565	96	75000	8000
2004	273	572	1513	135	75000	10000

注：该表来自于辽宁省教育信息中心的统计表。

短短的几年中，美院的在校生急剧增长，后来在 2004 年国家取消学历文凭考试的时候，学校的硬件和软件都达到了国家的标准，顺利地升格为民办职业学院。

第二节　专修学院的发展过程

学历文凭考试自 1993 年北京市试点后，在很短的时间内就在全国三分之二省市普遍开展起来。由于学历文凭考试还属于试点性的办学方式，所以在公开的统计数据中还同自学考试的数据混同在一起，无法单独获得，公开资料上能够获得的全国性的数据是从 1996 年开始的。辽宁省专修学院的数据是从 2002 年开始单独统计的。

专修学院发展最快的是从 1996 年到 2000 年，在全国范围内从 1996 年的 89 所发展到 2000 年的 467 所，平均每年递增近百所学校，在校生的人数从 1996 年的 5.14 万人，增加到 2000 年的 29.7 万人。从平均的在校生人数上看，1996 年为 577 人，2000 年为 635 人，平均在校生的人数，基本上没有多大的变化，这个时期，专修学院主要是外延式的数量扩张。从全国来看，一少部分学校的在校生人数急剧增加，很快达到了较大的规模，并能够很快升格到高职学院，而多数专修学院的在校生较少，不能够获得足够的扩张资源，加上组织所具有的惰性，在第二阶段的末期，当国家政策突变的时候，因为不能够应对环境的变化而消亡。

辽宁省在全国是第二个实行学历文凭考试试点的省份，从开始进行学历文凭考试试点的工作以后，辽宁省最多的时候有40多家的学历文凭考试的试点学校，在全国也是排在前列的，但是这些学校多数是以租赁校舍，聘请兼职教师为主，很少有自有校舍的，详见下表：

表5-2　辽宁省专修学院数量情况变化表

年份 分类	总数	新增	减少	升高职	招生低于100人学校（百分比%）	在校生低于300人的学校（百分比%）	无自有用校舍学校（百分比%）	固定资产低于500万元（百分比%）
2002	31				16（52）	17（54）	13（42）	16（52）
2003	28		3		20（71）	18（64）	11（39）	17（61）
2004	25		3		17（68）	17（68）	11（44）	12（48）
2005	22	3	3	3	21（95）	18（82）	10（40）	13（60）
2006	25	3			25（100）	25（100）	13（52）	15（60）

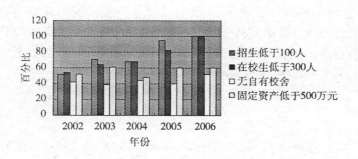

图5-1　辽宁省专修学院分类百分比的变化图

在 2002 – 2004 年期间，辽宁省的专修学院有大约 52% – 71% 的学校招生低于 100 人，有 54% – 68% 的学校的在校生低于 300 人，有 39% – 44% 的学校没有自有的校舍，有 48% – 61% 的学校的固定资产低于 500 万元。可见在辽宁省内，这些学校到 2002 – 2004 年期间就已经处于消亡的边缘了。在 2004 年后国家取消学历文凭考试以后，这些学校招生数为零，面临倒闭。

与 2001 年以后专修学院中多数学校的滑坡相反，民办高职学院从 2002 年以后逐渐成为民办高等教育的主要办学形式。

第一个具有独立颁发文凭资格的民办学院是海淀走读大学，该校虽然是我国第一个民办高职学院，但是由于得到海淀区委、清华、北大和人大的支持，是带有试验性的民办学校①。所以真正意义上的具有独立颁发文凭的民办大学是在 1994 年 2 月被原国家教委批准实施高等学历教育的河南黄河科技大学（孙宵兵，2003：83）。虽然黄河科技大学的成立仅比北京的第一批的专修学院的成立时间晚一年，但是一直到 10 年后的 2004 年，民办高等教育的主要形式仍是专修学院，两者的变化如下图。对于民办高职院校的分析，本研究安排在第六章和第七章中进行。

从图 5 – 2 和图 5 – 3 看出，虽然 2004 年专修学院的数量是职业学院的两倍，但是从 2002 年开始，职业学院的在校学生数量就已经同专修学院持平了，2002 年是民办高等教育发展的一个转折点。从这个时候开始，高职学院和独立学院已经逐渐成为民办高等教育的主要办学形式。

---

①　1984 年 3 月，中国大陆第一家国家承认学历的民办大学" 北京海淀走读大学（现名北京城市学院）" 正式成立。该校于 1983 年开始筹办，在中共海淀区委领导和三所重点大学（清华、北大、人大）的关心支持下，1984 年时任教育部长何东昌才做出批示：可以试一试批准搞个" 试验性的专科学院"，并给了 600 名专科生指标。

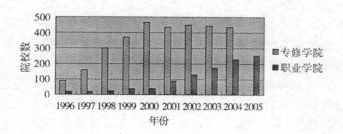

图 5-2 专修学院和职业学院的变化图

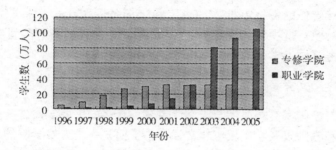

图 5-3 专修学院和职业学院学生数量的变化图

第三节 学历文凭考试制度取消
对于民办高校的影响

2004 年 7 月 2 日，教育部考试中心网站公布教育部通知，通知要求，结束高等教育学历文凭考试试点工作，取消高等教育学历文凭考试。教育部在通知中指出，教育部在通知发布后将不再对文凭考试试点省份进行资格审批，已具有文凭考试试点资格的省级教育行政部门，一律不再对文凭考试试点机构进行资格审批，并切实做好各项善后工作。已具有文凭考试试点资格的民办高等教育机构，2004 年可适度招收文凭考试学生。自 2005 年始，所有进行文凭考试试点的民办高等教育机构，一律终止招收文凭考试学生。

2004 年秋季招生入学的以及 2004 年前已在学的文凭考试学生仍继续执行教育部《关于进一步做好高等教育学历文凭考试试点工作的意见》的规定。教育部取消高等教育学历文凭的依据是《国务院关于取消第二批行政审批项目和改变一批行政审批项目管理方式的规定》中"取消对实施高等教育学历文凭考试试点省份的资格审批"的决定和《国务院关于第三批取消和调整行政审批项目的决定》中"取消省级对实施高等教育学历文凭考试试点学校的资格审批"的决定①。

一、学历文凭考试取消后民办学院的反应

对于国家突然取消学历文凭考试，众多的民办专修学院的举办者和教师以及学生反应非常强烈，下面是一个专修学院的校长写的文章，从中可以感觉到他们的心情：

实践证明文凭考试在满足广大人民群众日益增长的教育需求方面；在寻求助学教育与学历教育之间办学最佳模式方面；在对有志为发展国民教育投资办学者增强吸引力方面，均显示出极大的生命力。国家对其突然叫停，对于正在实施高等教育学历文凭考试的民办学校是一个沉重的打击，在政策连续性和实施可行性方面是难以接受的。

学历文凭考试的取消，正值民办教育促进法及其条例尘埃落定，民办高校举办者满怀希望准备再投入再发展的时刻，也恰逢民办高校招生的关键时刻，这项制度的实施引起了民办教育工作者特别是投资者极度不满，也造成了非常不良的后果，在这个制

---

① 新京报记者，2004. 教育部：取消高等教育学历文凭考试 [N]. 7-5.

度颁布前辽宁省曾有49所民办高校，到了2005年只有6所学校招生，其余都面临关闭的边缘。

取消学历文凭考试的试点是教育部对行政许可的一种清理，但衡量依法行政根据，不能单凭是否符合行政程序。应注重的是其行政行为是否符合学生的需要，是否符合社会的需要。学历文凭考试实行以来深受广大受教育者欢迎，也确有一批青年由此成才。这种学校教育形式，也大大的调动了社会投资者的积极性。这已经说明高等教育文凭考试符合了受教育者和办学者的根本利益，是根据我国国情设计和实施的一项特殊的办学体制。就其推行文凭考试初衷而言，是在自考基础上选拔一些好的学校进入的，是对自考办学体制的一种改革和发展。

取消文凭考试损害了办学者的合法权益。违背了《民办教育促进法》的立法宗旨。特别是《民办教育促进法》颁布以后，愿投资民办高等教育者大有人在，新企业家积极加盟的屡见不鲜。然而这种善良愿望遭到厄运，已经投资于民办高等教育者的利益失去了保障，对于办学者产生了不良的影响，政府政策的不连续性和随意性，使投资民办教育的风险加大，《民办教育促进法》原本没有解决的产权问题就已经打击了投资者的积极性，学历文凭考试的取消又是雪上加霜，使得原本希望投资民办教育者望而却步。

二、学历文凭考试学生的流向

从图5-3中可以看出，从2000年开始，全国学历文凭考试机构在校学生人数一直在30万人左右，2004年取消学历文凭考试以后，民办专修学院为什么没有转回到继续招收自学考试学生的"道路"上？2005年以后不能够参加学历文凭考试的学生都流向了哪里？

自学考试的助考最早是从公办大学和民办助考机构开始的。早期建立的民办专修学院多数是由自学考试助考机构发展起来的，后期建立的民办专修学院多是直接申请成立的，同自学考试的关联不大。从全国来看，自学考试的通过率很低，研究结果表明，自学考试的课程通过率大致保持在 50% 左右，但累计全部课程的合格比例要小于 10%（贾洪芳，2006：23）。公办高校连年的扩招，近几年自学考试的人数逐渐下降（陈俊梁，2006：89；王铁，2003：26）。由于学历文凭考试是在民办专修学院中举行，学生参加全日制学习，一半的课程由本院组织考试，通过率基本上有保障，所以学生们都愿意选择学历文凭考试，因而很多民办专修学院都以学历文凭考试为主了，参加自学考试的人数自然逐渐减少。

2004 年取消学历文凭考试以后，原来同公办大学联系紧密，同时兼有自学考试服务的民办专修学院还能够继续招收自考的学生。本研究的调研表明，辽宁省专修学院中还能够招收到自考学生的有 3 所，分别挂靠到了辽宁大学、东北大学和大连理工大学。其余没有挂靠到大学的专修学院则面临或已经倒闭了。

从表 1-1 可以看出，2005 年共计有高等职业学院和独立学院 547 所，比 2004 年增加 72 所；2005 年在校学生共有 212.63 万人，比 2004 年增加 73 万人。学历文凭取消以后，这部分学生多数"流"到了高职学院和独立学院，只有"少数"回流到自学考试中。因此，取消学历文凭考试以后，多数的民办专修学院已经无法回到招收自学考试的"道路"上了①。如果不能够升格到高职学院，就只有消亡。

从学生的来源看，自学考试学生多数是已经上班有工作的人，想利用业余时间学习的。到 2003 年各类在职人员已经占报考人数的 70%，考生中具有专科以上学历的已占到报名人数的 40% 多（贾洪芳，2006：23）；学历文凭考试的学生是高考的落

---

① 本研究的调研中，有的民办专修学院改成了职业中专，还能够招收到一些学生，勉强维持。但是职业中专提供的已经不是高等教育了。

榜生，是全日制的学生。所以，取消学历文凭考试，这些学生只会选择高职、独立学院，甚至是成人教育，多数不会选择自学考试。

取消学历文凭考试以后，这部分学生没有转到自学考试中，而是转到民办高职学院和独立学院中了。

国家在 2004 年颁布行政许可法的同时，取消了对于民办高等教育发展起到了重要作用的学历文凭考试的试点，使全国 400多所民办学校中的大多数学校立即面临着合法性的危机，从表面来看，是国家的这个政策使多数民办高等学校面临消亡，但是实际上是否还有其他的原因？

与民办高等教育组织发展密切相关的因素是资源。本研究主要研究三个方面的资源：称谓资源、土地与校舍资源和教师与学生资源。

第四节　民办高等教育发展的资源

一、称谓所能够提供的资源

"称谓"是指对于一定个体的称呼，本文所谓的"称谓"是指政府管理部门对民办院校称呼的某些固定的限制和硬性的规定。

在前面案例中提到的沈阳市成立最早的"盛京大学"，在由沈阳市审批时的名称中使用了"大学"一词，听起来很是悦耳。但是 92 年划归到辽宁省归属管理的时候，就必须要将"大学"的名称拿下去，换上"学院"。

1993 年以后，凡是举办学历文凭教育的民办学院都要求在学院前面冠以"专修"的前缀，"专修"是什么意思，从字面上理解可能是专门进修。但是本研究请教了很多人，谁也没有真正解释明白。如今具有独立颁发学历文凭资格的民办学院又要在学院前面加上"职业"的前缀，可见，政府从名称上已经将民办高校定位在职业教育上了。

　　了解我国民办高等教育的人都知道，北京市有一个"吉利大学"，据吉利大学的负责人讲，这个"大学"两个字是北京市教委为了吸引吉利集团在北京投资办学时给予的特殊优惠条件，而北京其他的民办高校却没有享受到这样的优惠。

　　曾经在辽宁省教育厅负责民办教育管理的官员谈到辽宁省的民办高等教育的发展时，颇有感触：

　　　　对比九十年代我省和陕西省对民办高校的校名管理，对今天两省民办高校发展所造成的后果，我们明显感到有些后悔。当时，我省严格按照教育部的要求，规范民办高校的名称：只能叫专修学院，必须加花名，前面必须加民办、后面必须加筹办。而陕西几所发展规模大、办学条件好的民办高校，当初的起点与我省的一些民办专修学院完全在一个水平线上，也是靠收取学生的学费滚动发展起来的。但是由于他们当时的校名都叫某某大学、某某学院，吸引了包括我们辽宁省在内的大批高考落榜生。后来又通过收取建校费、与农民合作、银行贷款和集资等方式，征用大片不可耕种的土地，建起高标准校舍和教学设施。而我省的多数民办专修学院一直都在小规模、低水平上艰难地运行。

　　可见"称谓"对于民办高校是一个很大的资源，古话说："名不正、言不顺"，民办高校在称谓上一直处在同政府的博弈中，比如过去民办高校在打广告和印刷宣传品的时候，统统都将"民办"、"筹办"和"专修"等字眼删去；西安有一所民办高校一开始一直叫"西京大学"，但是变成职业学院以后，按照政府主管部门的要求改为"西京学院"，但是在学校的习惯上，还是称自己为西京大学。

　　对于称谓的问题，从交易的成本上看，政府统一名称，并禁止使用某些特殊的名称，是为了降低交易的成本。这是政府行为的必然选择，政府之所以做这样的选择，是因为多年以来中国的教育都是政府包办的，政府担负着原本应该由政府和社会共同承担的教育责任，老百姓已经习惯了教育上的事情找政府，已经形成了一切事情都相信政府的习惯性思维，政府为了担负好这个责任，必须降低交易的成本，而在名称上的限制，就是降低交易成本的最好的选择。实践证明，这种限制虽然起到了对民办高等教育的规范的作用，但是对于民办高等教育的发展却往往是不利的。

二、民办高校的土地和校舍资源

　　土地和校舍是民办高校的主要资源，在民办高校发展的初期，多数学校都是租赁的校舍，租赁校舍每年要支付大量的租金，随着民办高校的扩大，民办高校逐渐开始建立自有的校舍，这就需要购买一定的土地。

　　近几年随着我国基本建设的增加和房地产市场的持续升温，作为不可再生的土地资源，其价格持续上升，这使民办高校申办用地越来越难。西安的几个民办高校之所以能够发展壮大起来，得益于在上个世纪90年代末期和本世纪的头几年，他们抓住了时机，在土地价格还没有涨起来之前，购置或租赁了相当数量的土地，并盖起了自己的校舍。本研究在西京学院访谈的时候，该院的一位校领导谈到：

　　西京学院（原叫西京大学）成立的时间是1994年，原是由几个教授办起来的，就在西安市区租的一个楼，当时既没有自己的房子，也没有多少流动资金，就是这几个教授凑了点钱办起来的。由开始的几十个学生发展到后来的五六百个学生，当时招生很困难，从1994年到1998年，学校发展很缓慢。

　　到了1998年的6月份，西京学院就和西安半坡英语学校合并了。半坡英语学校有小学、初中、高中，这个学校从经济实力来讲是比较雄厚，有自己的校舍和资金。半坡学校的校长是任万军，虽然他的土地是租来的，但是校舍全都是自己盖的。合并以后领导机构就变了，当时半坡英语学校的任万军，出任法人兼常务副董事长，董事长就是原来西京学院的董事长，是陕西省的┈务副省长，他退休下来以后兼任。

两校合并之后就开始建房子，当时建的比较快，两个月的时间就建好了。合并后的第一年，招生达到 1300 多人。因为合并前半坡英语学校有自己的校舍，所以合并以后西京学院又在原来校舍的西边又盖了楼，西京学院从此以后有了自己的校舍。学校有了自己的校舍发展就不一样了，1999 年的时候在校生就达到了 5000 人，2000 年超过 10000 人。学生超过 10000 人以后问题就出来了，原来半坡英语学校的场地有 310 亩，装不下这么多学生了。

学校领导就决定开始扩建，西京学院现在这个校址是 2000 年的 10 月份选定的，从 2000 年 11 月份开始征地，第一批征了 482 亩地，从 10 月份开始申请，到 2001 年 2 月 13 正式批下来，2 月 16 日开始建，共建了 16 万平方米建筑，一直到 8 月 12 日全部建成，两天后学生开始入校报到。

我国的民办高校从恢复以后直到今天，由于历史较短和实力较弱，单个学校还没有形成自己独有的、鲜明的特点，部分民办高校除了在专业上与其它民办高校有所区别以外①，基本上就没有其它被社会所公认的特点了。作为高中生和其家长很难根据其学校的特点来判断应该选择哪所学校。

教育规模的急剧扩大，使得民办高等教育成为高中毕业生的次优选择，民办高等教育处于"二级"市场的地位。对大多数学生而言，民办高等教育只是他们无法进入公立高校的"第二选择"（占盛丽、钟宇平，2004：58）。

在这种情况下，不能够上公立高校的高中生在选择民办高校的时候，只能够根据其学校的规模、校舍的好坏、硬件的设施来

---

① 比如，有一些民办高校是艺术、服装、广告、美容、汽车、软件等专门的学院，而多数的民办高校是的商务、旅游、外语和管理类的综合学院。

决定选择哪所学校了。所以有自有校舍，同时规模较大的民办学校，在招生上就有很大的优势，也能够迅速地扩大学校的规模，从而能够在民办高校的竞争中获胜。

三、民办高校的师资和学生的资源

民办高等学校资源包括教师资源和学生资源，其中教师资源在民办高校建立的初期，对于民办高等教育的发展起到了非常重要的作用。本研究比较了北京、沈阳、西安、大连和锦州5个地区提供教师的能力，在民办高等学校的办学初期，教师主要来源于公办高校，本研究在陕西调研的时候，了解到多数民办高校在开办初期，其学校的休息时间不是周六、周日而是周一到周五期间的两天，这样做的主要目的是为了公办高校教师能够在周六和周日给民办高校兼课①。到现在，有一部分学校的休息时间已经改为周六和周日，因为他们的师资力量主要是专职教师了，但是还有部分学校的休息时间没有恢复正常。本研究在同某学院的副院长谈到民办高等教育的陕西现象时，专门谈了教师方面的原因：

陕西特别是西安市高等院校比较集中，像211大学，一般一个省是一、二个，而陕西的211大学是7个，分别是西安交通大学、西北大学、西北工业大学、西安电子科技大学、西北农林科技大学、长安大学和第四军医大学，陕西985大学3所，分别是西安交通大学、西北工业大学和西北农林科技大学。

在民办教育刚刚起步，陕西省尤其是西安就有这样好的高等院校师资的资源，这种资源对民办教育是很好的支撑。西安各种教师都有，这就是为什么比较大的民办院校出现在西安，而没出

① 在辽宁省调研的时候，了解到民办学校的休息时间基本上都是周六和周日，从这一点可以反映出，辽宁省的民办高校对于公办大学的师资的利用情况不如陕西省。

现在陕西省的其它城市的原因。政府对公办高等院校师资的政策比较宽松，当时公办高等院校还没有扩招。高等院校人浮于事，教师比较多再加上有些教师也面临着退休，他们身体很好，又年富力强，需要有能够施展才能的地方，需要有地方发挥余热，民办院校需要教师，有公办院校的教师的支持，这是陕西民办高等教育发展很快的原因之一。

在学生资源上，既有影响学生的选择的因素，也有影响学校的招生的因素。

影响学生选择有三个方面的因素：第一个因素是地区的吸引力，对于学生来说，上学都希望能够到比较好（地区吸引力较高）的地区，比如在下表中的 5 个城市，北京对于外地学生的吸引力最大，其次是大连；第二个因素是学生的学习支出，其中包括学费和生活的费用，例如陕西省的学费和生活的费用都低于北京和大连，一般来讲地区吸引力高的地区，学生的支出就高，反之亦然；第三个因素是学校的规模和硬件的建设，当时的民办高校几乎都没有多少名气，规模大、硬件条件好的学校就会吸引学生，陕西省的几个民办学校很快扩大了规模，建设了良好的校舍和环境，吸引了全国各地的学生。

从学校来讲，影响学校招生的因素是周围地区公办学校的数量，陕西省的周围省市的高等教育不发达，包括河南、山西、贵州、甘肃、宁夏、内蒙、西藏和新疆等西部地区都是高等院校比较少的地区，由于周围省市的公办高校的数量少，能够被当地公办高校录取的学生的数量就少，所以周围地区能够提供生源的数量就多。陕西几乎所有的民办院校的外地的学生同本省学生的比例都超过了 1:1，也正是由于外地生源的充足，才能够保证陕西的民办高校能够快速地发展。而其它地区，虽然有比较好的地区吸引力和当地比较丰富的公办教育资源，但是周围省份能够提供的学生数量有限，也不足以支撑民办高等学校的快速发展。下面就几个典型地区能够向民办高校提供的资源做一个综合的比较。

四、不同地区多能够提供的资源和环境差异的比较

表 5 – 3　我国几个地区所能够向民办高校提供资源的比较

项目\地区	购买每亩土地的费用（万元）	每米校舍的建筑费用（元）	地区的相对吸引力（排名）	外省学生与本省学生的比例	地区能够提供教师的相对能力（公办高校）		总体上相对比较的优势（地区吸引力、成本、师资和学生资源的比较）
					国家所属大学的数量（所）	省属大学的数量（所）	
北京	25 – 40	1300 – 1500	1	1:3	33	28	地区吸引力高，师资资源丰富，成本高
沈阳	16 – 20	900 – 1200	3	1:5	3	23	成本较低，师资资源一般，生源不好
西安	15 – 20	900 – 1200	3	1:1	6	26	成本低，外地生源多，师资资源丰富
大连	20 – 30	1100 – 1300	2	1:2	3	10	地区吸引力较高，成本较高，师资资源一般，学生资源一般
锦州	13 – 18	700 – 900	5	1:5	0	4	成本很低，地区吸引力很低，师资资源很低，学生资源不好

注：1、北京地区是指六环以外的地区，例如昌平和通州地区，

　　2、购买土地的价格多数是指该地区的开发区或者郊区的土地价格，

　　3、数据主要来源于同民办高校负责人的访谈，

　　4、大学的数据是 2002 年的数据，数据中没有包含军队和武警院校。

从表 5 – 3 可以看出，北京尽管有很大的地区的吸引力，能够到首都北京上学可能是很多人的梦想，但是北京的各种成本都很高，学生的支出也很大，这样也限制了它的招生。沈阳、大连和锦州同属辽宁省，周围的吉林、黑龙江、河北和山东省的高等教育资源都很丰富，仅濒临一个高等教育资源缺乏的内蒙古自治区，但是还要面临北京、天津等地区的竞争，所以在生源上辽宁地区的民办高校没有任何的优势[①]。西安从各个方面来综合评

---

①　本研究在对辽宁省的调研中发现，一般的商务、管理和计算机专业的民办高职学院的外地学生不多，而艺术专业的外地学生比较多，尤其是大连地区的优越的地理环境，吸引了大批的外地学生。

价，都具备有独特的优势，因而陕西省民办高等教育发展的较好，同资源的丰富有直接的关系。

民办高等教育的发展不仅仅要依靠土地、校舍和师生的资源，还有其他的资源因素，通过以下的表，将辽宁省和陕西省民办高等教育的资源做了单独的比较，可以有更为直观的认识。

表5-4　辽宁省同陕西省民办高等教育外部环境的比较

		陕西省	辽宁省
政府的管理和法规		《社会力量办学条例》出台早（96年）。设立社会力量办学管理中心较早（负责对民办职业学院的管理）。	地方的法规条例出台较晚。管理部门：从职业教育处到法规处，2002年成立社会力量管理办公室（不负责对民办职业学院的管理）。
公办高校	数量	211学校7所，985学校3所。	211学校4所，沈阳和大连各有2所，985学校2所，沈阳和大连各1所。
	地点	公办院校多，主要集中在西安市。	公办院校较多，但分散在沈阳和大连。
	师资	管理上允许到民办高校上课。	管理较严，大学教师不允许到民办高校上课。
学校和个人行为模仿		有丁祖诒这样的领军人物和西安翻译学院的成功模式可以模仿。	缺少领军式的人物和学校的成功模式可以模仿。
贷款模式		银行认可办学权作为抵押。	银行不认可办学权作为抵押，民办学校没有信心贷款办学，银行也没有信心贷款给民办学校。
信誉保障		多数民办高校里都由退休的政府的高级领导或公办高校的校级领导担任职务。多数学校的校领导有社会兼职。	民办高校中几乎没有政府部门的退休的高级领导担任职务，公办大学的校级领导担任职务的也较少。少数学校的校领导有社会兼职。
学生生源		陕西省的邻省河南、山西、贵州等地，公办高校较少，而学生很多，生源一半以上来自于外省。	辽宁相近的吉林、河北、北京、天津，除了河北以外，都是公办高校集中的地区，远邻的黑龙江和山东也是公办高校发达的地区，生源主要来自于本省。
办学成本		西安的办学成本、土地的价格、生活费用低，有利于民办学校的快速发展。	沈阳和大连的办学成本比较高，民办高校靠滚动发展很难迅速成长起来。

第五节　民办专修学院组织
演变的影响因素

按照种群生态学的理论，一个新的组织的死亡率同该组织的认受性①成反比，同竞争性成正比；也就是说，在组织出现的初期，环境对于组织的接受有一个缓慢的过程，在这个时候组织的死亡率比较高，当环境对于组织的认受程度提高以后，组织的死亡率就开始降低。但是随着组织成员的增加，环境所能够容纳的程度逐渐趋于饱和，竞争的程度就增加，组织的死亡率又开始增加。详见下图：

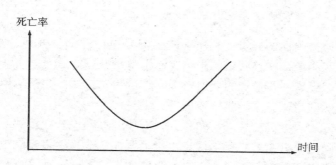

图5-4　组织死亡率与时间的关系图

自学考试是在国家恢复高考以后很快出现的一种获得高等教育的方式，由于80年代的大学的录取率低，多数高考的落榜生只能够选择自学考试，据统计全国平均每30人中就有1人参加

———————————

①　认受性是指一种新的组织形式，被周围环境认可和接受的程度。

自学考试，但是自学考试多数都是自学或者在业余的时间上课，学习的时间和效果都得不到保障，自学考试的学生中能够通过全部课程考试的通过率偏低①。

学历文凭考试的模式是 1/3 的课程由国家命题，1/3 的课程由本省命题，1/3 是具有学历文凭考试资格的学校自己出题②。由学校自己出题的部分的通过率有了一定的保障，同时由本省命题的部分的通过率也有较大的提高，加上学历文凭考试的学习过程基本上都在学校内进行，在时间上比较有保障，所以这种办学模式在一开始就得到了社会的认可，其认受的程度较高。加上教育主管机关对于专修学院的审批标准较低③，所以在几年的时间内，专修学院的规模急剧扩大。从 1993 年到 2002 年全国就达到了 400 多所。但是从 1999 年我国公办大学开始扩招开始，专修学院的外部环境就发生了很大的变化，竞争的程度开始增加。

一、专修学院资源的逐渐枯竭

通过前面的分析，专修学院的资源包括称谓、教师、土地、资金和生源。在这些资源中，专修学院没有独立颁发学历文凭的权力，还有一半的课程要通过国家考试和省考试，如果学生没有通过这些考试就拿不到毕业证书。

随着公办高校逐渐扩招，公办高校的教师也开始短缺，民办高校使用公办高校教师的成本也逐渐增加，于是很多专修学院开始招聘专职教师，但是由于专修学院的不稳定性，很难招聘到好

---

① 研究表明，自学考试的课程合格率大致保持在 50% 左右，但是累计全部课程合格率的比例要小于 10%（贾洪芳，2006：23）

② 实际上专修学院的国家和省考的科目仅占全部考试科目的一半，其余的全部是校考的科目。

③ 专修学院的审批比较松，不需要有自有的校舍，一般是租用的校舍就能够获得审批。

的教师，而且招聘的教师的流动性比较大，影响了教学的稳定性和质量。

从土地（包括校舍）上看民办专修学院基本上是租用别人的土地或者校舍，租用土地和校舍增大了学校的成本，同时租用别人校舍的学校不愿意在校舍的改造上投入资金，所以教学和生活环境很难改善。

从资金上看，民办专修学院的学生规模较小，效益很低，每年能够剩余的资金很有限，有的时候可能是入不敷出。在没有大量外部资金投入的前提下，专修学院首先要采用各种办法解决资金和校舍的问题，前面案例中的专修学院是因为校舍的问题断送了学校的前途。

最后一个资源就是生源的问题，从 1999 年公办高校开始扩招，民办学校的生源开始紧张，能够招到的学生的质量也开始下降，不能够按时毕业的人数也开始增多，反过来影响到了专修学院的声誉。由于专修学院的招生不在国家的招生计划中，各个学校自主进行招生，招生成本每年都急剧增加。据了解，每个学生的招生成本基本上在 1000－2000 元左右，几乎占了学费的 1/3 多。为了扩大招生规模，很多学校使出各种招数，更有甚者夸大其词，欺骗学生。加上在校的学生享受不到车票、贷款等优惠政策，其户口不转入学校，学生管理的困难较大，有一些学校对学生的管理采用一些过于激烈的方法，造成很多问题，甚至在学校与学生之间引起很大的矛盾，造成了很不好的社会影响。

因此，多数专修学院无法继续生存的原因之一就是其种群已经趋于饱和，相互之间的竞争以及同种群外的竞争开始激烈，能够为种群提供的资源已经开始逐渐枯竭。

二、民办专修学院外部环境的恶化

民办专修学院的外部环境包括公办高等学校、社会认可和就业市场三个方面，1999 年公办高等学校开始扩招，几年内公办高校的招生人数急剧增加，我国适龄人口的入学率很快超过了15%的界限，高等教育从精英教育转变为大众化教育。在我国的中心城市中，几乎所有的高中毕业生只要想上学，就能有学校接收，甚至很多人同时接到几个学校的录取通知书，专修学院的报到率明显下降。同时广播电视大学也开始免试入学；很多有实力的公办大学又开设了网校，并加强了成人教育，利用公办大学的优势，同民办专修学院抢生源。更有甚者，从1999年开始，公办大学开始用新的模式举办独立学院，一时间，独立学院的数量急剧增加。仅以辽宁省为例，2004年底有专修学院共计25所，一共在校学生不到万人。有职业学院6所，在校学生2万3千多人。有独立学院22所，在校学生5万2千多人。独立学院将公办大学不能够录取的大部分学生都录取了，剩下的学生被电大、成人、网校和民办高职院校录取，最后留给专修学院是成绩最差的学生。

从社会认可方面，民办高校容易给学生和家长形成只为了赢利而忽视教学的印象，比如辽宁北方专修学院的一个案例。

1992年成立的辽宁北方专修学院是由辽宁省高教系统的老干部创办的，学院没有自己的校舍，每年都要为租赁校舍花费大量的资金，一开始的发展比较缓慢。1994年，沈阳市的一个企业家要同学校联合办学，他在沈阳的郊区买了一栋楼房，还有一个活动的场地，于是辽宁北方专修学院就搬到了这个新的教学场地。

虽然搬到了较好的校舍，但是北方专修学院的招生却不如以前，原因是以前学生都知道北方学院是由省内的几位大学校长们办的，学生和家长都非常信任。但是一搬到新的校舍后，都知道是企业办学了，家长们认为企业办学是为了盈利，所以信任度不如以前了。

学校搬过去第一年招生仅有100多人，这个合作的企业家看到学校招生不多，利润不大，原来答应的增添设备、完善校园的计划也没有兑现，后来他又要派副校长监管学院的财务，于是学校和企业开始闹矛盾了，北方专修学院仅仅在新校舍待了一个学期以后就搬出了这个校园，又回到市区重新租房子办学了。

学历文凭考试与自学考试也存在矛盾。随着时间的推移，自学考试由于始终坚持国家的统一的考试标准，保证了毕业生的水平；而专修学院的学生由于半数的科目是学校组织考试，所以质量相差较大，有一些专修学院的毕业生难以获得用人单位的认可，社会的反响也不好。

近年来，在经济体制改革过程中，出现许多双轨制，其实践经验值得借鉴：计划双轨制、价格双轨制、汇率双轨制等实践表明这些都是过渡现象，不会长期稳定的存在下去。比较一下单轨制与双轨制的本质差别可知道，一个统得多，一个放得多；一个严一些、死板些，一个宽一些、活一些；再深入一层说，一个利益机制弱，一个利益机制强。作为具体行动者，一般来说，总是自觉地愿意做宽松灵活和利益机制强的选择。实践证明，每一双轨制的实施都会带来一些运动秩序的混乱，最终还是要并轨。国家学历文凭考试的"双轨制度"，关系到教育规格、关系人才素质问题。如果同一性质的考试，出现两个标准，那么严一些的标准就受到冲击，在广大学校和社会的考生中，将学生向消极的方向引导，对国家培养合格建设人才是有害的（陈宝瑜，2004）。

三、国家对于民办专修学院政策的突变

2004 年初，教育部公布教发［2004］24 号文件通知：从2005 年开始结束学历文凭考试试点工作，取消高等教育学历文凭考试。这一举措的法律背景是国家行政许可法的颁布，国务院取消了各个部委颁布的一切行政许可。这一举措的工作背景是专修学院培养的学生质量令人担心，同时又干扰自学考试工作。这一通知是关系到全国 450 所进行文凭考试的民办高校何去何从的问题。对此民办高校反应强烈，尽管民办专修学院多次向政府管理部门反映，其结果还是非常失望。以辽宁省为例，当时的 25 所专修学院仅中有 3 所升格到高职学院，其余的基本上濒临倒闭。

学历文凭考试为民办高校的"升级进位"增加了过渡性的"台阶"。现阶段①，我国的民办高校一经建立就达到《民办高等学校的设置标准》，并通过全国高等学校设置评议委员会审议的可能性是非常小的②。过去，在民办高校逐步达到设置标准的发展过程中，缺少相应的政策措施来促进它们改善办学条件，提高办学质量，办出自己的特色。国家教育行政部门对其教学质量的高低也难以找出一个客观的评估标准。举办国家学历文凭考试，既为条件较好的民办高校逐步"升级进位"到可以自己颁发毕业证书的水平，也增加了国家考试检验认定的过渡性"台阶"（陶黄，1996：9）。

2004 年国家突发性的政策的改变，使得民办高校的这个台阶一下子没有了，当时在辽宁省专修学院中，在校学生超过1000 人的有沈阳英才信息专修学院、大连翻译专修学院和辽宁欧美艺术专修学院。在校学生超过 500 人的有辽宁华商经济专修学院、辽宁东方中医专修学院和大连软件专修学院。这其中的三家升格到了职业学院，但是其它家却没有达到职业学院的设立标准，没有跨上这个"台阶"。如果这个政策再晚颁布几年，也许这几个学校都能借助这个"台阶"升格到高职院校的队伍中来。

民办专修学院的组织演变史说明，民办高等教育的依附性和独立性是这个阶段的特性，正是由于专修学院的依附性，才使得其无法掌握自己的命运，在国家政策急剧变化的时候不能够适应，使得多数的专修学院濒临倒闭的边缘。独立性一直是民办高等教育所追求的目标，而在这个阶段的表现尤其明显，民办高等教育没有起码的独立性，就不能够健康的发展，也就不能够抵御资源、环境和政策的变化。学历文凭考试的试点是一个另辟新径的试验，是一个试验论证过程，不应是最终决策。我们认为强调这一点是必要的（陈宝瑜，2004：8 – 10）。

---

① 这里是指 1996 年。
② 1996 年全国仅有 21 所独立颁发学历文凭资格的民办学院。

第六章 民办高等教育稳定发展阶段

2004 年国家取消了学历文凭考试的试点，从这个时候开始，民办高等职业学院和公办大学按照新模式举办的独立学院成为民办高等教育的主要组织形态。本章的研究对象是民办高职学院。

第一节 民办高职院校的变化

一、2004 年民办高职学院和独立学院的情况

截至到 2004 年，民办高职学院和公办大学的独立学院共计有 475 所，在校计划内的学生数共计 139 万人。占当年普通高等学校的学校数的 39.1%，占当年普通高等学校在校生数的 8.9%（Levy，2006）。

表 6-1 2004 年民办普通高校和独立学院分地区情况统计

	民办普通高校			独立学院		
	学校数/所	招生数/人	在校生/人	学校数/所	招生数/人	在校生/人
合　计	226	317749	709636	249	306877	686659
北　京	11	14514	31085	2	1688	1688
天　津	1	629	2000	5	3928	4252
河　北	12	6394	11511	14	29425	79142
山　西	4	1367	2214	8	10504	15166
内蒙古	1	216	869	0	0	0
辽　宁	6	6081	23733	22	16875	52249
吉　林	3	2004	5947	11	14130	35325
黑龙江	5	6776	12740	9	8217	14168

续表

	民办普通高校			独立学院		
	学校数/所	招生数/人	在校生/人	学校数/所	招生数/人	在校生/人
上 海	15	23498	52843	2	1049	1049
江 苏	17	20888	44168	9	8102	9632
浙 江	8	13508	36853	19	32731	102215
安 徽	8	11325	25527	10	4210	4210
福 建	15	13716	31722	7	8291	15664
江 西	10	30192	52596	13	17052	44321
山 东	20	46894	112900	4	6054	8620
河 南	9	17004	31880	8	7330	9682
湖 北	10	18694	45246	29	59756	120848
湖 南	6	9623	26843	15	10956	32136
广 东	20	24919	55618	8	13771	21082
广 西	6	2237	4736	8	3081	3247
海 南	2	340	640	0	0	0
重 庆	5	3436	5926	6	11150	22064
四 川	6	6115	10450	7	13814	29776
贵 州	1	420	606	8	5185	17292
云 南	5	3176	8027	5	5792	16437
西 藏	0	0	0	0	0	0
陕 西	15	30956	68084	8	5145	5145
甘 肃	1	908	2532	5	5666	13739
青 海	0	0	0	1	115	115
宁 夏	2	1522	1943	1	894	1804
新 疆	2	397	397	5	1966	5591

二、民办学院的规模与效益

根据生均成本和学校规模的关系，我国高等院校的适度规模平均大约在4000人左右。即当学校的规模低于4000人时，通过扩大规模而产生的生均成本的节约是比较显著的；而当学校规模大于 4000 人时，通过进一步扩大规模而产生的成本的节约将变得并不十分显著（丁小浩，2000）。2004 年我国民办普通高校的平均在校生为 3140 人，其中民办高等教育发展的好的地区的平均在校生的数量都超过了 4000 人，具体为：浙江 4607 人；湖北 4524 人；湖南 4474 人；陕西 4538 人；江西 5259 人；山东 5645 人。2004 年我国独立学院的平均在校生为 2758 人，超过 4000 人的地区有：四川 4254 人，河北 5653 人，浙江 5380 人，湖北 4167 人。民办高职学院和独立学院在不同地区的发展并不平衡，例如浙江和湖北的民办高职学院和独立学院发展的都比较好，湖南、陕西、江西和山东的民办高职院校发展的比较好，而四川和河北的独立学院发展的比较好，辽宁省的独立学院发展的也比较好，有 22 所之多，在校生达到 5 万多人。

表 6-2　近几年民办高职学院和独立学院的发展状况

年份	民办高职学院		独立学院	
	院校数/所	学生数/万人	院校数/所	学生数/万人
2004	226	70.9	249	68.6
2005	252	105.17	295	107.46
2006	278	133.79	318	146.7
2007	297	163.07	318	186.62
2008	318	188.0	322	213.

从 2004 年开始，民办高等职业学院和独立学院发展迅速，2005 年合计学校数达到 547 所，比 2004 年增加 72 所，新增加的学校占总数的 13.2%。2005 年在校学生 212.63 万人，比 2004 年的在校学生数量增加了 73 万人，占当年在校学生的 34.4%，可见从 2005 年开始，民办高等教育已经开始走以扩大学校规模为标志的内涵式的发展道路了。2005 年全国民办高职学院和独立学院的平均在校生为 3887 人，比 2004 年平均在校生 3140 人更加接近规模效益的人数了。学生既是高等学校的服务对象，又是民办高等教育各种资源中最重要的资源，民办高等学校的经费

主要来自于学生的学费和其它杂费。从规模的效益来看，民办高职学院和独立学院的效益是比较好的，这两种办学形式具有较好的稳定性。

三、民办高等教育的特性

在西安的调研中，听到了个别民办高校负责人提出的豪言壮语："建设东方的哈佛"、"建设东方的剑桥"。这些宏伟的口号，为民办高校树立了一个很有激励性的目标，但是如果真是模仿哈佛、剑桥或者模仿国内的公办大学来建设民办高校，那么带来的结果就不一定如想象的那样好了。

就连美国的私立大学也不希望模仿哈佛，他们最害怕相互模仿而失去自己的特色。1907 年 6 月，当时普林斯顿大学的校长，后来的第 28 任总统伍德罗威尔逊先生在哈佛校园的一次讲话中说："普林斯顿不像哈佛，也不希望变成哈佛那样；反过来说，也不希望哈佛变成普林斯顿。我们相信民主的活力在于多样化和各种思想的相互补充，相互竞争"（郝平、程建芳，2001：201）。

其实，我国的民办高校同哈佛等美国的著名高校除了都是私立高校以外，可能几乎没有任何相像之处了，比如哈佛的本科教育倡导的是通识教育（General Education）或者是自由（文理）教育（Liberal Education），而我国的民办高校提供的是职业化的教育（Vocational Education）；哈佛是研究型大学，我国的民办高校是职业培训型大学；哈佛的经费主要来源于捐赠，而我国的民办高校的经费主要来源于学费。

西北工业大学的梁克荫指出陕西民办高校经过大胆的探索，形成了符合客观实际的发展模式和多样化的领导体制与运行机制。多数民办高校实行董事会领导下的院长负责制，也有部分实行院委会领导下的院长负责制，少数实行主办单位（含企业、社会团体、民主党派等）领导下的院长负责制（梁克荫，2002：39）。

但是本研究对于陕西省的几所民办高职学院的问卷调查中,却没有发现多样化的办学体制。从表6-5中可以看出本研究调研的陕西省8所民办高校都是董事会领导下的校长负责制,其中有一所学校是由陕西咸阳步长集团投资的,也没有实行主办单位领导下的校长负责制。从表面上看,民办高校的体制几乎是一样的,在调研中遇到这样一个案例:

一个学校的副院长在接受我们的访谈时,谈到学院的管理模式,该学院原来采用的是院委员会领导下的院长负责制,但是《民办教育促进法》颁布以后,上级教育主管部门要求都要改成董事会或理事会领导下的院长负责制。为了符合上级行政部门的要求就修改成了董事会领导下的院长负责制,但是学校是滚动发展起来的,除了创办人以外并没有其他的投资人,所以感觉董事会领导下的院长负责制很别扭,但是又不能够改变。

本研究在西安的调研中还注意到了两个现象,一个现象是这些学校几乎都建立了党委,在其中的一个学校调研时,发现两个一样规模的新办公楼,一个是行政的办公楼,另外一个是党委办公楼,可见这个学校对党委的重视。而这种对党委、团组织和学生组织的重视在调研的民办高校中随处可见,本研究调研的民办高校几乎都设有党团组织和学生组织,这些组织在学校的管理中起到了很好的作用。

另外一个现象是已经退休的公办大学负责人或政府机关高层领导,在民办高校中担任要职或起着重要的作用。例如西安翻译学院聘请陕西省原常务副省长张斌等人任名誉院长;西安外事学院聘请曾担任陕西省教委主任、省人大副主任的周延海任院长,后任党委书记;西安欧亚学院则聘请已退休的陕西省教委主任担任名誉院长(郭建如,2004:47)。如何解释这些现象,为什么这些民办高校要将有限的资源用在党委、团组织和其他的学生组织的建设上?为什么这些民办学院采取几乎相同的组织结构和行为模式?

从 1999 年我国高等学校开始扩招以后，适龄人口的入学率大幅攀升，在很短的时间以内，就超过了 15% 的界限，按照马丁·特罗的理论，我们国家的高等教育已经进入了大众化的时代。可是尽管我们在数量上进入了高等教育大众化的时代，但是我们高等教育的模式和教学方式还是停留在精英教育的时代，马丁·特罗的高等教育的大众化并不仅仅是入学率超过 15%，还包括"入学的学生多数是业余时间学习和进行继续教育，传授的是应用型的知识，并为将来的技术和半专业化的职位做准备"①。如果按照这个标准，我们国家的高等教育还停留在精英教育的阶段，或者说还没有摆脱精英教育的模式，政府还是以提供全脱产式的学习方式、具有一定规模的校园，一定规模的图书和试验设备，一定数量的专职教师等精英式的教学模式来要求民办高等学校，按照这个模式发展的结果，民办高等教育只是公办高等教育的延伸和补充，很难有自己的特色。

美国著名教育家阿什比（1983：12）说："美国的教育质量千差万别，学士学位的标准多种多样。初看起来，这似乎是体制上的弱点，但从长远来看，这恰恰表明它对美国的环境具有很强的适应力。"

本章应用新制度主义的理论，在对陕西省和辽宁省调研和问卷的基础上，用理论研究和案例研究的方法来研究民办高等教育组织的多样性和同形性的问题。

多样性与同形性是一个组织的两个对立的方面，任何一个组织都应该同时存在这两个方面，不可偏废某一方面。组织的多样性和同形性之间有一种非常脆弱的平衡（Levy，2004）。

---

① 本观点来自于北京大学教育学院马万华教授课堂讲授的内容。

第二节　民办高等学校的调研情况

　　本研究就从2006年开始调研了陕西省的8所民办高校和辽宁省的7所民办高校，对这些学校的整体情况进行了访谈，并发放、回收了问卷。其中陕西省共有15所民办高职学院，所收集的调查问卷的学校数量占学校总数量的53%；辽宁省共有10所民办高职学院，所收集的调查问卷的学校数量占学校总数量的70%。本研究同时收集了北京一所民办学院的问卷，供比较参考。一共收集16份问卷。调查学校的基本信息见下表。

表6-3　调查民办学校的基本信息

序号	学校名称	类型	地区	建校时间	初期投资
1	北京城市学院	本科	北京	1984	
2	辽宁美术职业学院	专科高职	沈阳	1999	有投资
3	辽宁广告职业学院	专科高职		1993	
4	大连软件职业学院	专科高职	大连	1993	有投资
5	大连枫叶职业技术学院	专科高职		2005	有投资
6	东软信息技术职业学院	专科高职		2004	有投资
7	大连艺术职业学院	专科高职		2001	有投资
8	锦州商务职业学院	专科高职	锦州	2003	有投资
9	陕西国际商贸职业学院	专科高职	咸阳	1997	有投资
10	陕西卫生培训学院	专科高职		1993	
11	西安翻译学院	本科	西安	1987	
12	西安高新科技职业学院	专科高职		1999	有投资
13	西安海棠职业学院	专科高职		1998	有投资
14	西安科技商贸职业学院	专科高职		1994	有投资
15	西安汽车科技学院	专科高职		1987	
16	西京学院	本科		1994	

表6-4 民办高校的在校生数和举办方式

序号	学校名称	在校生人数	举办方式
1	北京城市学院	26000	从民办公助到若干人举办
2	辽宁美术职业学院	1860	个人举办
3	辽宁广告职业学院	6213	若干人举办
4	大连软件职业学院	1482	企业和个人合作办学
5	大连枫叶职业技术学院	64	民营企业办学
6	东软信息技术职业学院	5371	企业办学
7	大连艺术职业学院	1913	民营企业办学
8	锦州商务职业学院	804	民营企业办学
9	陕西国际商贸职业学院	8404	民营企业办学
10	陕西卫生培训学院	4000	民营企业办学
11	西安翻译学院	40222	社团办学
12	西安高新科技职业学院	9308	民营企业办学
13	西安海棠职业学院	1842	民营企业办学
14	西安科技商贸职业学院	4326	个人举办
15	西安汽车科技学院		个人举办
16	西京学院	10572	民营企业办学

被调研的 16 所学校，主要集中在西安、大连和沈阳市；建校时间从最早的 1984 年到 2005 年；在校学生的人数从 64 人到 40222 人；举办方式有个人举办、若干人举办、企业和个人合办、从民办公助到若干人举办、公办大学和公司合办以及民营企业举办；其中多数的学校有初期的投资，从有投资学校和建校时间的对应情况来看，本研究 16 所民办学校中，1994 年以后建立的学校基本都有大量的初期投资，1993 年以前建立的学校基本上没有大量的初期投资。这说明本文在对民办高等教育阶段划分中，以 1993 年为界，具有合理性。从 1994 年开始，纯粹依靠学校的积累，滚动式发展的外在条件已经逐渐消失。在民办高等教育发展的第二个阶段中，如果民办学校还是依靠低投入、低产出滚动式的发展模式，就难以在竞争中获得足够的资源，也难以承

受第二个阶段末期政策的突变。

表6-5　学校的管理机构以及制度

序号	学校名称	学校管理体制	董事会			民主管理机构	校办企业	
			人数	工作方式	作用		数量	效益
1	北京城市学院	校长负责制	7	3、4	3	有	数个	不好
2	辽宁美术职业学院	校长负责制	5	2	1	有	1	一般
3	辽宁广告职业学院	董事会领导下	5	2	123	有	1	
4	大连软件职业学院	董事会领导下	5	2	1			
5	大连枫叶职业技术学院	董事会领导下	5	2		有	没有	
6	东软信息技术职业学院	董事会领导下	5	3		有	没有	
7	大连艺术职业学院	董事会领导下		3		有	没有	
8	锦州商务职业学院	董事会领导下	5	4	1	没有	没有	
9	陕西国际商贸职业学院	董事会领导下	5	2	1	没有	没有	
10	陕西卫生培训学院	董事会领导下	5	1	1	有	没有	
11	西安翻译学院	董事会领导下	9	2	1	有	没有	
12	西安高新科技职业学院	董事会领导下	5	1	1	有	1	
13	西安海棠职业学院	董事会领导下	4	2	1	没有	1	很好
14	西安科技商贸职业学院	董事会领导下	5	2	1	有	没有	
15	西安汽车科技学院	董事会领导下	5	2	1	有	没有	
16	西京学院	董事会领导下				有	没有	

　注：一、学校管理体制栏中，"董事会领导下"代表董事会领导下的校长负责制；

　　二、董事会工作方式：1、至少每季度召开一次会；2、至少每学期召开一次会；3、至少每学年开一次会；4、不定期召开会议，频率很低；

　　三、董事会作用：1、决策机构，决定办学方向、经费预决算、校长任免等重大事项；2、负责学校的日常管理；3、咨询机构；4、只是象征性机构，不发挥实际作用；

　　四、栏目中空白处表明问卷上没有填写。

　　在调研中特别关注了这些学校的管理机构及其制度，在16所学校中，2所是校长负责制，14所是董事会领导下的校长负责制。董事会的人数多数学校为5人，少数学校为7到9人；从董事会的人数来看，学校的举办人还是学校的最高决策人，董事会的作用并没有像《民办教育促进法》要求的那样，吸引社会上关心民办高等教育事业的人加入到董事会中来。

美国教育哲学家布鲁贝克认为"院外人士组成的董事会在代表公众对学院或大学的兴趣以及把这些院校的观点向公众解释方面可以起重要作用"（布鲁贝克，2002：37），由校外人士组成的董事会在引导大学的社会参与方面起着桥梁和纽带的作用（姜华，2006：14）。

董事会的作用，多数学校的选择是"决策机构，决定办学方向、经费预决算、校长任免等重大事项"。工作方式多数是"至少每学期召开一次会议"和"至少每年召开一次会议"。多数学校设有民主管理机构，这些民主管理机构多数是工会代表会、教职工代表会、青工会，还有仲裁委员会等机构。多数学校没有校办企业，少数学校的校办企业的效益有好有坏，效益好的校办企业可能是与其学校的专业联系较好，例如西安的海棠职业学院，她的中医美容专业是非常好的，加上举办人本身就是美容企业家出身，所以其校办企业的效益很好。

表6-6 民办高校同政府部门的联系

序号	学校名称	学校所在地省政府对民办学校的管理	学校在发展过程中是否享受过当地政府部门的优惠政策	学校有多大权力制定学费标准
1	北京城市学院	2、3	1部分、3部分	2
2	辽宁美术职业学院		1、2	2
3	辽宁广告职业学院	1	5	2
4	大连软件职业学院	2	5	3
5	大连枫叶职业技术学院	1、3		2
6	东软信息技术职业学院		5	2
7	大连艺术职业学院	3	1、2	2
8	锦州商务职业学院	1	5	2
9	陕西国际商贸职业学院	3	1、2	2、3

续表

序号	学校名称	学校所在地省政府对民办学校的管理	学校在发展过程中是否享受过当地政府部门的优惠政策	学校有多大权力制定学费标准
10	陕西卫生培训学院	2	1、2、3	3
11	西安翻译学院	2	5	2
12	西安高新科技职业学院	2		3
13	西安海棠职业学院	2	5	3
14	西安科技商贸职业学院	4	5	2
15	西安汽车科技学院	2		3
16	西京学院	2		2

　　注：一、学校所在地省政府对民办学校的管理：1、和公立学校一样；2、和公立学校基本一样，但是在某些方面自由度更大一些；3、和公立学校基本一样但是在某些方面自由度更小一些；4、基本不管；5、其它部门；

　　二、学校在发展过程中是否享受过当地政府部门的优惠政策（多选题，按照重要程度排序）1、办学征地；2、税收减免；3、配套建设费减免；4、财政补贴；5、没有享受过任何优惠政策；

　　三、学校有多大权力制定学费标准：1、完全自主权；2、自己制定，但要经过其它部门的批准方可生效；3、其它部门决定，学校执行。

　　在学校同政府部门的联系上，关于学校所在地政府对民办学校的管理，多数学校的回答是和公立学校基本一样，但是在某些方面自由度大一些，少数学校选择和公立学校一样或者自由度小一些。

　　问卷中关于学校发展过程中是否享受过当地的优惠政策，只有5所学校享受过办学征地和税收的优惠，其中2所学校享受过配套建设费减免的优惠。其余学校均没有享受过任何优惠。

　　在学校有多大权力制定收费标准问题上，多数学校回答是自己制定，但是要经过其它部门的批准方可生效，少数学校回答是其它部门决定，学校执行。在实际中，不同地区的学费标准有所差别，但是相同地区的收费标准则基本上相同。

表6-7 民办高校后勤工作同外界的联系

序号	学校名称	学校后勤工作采取的管理模式	学生住宿的经营管理者	学生食堂的经营管理者	学校商店的经营管理者
1	北京城市学院	2	2	2 合同管理	2 合同管理
2	辽宁美术职业学院	2	1	2	2
3	辽宁广告职业学院	3	1	2	3
4	大连软件职业学院	1	1	1	1
5	大连枫叶职业技术学院	1	1	1	1
6	东软信息技术职业学院	5	2	3	
7	大连艺术职业学院	2	1	2	3
8	锦州商务职业学院		1	3	3
9	陕西国际商贸职业学院	4	1	2	3
10	陕西卫生培训学院		1	3	3
11	西安翻译学院		1		
12	西安高新科技职业学院	1	1	2	2
13	西安海棠职业学院	1	1	3	3
14	西安科技商贸职业学院	2	1	2	2
15	西安汽车科技学院	2	1	1	2
16	西京学院	5	2	3	3

注、一、学校后勤工作采取的管理模式：1、全部由学校经营管理；2、小部分由社会其它企业或个人经营管理；3、一半的后勤工作由社会其它企业或个人经营管理；4、大部分由社会其它企业或个人经营管理；5、全部由社会其它企业或个人经营管理。

二、学生住宿的经营管理者：1、学校；2、学校和社会其它企业或个人联合经营管理；3、社会其它企业或个人。

三、学生食堂的经营管理者：1、学校；2、学校和社会其它企业或个人联合经营管理；3、社会其它企业或个人。

四、学校商店的经营管理者：1、学校；2、学校和社会其它企业或个人联合经营管理；3、社会其它企业或个人。

在学校同外部的关系上，学校的后勤管理和学生宿舍管理多数学校都是由学校自己来管理的，在学生的食堂和宿舍的管理上由学校自己管理或者同企业或个人联合管理，有的学校完全由社会其它企业或个人进行管理。

第三节　民办高等职业学院组织特性的影响因素

迈耶和布莱恩（Meyer and Brian，1977）以及迪玛奇奥和鲍威尔（DiMaggio and Powell，1983）都提出，同形性在制度环境中主要起到桥梁的作用：通过把制度结合到自己的结构中，使组织在结构上变得更加一致、更加相似。组织的同形是与环境的同形，是组织的结构、功能和程序的同形。是组织为了获得理性的合法性的必然选择。斯格特（2002）指出这种一致表现在结构一致、程序一致和人员一致上。

组织多样性和同形性可以从组织的结构、决策的程序和人员构成三个方面来分析。

一、组织结构

综合以往的研究，民办高等职业学院的组织结构有以下特点：

（1）既具有事业化的特征又具有企业化的特征[①]。民办高职学院的招生计划已经纳入国家的招生计划，所以民办高校的一切的教学活动都要符合政府对高等学校的要求，还要符合社会环境和家长、学生对高等学校的要求。民办高等学院的管理逐渐正规化，逐渐像一般的公办大学一样设置相关的管理部门[②]。但是，

[①] 关于民办高职学院的事业化和企业化的特征，将在后一章中进行实证性的研究。

[②] 有一些民办学校设有二级学院，而且二级学院的权力较大，类似于公立大学的二级学院一样，负责本学院的教务安排。

民办高校毕竟不等同于公办高校，在追求高效率的目标下会适当地调整学校的组织结构，减少和增加相应的部门，调整有关部门的权力。学校的主要活动同公办大学一样是教学。培养合格的、受到用人单位欢迎的毕业生是学校的显性目标，而追求经济上的效益是学校的隐性目标。

（2）按照《民办教育促进法》的规定和政府主管部门的要求，民办高校一般都是实行董事会（理事会）领导下的校长负责制，少数学校也实行校长负责制或其它的制度。董事会一般是学校的决策机构，决定办学方向、经费预决算、校长任免等重大事项。一般每个学期或者每个学年召开一次会议。

（3）民办高校内管理部门的地位高，尤其是招生部门的地位是最高的。生源是民办高校的最重要的资源①，所以在招生的季节，民办学校几乎动员了全部的力量来招生。相对来讲教师的地位较低。本研究的调研中，通过对教师的访谈了解到：

陕西的一个民办学院将招生的名额分配到每个教师头上，规定每个教师必须完成分配的招生任务，否则会受到处罚。而且在全国各地利用投资学校企业的销售网络建立起招生网络，模仿军队的形式号称东北区、华北区、华中区等等。

（4）学校的后勤工作并没有像公办大学那样社会化，后勤工作和学生住宿的管理多数是由学校直接来管理。其原因是后勤有一定的收入，同时后勤由学校统一管理，有利于对学生实施半军事化的管理。

（5）学校聘请过去在政府部门担任领导职务和在公办大学担任领导职务的人员在学校任职，学校的创始人热衷于参与社会活动，热衷于社会兼职，由此增加学校的合法性。学校比较注意同政府的关系，以便获得更多的资源。

---

① 有个民办学校的校长说，有了学生，才有了一切；没有学生，一切都没有了。

二、决策程序

综合以往的研究，民办高等职业学院的决策程序有以下特点：

（1）权力高度集中，一般民办高职学院的权力集中在举办人或投资人的手中，举办人或投资人直接管理学校，即使举办人或投资人聘用了职业的管理人员，多数也是在教学的管理上，而财务、人事等权力则还是集中在举办人或投资人手中。在本研究调研中有两个学院，其校长都是法人，但董事长是投资人，学校的财务审批的权力在董事长的手中，校长在教学活动中需要的经费，都要经过董事长的同意。

（2）对于有举办人和投资人的民办学校，决策过程缺乏民主的程序，学校的举办人或投资人具有绝对的权威。董事会虽然在名义上是决策机构，但是实际上往往起到了咨询的作用。同时由于权力的高度集中，在行动中也能够保持较高的效率。对由若干人合作举办或者若干个企业（学校）合作举办的民办学校，董事会才是真正的决策机构。学校的权威是历史造成的，不是仅仅依靠制度的变化就能够轻易改变的。

（3）学校缺乏民主管理的机构，民办高校的民主管理机构多数是工会组织、职工代表大会，这些机构没有决策权，普通的教师几乎没有进入董事会的，普通员工在决策中所起的作用不大，教师的发言权主要集中在学术和课程设置的范围内。

（4）党组织、团组织和工会组织没有决策的权力。这些组织的设立一是为了合法性的需要，二是为了配合董事会或校长管理学校，尤其是团组织在学生的管理上可以发挥很大的作用。

三、人员构成

综合以往的研究，民办高等职业学院和独立学院的人员构成有以下特点：

（1）有创办人或投资人学校的校长或董事长多数是由创办人或投资人担任，如果创办人同时又是投资人，一般校长、董事长和法人由一个人担任，这个人在学校拥有绝对的权威。如果是由若干人或者若干个单位投资举办的学校，一般校长和董事长分别由不同的人担任，一般董事长有较大的权威。

（2）家族人员担任主要领导。学校主要领导由创办人的亲属、同学、同事等具有亲密关系的人员担任。

家族式的管理，在民办院校建立的初期起到了重要的稳定作用，是应对组织初建时期种种不稳定因素的一个比较好的选择，但是在学校发展的过程中，家族式的管理会带来一定的局限性。本研究调研的学校中有的已经认识到了家族式管理的局限性，开始逐渐淡化这种管理模式。

（3）学校的管理人员由专职人员担任，学校愿意聘任本校毕业的学生担任管理工作。由于历史的原因，民办高等学校中高水平的教师数量较少，部分课程的教学任务由兼职教师担任。但是随着学校的发展和逐渐的正规化，兼职教师逐渐减少，专职教师逐渐增多，高学历和高职称的教师也逐渐增多。

民办高等学校的专职教师主要有两部分人员构成：一是从公办大学已经退休的教师，其中很多具有教授职称，这部分教师年龄偏大，已经逐渐减少；二是最近几年从大学毕业生中招聘的教师，这部分教师已经逐渐成熟，开始担任比较重要的岗位并逐渐成为学科带头人。

（4）从学生家庭情况来分析，到民办高等职业学校读书的学生一般是家庭比较贫困，父母的社会地位不高，选择高职学校一方面是学费较合适[①]，学习时间较短；另一方面就是能学一技之长，找一份合适的工作（韩晓琴、康伟，2005）。

---

① 本研究调查的是陕西省的民办学院的情况，相对全国来讲陕西省民办学院的学费比较低。

民办高校的部分学生在中学没有养成良好的学习习惯，这样给民办学校的管理带来一定的麻烦。有一些家长希望民办高校能够将学生看管起来，为了适应这些家长的要求，有的民办高校对学生实行了半军事化的管理。随着民办高校的逐渐发展，学生的质量逐渐有所好转。民办高校的学生毕业后对就业岗位的要求较低，比较踏实肯干，容易受到用人单位的欢迎。

（5）党组织和团组织以及工会组织的人员多数是兼职担任的，学校为了提高效率，对于这些组织一般不派专职人员担任。

第四节　民办高等教育组织变迁的机制

迪玛奇奥和鲍威尔（DiMaggio and Powell，1983）定义了制度型同形性的三个机制：强制性的机制（Coercive）、模仿性的机制（Mimetic）和规范化的机制（Normative）。利维（Levy，1999）将后两种类型合并为非强制性的同形，以便同前一种（即强制性的同形）相区别。

一、民办高等教育组织变迁的三种机制

1．组织同形的强制性机制

强制性的同形结果来自于正式的和非正式的压力，这种压力是来自于组织本身所依靠的其它组织和一个组织本身所承担的社会期望（DiMaggio and Powell，1983）。

独立颁发学历文凭的民办高校，在招生计划、收费标准、土地使用、人力资源、毕业分配等诸多事情上都要同政府机关打交道，要受到政府的束缚与控制。为了取得合法性，民办高校必须要达到这些要求和限制，法律的约束和政府的要求是强制性的，民办高校要调整自己的组织结构和行为模式来适应这些要求。

前面的案例说明，为了赢得生存的空间和获得生存的合法性，民办高校会修改自己的体制，适应政府的要求。本研究调研的学校基本上都实行了董事会领导下的校长负责制，设置了学校的各级管理机构，制定了一系列的管理规定。对于学校组织机构和管理模式的修改来自于政府管理部门的压力，这些压力迫使民办高校的组织相互同形。

从一个方面来说，这种同形使民办高校更加正规化了，其管理也更加规范了。从另一个方面来说，对于有创办人或投资人的民办学校，个人的权威还是至高无上的，所以这种制度化的同形是一种表象上的同形，并不是实质上的同形，也就是说实际上各个民办学校的管理体制还是多样化的，这部分的讨论将在本节的第二部分进行。

2. 组织同形的模仿性机制

并不是所有制度化的同形都是来自于强制，不确定性仍是促进模仿的非常强大的力量。当组织的技术不确定的时候，当组织的目标模糊的时候或当环境的影响不确定的时候，组织会非常自然的模仿其它组织（DiMaggio and Powell，1983）。

大学组织本身就是一个目标模糊的组织，民办高校的基本目标同公办大学的目标一样是组织教学活动或者说提供教育服务，但是民办高校的资源主要依靠学生的学费，学校发展和壮大的前提就是收支平衡并有节余，营利性是民办高校基本和隐含的目标。由于营利性同教育法中的"不营利"原则相矛盾，而使得民办高校的显性目标和隐形目标相互冲突。

作为一个种群，民办高等教育组织的外部影响包括政府、政策、公办高等学校、生源和就业市场等等因素，这些外部因素对于民办高校的影响是不确定的，作为单个民办高校组织是无法预测到这些因素的影响结果，也只好模仿成功的民办高校的组织结构和行为模式。

民办高校之间的模仿首先表现在行为模式上。在招生的方法上，西安的民办高校是最早在外地设立招生点，组织大规模的招生说明会，如今这种招生方式已经被全国各地的民办高校模仿了，成为一种通行的招生方式了；在培养教师上，各个民办高校从一开始的聘用公办高校的兼职教师，到逐渐培养自己的专职教师，再到今天开始注重培养或招聘"双师型"的教师，走的是几乎同样的道路；在学生毕业分配上，各个学校都将毕业分配放到了重要的地位，比如在学校建立实习（实践）基地，主动向用人单位推荐毕业生，主动请用人单位到学校参加招聘大会；在与国外院校的合作上，都是非常积极主动地寻找国外合作学校，以便尽快提高学校的教学水平。这些行为模式的模仿是学校一种自觉的模仿，是面对不稳定的外部环境而做出的一种理性选择。

在学生培养方面，西安翻译学院提出了"外语＋专业＋现代化技能"及"专业＋外语＋现代化技能"、培养双专业复合型人才的教育模式（丁祖诒，2004：362），这种教育模式由于符合用人单位对学生的要求，符合民办高校的实际情况，比较注重对于学生的实际能力的训练，很快成为其他民办高校的模仿典型。比如仰恩大学的强化英语、计算机专业训练，坚持"仰恩标准"，严格实行实用性强的英语、计算机等级考试的人才模式（陈笃彬、吴端阳，2005：14）。大连商务职业学院2003年提出了"外语＋计算机＋经营技能"的模式，2004年又将这个模式细化为"外语＋计算机＋案例教学＋模拟公司＋顶岗轮训＋校园文化"的模式。这些学校的培养模式几乎同西安翻译学院的模式一样，这种学生培养模式的雷同在几乎所有的民办高校中都存在。

共同的法律环境影响了一个组织行为和机构的各个方面（DiMaggio and Powell，1983）。我国民办高等教育所处的共同的法律政策环境、制度环境、市场环境、社会环境，是不同民办高校组织结构、组织行为和运行机制同形的重要原因。这些学校之间的相互模仿、相互学习，特别是对成功学校的模仿促成了学校之间的同形。

民办高校之间不仅相互模仿，还在模仿公立高校的组织结构、管理模式和行为方式①。

3. 组织同形的规范性机制

组织的第三个同形的变化是来源于标准化和专业化的过程。专业化的两个方面是同形的重要根源，一个方面是来自于的由大学的专家们所信守的正规教育所树立的标准化；另一个方面是要经常同专业化网络接触的组织，对于新方法迅速的接受和传播（DiMaggio and Powell，1983）。

民办高等教育的专业化程度随着时间的推移在逐渐提高，独立学院和民办高校要颁发国家承认的文凭，其前提就是要在专业上要符合国家的标准化要求。比如，为了确保办学条件和质量，教育部对于独立颁发学历文凭的高等学校设定了一系列标准。"首先，学校须有独立的教学用地和校舍，校园面积应在 150 亩左右，生化教学、实验、行政用房建筑面积不得低于 20 万平方米；其次，建校初期，具有大学本科以上学历的专任教师不少于70 人，适用的教学仪器设备总值不得少于 600 万元，适用图书不能少于 8 万册，必须配备与专业设置相适应的实习实训场所等。"②

本研究 2006 年对于北京、沈阳、大连、西安和锦州 5 个地区进行了实际的调研，按照教育部对于审批高等院校的要求，将这 5 个地区所需要的经费情况做了一个初步的统计，其结果见下表格。

---

① 对于这一部分，本研究将在下一章中讨论。
② 引自中国教育在线 http://www.cer.net/article/20011025/3053820.shtml

表6-8　按照国家的设定标准，建立一所高等学校的初期投入

项目\地区	购买150亩土地费用/万元	盖20万米校舍的费用/万元	教学仪器和图书/万元	70名教师年工资/万元	总计投入/万元
北京	$25 \times 150 = 3750$	$1300 \times 20 = 26000$	$600 + 80 = 1400$	$70 \times 4 = 280$	31430
沈阳	$20 \times 150 = 3000$	$900 \times 20 = 18000$	$600 + 80 = 1400$	$70 \times 2.5 = 175$	22575
西安	$15 \times 150 = 2250$	$800 \times 20 = 16000$	$600 + 80 = 1400$	$70 \times 2.5 = 175$	19825
大连	$26 \times 150 = 3900$	$1100 \times 20 = 22000$	$600 + 80 = 1400$	$70 \times 3 = 210$	27510
锦州	$13 \times 150 = 1950$	$700 \times 20 = 14000$	$600 + 80 = 1400$	$70 \times 2 = 140$	17490
平均	2970	19200	1400	196	23766

注：以上的各个地区所需要经费的计算，和实际的数额会因为时间的不同、地区的不同、得到土地的方式不同和建筑标准的不同而有很大的差异，但是这个表格中罗列的数据基本上是最低的数据了，实际上的费用多数情况下会高于这个费用。

　　按照教育部的规定，建立一所新的高等学校，在这5个地区中最少的基本投入就是2亿多元人民币；如果按照现行的融资利率，2亿元人民币的贷款每年需要支付的利息就是2000－3000多万元；如果按照每个学生收学费6000－8000元计算，几乎3000个学生的学费只够归还贷款的。以上研究中计算过我国2005年平均的在校生的人数是3887，也就是说学校还完贷款利息后只剩下887名学生的学费了，剩下的这些费用是难以维持学校正常运转的。

　　民办高等教育发展到第三个阶段的主要的组织形式就是高职学院和独立学院。按照国家对建立新高校的基本要求，初期的投入就需要2亿多元，每年归还融资的利息就需要2000多万元，这种情况下，如果想重新建立一所民办高校，就需要巨大的投入，当然大投入就有大产出，如果按照民办学校平均每个学生收学费和其它杂费1万元计算，在校的学生能够超过5000人，学

校的资金就能够有所节余了，如果在校的学生能够将近 1 万人，那么学校每年剩余的资金就会更多。

政府对获得学历教育资格的硬件上的限制条件，使得民办学院不得不扩大学校的规模，增加学校的师生数量。一方面，规模的扩大有利于获得更加多的资源；另一方面，规模的扩大，使得民办学院不得不离开城市的中心，和公办高校一样纷纷向郊区搬家，因为民办学校只有搬到郊区，在郊区买到比较便宜的土地，才有可能达到国家规定的硬件上的要求，这也使得民办学院同公办高校的差异性减少，同形性增加。

所以说，民办高等教育发展的第三个阶段是大投入、大产出的发展模式。正是由于在这个阶段需要大的投入，也就刺激了民办高校规模的扩大，限制了民办高校数量的增加。所以这个阶段民办高等教育的发展是以增大学校的规模为特征的内涵式的增长。

要建设一所新的高等学校，除了以上硬件的标准以外，教育部还要求应具备不少于 70 人的、聘期一学年以上的、相对固定的专任教师队伍。专任教师中具有副高级以上职称的比例不低于30%。

这些学术上的规范，首先要求民办高校在组织上有保障，很多民办大学成立了学术委员会。其次要求民办高校提高教学和学术研究的地位，现在很多民办大学开始逐渐加强学术权力，有一些学校还成立了科研处或专门的研究所。本研究调研中一个民办高校不仅成立了民办教育研究所还成立了公办大学都少有的宗教研究所。在适应学术的标准化和规范化的过程中，民办高校的组织形式已经逐渐同形，并趋向于公办大学。

二、民办高等教育组织表象上的同形与实质的多样化

从本研究的 16 份调查问卷上看，有 14 所学校实行的是董事会领导下的校长负责制，董事会的职责是"决策机构，决定办

学方向、经费预决算、校长任免等重大事项",但是在民办高校的实际运行中,董事会并不都是真正的能够承担起这些职责的,比如就校长任命来说,本研究所调研的民办高校中,多数学校从成立开始到今天几乎没有更换过校长,一般来讲,担任校长的人几乎都是学校的创始人,这个人的职务几乎是终身制的。

董事会的另外一个职责是决定经费的预决算,但是在本研究的调研中,在两个由企业家投资的民办高校中,担任校长的是学校的创始人,但是学校的一切财务审批权都在董事长的手中,校长根本就没有财务的审批权力,可见这两个学校的董事会也没有经费的决算权力,这些权力全部掌握在了董事长的手中。

我国民办高校的历史较短,从一开始创立到今天能够具有一定的规模,创始人的胆识和魄力是学校成功的关键因素之一,所以在民办高校中创始人的个人威信是至高无上的。比如只要一提到西安翻译学院,人们就想到了丁祖诒;一提到西安外事学院,人们就想到了黄藤;一提到西安欧亚学院,人们就想到了胡建波。在我所接触过的高等学校中,凡是有所建树、给人留下深刻印象的民办高校,总是有一个令人难以忘怀的领军人物。对于自主创新型高等学校而言,尤其如此。伯顿·克拉克认为:自主创新就是抓住目前尚不具备条件的机遇。领军人物的作用就在于高瞻远瞩、不失时机地抓机遇,创造出前所未有的事业(王保华,2006:32)。

这种领军式的人物,在一个组织的发展壮大的过程中起到了举足轻重的作用,所以他的权威是无人能够动摇的。在这种民办学校里,董事会扮演的仅仅是一个咨询的角色,不可能有决定重大事项的权力。

据一项调查显示,美国私立高等学校董事会规模小的不足10人,规模大的可达六七十人,平均规模为30人。以耶鲁大学、普林斯顿大学和哈佛大学为例,耶鲁大学董事会有19名成员,远低于平均数;普林斯顿大学董事会由40名董事组成,远高于平均数；哈佛大学董事会包括 30 名董事，正好为平均规模（刘宝存，2000：45）。

从美国私立大学董事会的构成状况来看，据 1985 年的一项调查，美国公立和私立高等学校董事会成员中 37% 为工商界名流。由于私立高等学校在选择董事时更注重其筹措经费的能力，因此工商界代表的比例应远高于平均数。在私立高等学校董事会中，教师代表占 3.5%，校内管理人员占 1.3%，律师和法官占 5.9%，牧师占 14.3%（刘宝存，2000：45）。

将本研究案例学校董事会的情况同美国的私立高校的情况进行比较，我们能够看出，在本研究的 16 所民办高校中，董事会的成员较多的也只有 9 人（1 所）、7 人（1 所），其余的人数都在民办教育促进法规定的下线人数 5 人。远远低于美国私立大学董事会的平均人数。既然人数这么少，那么代表的面就会有很大的局限性，一是几乎没有社会上的工商人士参加，二是几乎没有学校的教师参加。

通过以上的分析，我国的民办高校尽管多数都实行了董事会领导下的校长负责制，但是实际上学校的决定权掌握在创始人或投资人的手中，并没有形成像美国私立大学那样的比较完善的管理体制，由于政府的强制而导致民办高校的同形是一种表象上的同形。

我国的民办高校在自己的实践中，根据本校的实际情况总结出了自己的管理模式和管理方式。例如：黄河科技学院提出了"为国分忧，为民解愁，为改革开放和社会主义现代化建设服务"的办学宗旨；仰恩大学强化英语、计算机专业训练，坚持"仰恩标准"，严格实行实用性强的英语计算机等级考试（陈笃彬、吴端阳，2005：14）；西安翻译学院坚持不以营利为目的"取之于学用之于学"的办学理念，并大胆地实行对学生"全日制、全住校、全封闭"准军事化严格管理（丁祖诒，2004）；西安外事学院在教学中重视职业技能认证培训工作，按照一专多能、一人双证的思路，使专业教育与技能培训相结合①；西安欧亚学院树立了"教育就是服务与承诺"的教育服务理念，按照家长想让孩子上、社会岗位需要、符合学校专业和学科设置的大方向、学校具备基本办学条件四个基本要求来设置新专业（王保华，2006：27）；辽宁广告职业学院面对学生管理难题，几经挫折，不断探索，形成了一套适用于高职学院管理独特性的管理模式，这套模式被概括为学院行政管理与学生民主管理互渗互促、互动互导的二元互导教学管理模式②；大连商务学院提出的以市场为导向，以就业为宗旨，以技能为本位的经营型人才培养的模式③。

以上这些民办学院的独有的办学理念、管理模式和办学特色都说明了在强制性的机制下，民办高校之间仅仅是表象上的同形，而在实际的学校运行和管理中仍然各有特色，并保持着多样性。

促使民办高校改变需要的是自己的自觉和自愿（比如民办高校会模仿其他学校的成功做法），任何人为的和政府的外部压力都不足以使得民办高校真正的改变，至多是表象上的改变。

第五节　民办高等教育组织的同形过程

从2004年开始学历文凭考试试点学院全部停止招生后，民办高等教育机构面临两种选择：一是依靠自学考试维持学校的运转，但是自学考试面临与公立高校和已经具有独立颁发学历文凭资格的民办学院的竞争，生存的空间已经越来越小了，最终是要

---

① 来源于西安外事学院的主页：http：//www. xaiu. edu. cn/general/index. asp2007 年 4 月 24 日

② 来源于辽宁广告职业学院提供的材料。

③ 来源于大连商务职业学院提供的材料。

走向消亡；二是努力升格到独立颁发学历文凭的学院，但是国家对升格为独立颁发学历文凭资格的学院有一系列硬件和软件的规定，民办高等教育机构必须符合这些规定才能够升格，这些要求迫使民办高等教育机构必然要模仿具备独立颁发文凭的民办学院，这种模仿既是自愿的，又是环境所强迫的。

已经具有独立颁发文凭资格的民办高校如果要生存和发展，就需要不断地获得生存的资源，而学费几乎成为民办高校的唯一资源，所以民办高校需要不断扩大规模，不断地模仿成功的民办高校，成为万人大学。几年前发生的赣江职业学院和江西服装学院的事件，从另一个角度说明民办高校急于扩大招生规模，急于获得更多的资源。

虽然公立高校的供不应求以及社会对高等教育需求的多样化为民办高等教育的发展提供了机遇；但对大部分学生而言，民办高校只是他们无法进入公立高校后的"第二选择"（占盛丽、钟宇平，2005：58）。学生对于民办高校有一个基本的期待，他们希望能够像上公办大学一样获得国家承认的毕业证书，能够找到合适的工作。政府对于民办高校的管理模式同公办大学的基本相同，比如对于计划内的招生人数、收费标准等必须由教育主管部门制定，同时为了接受教育主管部门的评估并合格，民办高校的一切行为模式都要符合标准，而这个标准就是公办高校的标准。社会对于大学有一种基本的期待，由于我国私立大学已经中断了三十年，所以民众接受高等教育的习惯都是由公办高校养成的，难以轻易地改变。高等教育是一种专业性很强的领域，具有很严格的专业规范，而这种规范也要求民办高校遵守学术标准和职业规范，这些都在要求民办高校趋同于公办高校。独立学院对于公办高校的模仿就显得更加强烈，同时也更多地受到来自于公办高校的控制。

从以上的分析来看，公办高校成为了民办高校的标准。学生期待、政府规定、社会习惯和专业规范都按照公办高校的模式来规范民办高校和独立学院，这就是一个同形的过程。而这种同形主要是由模仿机制和规范性机制引起的一种同形，也称为非强制性的同形。民办高等教育组织的同形不是在强制机制下形成的，而是在非强制下形成的，强制机制下形成的同形仅仅是表面上的同政府的要求保持一致和符合规定，但是民办高校在实际的运行中却有所差异。

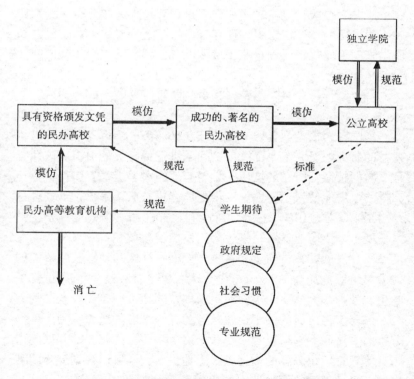

图 6-1　民办高等教育组织非强制性的同形过程

第七章 民办高等教育组织
特性的实证研究

本章采用金·卡麦隆关于组织效益研究的量表，通过对陕西省的 13 所民办高职学院的调查问卷获得的数据，将民办高职学院按照办学层次、建校时间和初期是否有投入进行分类，分别比较不同类型的学校在组织特征和管理特征上的差异，对于民办高职学院的事业化特征和企业化特征以及管理特征进行实证研究。

第一节 民办高等教育组织特征描述

美国密西根大学金·卡麦隆于 1976 年进行了高等学校组织效益的研究，研究主要围绕以下问题进行：有效的组织应该拥有什么样的特征？所在的这所大学与有效的大学组织有何差距？什么样的改变能使得这所大学变得更加有效？从结果中，卡麦隆总结出了高等学校组织效益的九个维度：学生教育满意度；学生学术发展；学生职业发展；学生个人发展；教员和行政人员的满意度；职业发展和教员质量；系统开放度和社区互动；获取资源的能力；组织健康度（Cameron，1978：23）。这九个维度涵盖了学生、教师和大学三个层面对组织效益的评价，是比较全面的。

卡麦隆将之前的关于组织效益的九个维度与组织范围用聚类分析的方法联系起来以判断哪些维度与哪些范围相关，并以此作为高等教育组织分类的依据，最后他提出大学可以被划分为四种类型，每种类型的大学致力的组织范围和强调的效益维度不同。这四种类型包括：①致力于提高外部适应性的大学，包括学生职业发展、系统开放度和社区互动等维度，得分越高，显示与外部环境越互动；②致力于提高组织士气的大学，包括学生教育满意度、教员和行政人员的满意度和组织健康度三个维度；③致力于促进学术发展的大学，包括学生学术发展、教员职业发展和教员质量、获取资源的能力三个维度；④致力于增进学生课外发展能力的大学，包括学生个人发展这个维度。金·卡麦隆在后来的实证研究中验证了大学的九个效益维度，同时他将这四种不同类型的大学与效益维度对应起来，检验了不同类型的大学在不同组织范围和效益维度上的追求目标以及成就的不同，具体信息如下表所示。

表 7 – 1 不同类型高等学校的组织特征

大学类型	对应的组织效益维度	主要的组织特征
致力于提高外部适应性的大学	学生职业发展； 系统开放度； 社区互动	与外部联系和互动频繁； 学生注册数的持续上升； 提供各种职业培训课程
致力于提高组织士气的大学	学生教育满意度； 教员和行政人员的满意度； 组织健康度	强调学生教师满意度和内部决策过程的顺利实现； 强调教师士气、冲突的解决和教师发展目标的实现； 提供教师培训课程
致力于促进学术发展的大学	学生学术发展； 教员职业发展和教员质量； 获取资源的能力	学费高收费 高捐赠收入 高研究经费投入 提供人文艺术课程
致力于增进学生课外发展能力的大学	学生个人发展	强调学生课外发展空间； 提供各种职前准备课程

卡麦隆的研究是非常有意义的，虽然卡麦隆的模型中关于九个维度的划分及其代表性招致了一些批评，但同时也是经过了多个国家的实证检验，并得到很大程度上的验证。后续的很多研

究，包括对高等学校的组织效益与不同类型和导向的管理战略及后工业环境之间互动关系研究、高等学校的评估和分类研究等等都参考和借鉴了卡麦隆的组织效益模型。本研究借鉴卡麦隆的研究模型，对我国的民办高等教育组织的特征和管理特征进行实证性的分析，并归纳出一些结论。

本研究采用的调查问卷主要由两部分构成：一部分是由福特基金会资助的民办高等教育研究项目课题组根据美国"高等教育管理系统国家中心"设计的"高等学校组织绩效问卷"修订而成的"民办高校办学绩效调查问卷"，并于 2004 年 3 月在陕西省西安市针对民办高校发放了 11 所学校，共发放问卷 250 份，回收了 231 份问卷；其中有效问卷 220 份，主要集中在西安欧亚学院、西安培华职业学院、西安外事学院和西京职业学院等四所高校，占到了全部有效问卷数的 92.8%，而其他七所学校反馈回的问卷数较少，因而没有采纳。另一部分的问卷是 2006 年初对陕西省的十余所民办高校进行了再次问卷调查，确定每个学校发放的问卷数为该学校中高层行政管理人员的 80% - 90%，从高层领导者如董事长、院长、党委书记等到各个院系主任和各个行政部门处室负责人，也包括一部分在学校工作时间较长的对学校状况有较深了解的基层行政工作人员。发放问卷 500 份，回收476 份，有效问卷 450 份，有效率为 90%。具体问卷回收信息将在后面的章节中详细描述。

第二节　分析方法

本研究在 2004 年和 2006 年对西安的十几所职业学院进行问卷调查的基础上，对从这些学校获得的数据进行统计分析，在分析中利用了多种统计学分析方法，包括均值描述、两个独立总体均值差异的 T 检验、因子分析等。

一、描述统计

本方法主要用来概述数据样本获取状况，包括参与填写问卷的不同类型的民办高校管理和行政人员的背景特征，如所在学校、性别、受教育程度、职称、在本校工作时间、工作负责内容、对提高学校效益的建议等。描述统计中的百分比和均值等描述统计工具，有助于勾画出不同类型的民办高校在不同维度上的组织特征和管理特征的表现存在哪些一致性与差异性，从而为概述民办高校组织和管理特征的总体状况奠定基础。

均值是最常用的数据集中趋势的度量值。计算公式如下：

$$\overline{X} = \frac{\sum_{i=1}^{n} X_i}{n} = \frac{X_1 + X_2 + \cdots X_n}{n} \tag{1}$$

公式中：

$\overline{X}$——样本平均数；

X_i——第 i 次观测值；

n——样本容量。

二、两个独立总体均值差异的 T 检验

研究中常常需要对来自于两个或者多个总体的样本进行比较以研究各个总体之间的差异，而均值差异的 T 检验主要用于检验来自正态分布的两个彼此独立的样本之间的差异。本方法不但要考虑总体分布和总体方差，还需要注意两个总体方差是否一致、两个样本是否相关以及两个样本容量是否相同等一系列条件。本研究主要用来检验在不同的组织特征变量上不同类型的民办高校之间是否存在显著性差异，计算公式如下：

$$S_P^2 = \frac{(n_1 - 1) \, S_1^2 + (n_1 - 1) \, S_2^2}{(n_1 - 1) + (n_2 - 1)} \tag{2}$$

公式中：

S_P^2——两独立样本的方差和；

n_1——第一组数据的样本量；

n_2——第二组数据的样本量；

S_1^2——第一组数据的方差；

S_2^2——第二组数据的方差。

设有两组服从正态分布的相互独立的样本总体 X_1 和 X_2，他们的均值分别为 μ_1 和 μ_2，两组的方差和为 S_P^2，则我们可以通过 T 检验，得出两总体均值 μ_1 和 μ_2 差异是否显著，计算公式如下：

$$T = \frac{(\overline{X}_1 - \overline{X}_2) - (\mu_1 - \mu_2)}{\sqrt{S_P^2 \cdot \left[\dfrac{1}{n_1} + \dfrac{1}{n_2}\right]}} \tag{3}$$

三、因子分析

因子分析是多元统计分析技术的一个分支，它通过研究众多变量之间的关系，探求观测数据中的基本结构，在不损失或者少损失信息的情况下，尽可能将多个变量减少为少数几个因子，这几个因子可以高度概括数据中包含的信息。

在因子分析模型中，每个观测量可以由一组因子的线性组合来表示。设有 k 个观测变量，分别为 x_1，x_2，…，x_k。其中 x_i 为零均值、单位方差的标准化变量，则因子分析模型的一般表达形式为：

$$x_i = a_{i1}f_1 + a_{i2}f_2 + \cdots + a_{im}f_m + u_i \quad (i = 1, 2, \cdots, k) \tag{4}$$

其中，f_1，f_2，…，f_m 为公因子，它们是各个观测变量所共有的因子；u_i 为特殊因子，是每个观测量所特有的因子；a_{ij} 为因子负载，是第 i 个变量在第 j 个公因子上的负载。

本研究在进行学校管理特征维度分析时，由于选取的变量之间存在较高的相关度，需要对众多变量进行因子分析，通过研究众多变量之间的内部依赖关系，用少数几个因子来表示基本的数据结构，使得这些因子能反映原来众多的观测变量所代表的主要信息，并解释这些观测变量之间的相互依存关系，从而将多个相关度较高的管理特征变量转换为少数几个不相关的管理特征因子。

并非所有的变量都适宜采用因子分析法，因子分析的目的是简化数据或者找出基本的数据结构，因此使用因子分析的前提条件是，观测变量之间应该有较强的相关关系。所以在使用因子分析之前，有必要对观测变量进行适宜性检验。可以根据以下三个统计量，帮助判断观测数据是否适合做因子分析。

（1）反映像相关矩阵（Aati，anti – image correlation matrix）。其元素等于负的偏相关系数。偏相关是控制其他变量不变，一个自变量对因变量的独特解释作用。如果数据中确实存在公因子，变量之间的偏相关系数应该很小。如果反映相关矩阵中很多元素的绝对值比较大，则说明这些变量可能不适合做因子分析。

（2）巴特利特球体检验（Bartlett test of sphericity）。该统计量从检验整个相关矩阵出发，零假设为相关矩阵是单位阵，如果该值较大，那么拒绝零假设，也就是原始变量间存在相关性，适合做因子分析。如果不能拒绝该假设，则不适合做因子分析。

（3）KMO（Kaiser – Meyer – Olkin Measure of Sampling Adequacy）测度。该测度从比较观测变量之间的简单相关系数和偏相关系数的相对大小出发，其值的变化范围从 0 到 1。当所有变量之间的偏相关系数的平方和，远远小于简单相关系数的平方和时，KMO 值接近 1，适合做因子分析，当 KMO 值较小时，表明观测变量不适合做因子分析。通常按以下标准解释该指标值的大小：0.9 以上，非常好；0.8 以上，好；0.7 – 0.8 一般；0.6 – 0.7 差；0.5 – 0.6 很差；0.5 以下，不能接受。

第三节 数据的情况以及分类

本研究所选取的样本学校是陕西省在国家教育部备案的，招生纳入国家统招计划的，具有独立颁发学历证书资格的全日制普通民办高等院校，并不包括独立学院和非学历教育机构。

在本研究中将问卷分为几个问题，第一部分学校的一般类型：①学校的组织特征（5个问题），②学校的领导风格（5个问题），③学校的工作重点（5个问题）；第二部分学校管理特征（17个问题）。共计32个问题，其中大部分属于五分态度题，被调查者被要求对每个问题的陈述表达他/她的态度，从1到5的态度得分分别为：1—非常不同意；2—不同意；3—无所谓；4—同意；5—非常同意，问题的陈述有肯定的积极的方面，也有否定的消极的方面。

回收后的有效问卷调查人员共计670人，分别来自13所学校，其中413名男性，257名女性，平均年龄35岁，平均在该校工作年限4.2年，平均每周在学校的工作时间为47.7小时。填写调查问卷的学历情况是：来自专科民办高校的290人中，有5人拥有博士学历，有19人拥有硕士学历，合计占总专科院校人数的8.3%，有189人拥有本科学历，占总专科民办院校人数的65.2%，有77人拥有专科及以下学历，占总专科民办院校人数的26.5%。来自本科民办高校的348人中，有15人拥有硕士学历，占总本科民办院校人数4.3%，215人拥有本科学历，占总本科民办院校61.8%，有118人有专科及以下学历，占总本科民办院校33.9%。可以看出，无论是本科还是专科的院校，拥有本科学历的中层管理人员占到60%以上的。下面是被调查者的学历分布表。

表7-2　被调查者的学历分布

			本/专科学校		总计
			本科	专科	
最高学历	博士研究生	人数	0	5	5
		百分比	0%	1.7%	8%
	硕士研究生	人数	15	19	34
		百分比	4.3%	6.6%	5.3%
	本科	人数	215	189	404
		百分比	61.8%	65.2%	63.3%
	专科及专科以下	人数	118	77	195
		百分比	33.9%	26.5%	30.6%
总计		人数	348	290	638

在被调查者在学校担任的职务中，董事会成员有4人，高级管理人员（如校长、副校长）有19人，中高层管理人员（如校长助理、正副院长、正副系主任、正副处长、正副主任等）有223人，中低层行政人员（如教务、财务、学生管理、招生、就业、人事部门等人员）有395人。下面是全部被调查者在学校负责的管理工作统计描述信息，从中可以看出，被调查者基本上还是比较平均分布在不同岗位上的。

表7-3　被调查者在学校负责的管理工作

负责事务	回收问卷数/份	百分比/%	有效百分比/%	累计百分比/%
学术事务	67	10.0	10.3	10.3
学生事务	235	35.1	36.2	46.5
招生	70	10.4	10.8	57.3
行政	240	35.8	37.0	94.3
财政事务	12	1.8	1.8	96.1
其他事务	25	3.7	3.9	100.0
共计	649	96.9	100.0	
缺失	21	3.1		
合计	670	100.0		

在问卷调查的学校中，具有颁发本科文凭的学校共计 5 所，具有颁发专科文凭的学校共计 8 所，陕西省具有颁发本、专科文凭的民办高职学校共 17 所，没有调研学校中的个别学校招生量很小，还有一所由于调研期间赶上了学校的休息日①，因而没有获得该学校的数据。

表 7-4　调查民办学校的基本信息

学校名称	类型	回收问卷数/份	百分比/%	有效百分比/%	累计百分比/%
陕西电子信息职业技术学院	颁发专科学历	44	6.6	6.6	6.6
陕西国际商贸职业学院	颁发专科学历	82	12.2	12.2	18.8
陕西科技卫生学校	颁发专科学历	20	3.0	3.0	21.8
西安翻译学院	颁发本科学历	79	11.8	11.8	33.6
西安高新科技职业学院	颁发专科学历	11	1.6	1.6	35.2
西安海棠职业学院	颁发专科学历	36	5.4	5.4	40.6
西安科技商贸职业学院	颁发专科学历	22	3.3	3.3	43.9
西安欧亚学院	颁发本科学历	56	8.4	8.4	52.2
西安培华职业学院	颁发本科学历	57	8.5	8.5	60.7
西安汽车科技学院	颁发专科学历	59	8.8	8.8	69.6
西安三资职业学院	颁发专科学历	44	6.6	6.6	76.1
西安外事学院	颁发本科学历	66	9.9	9.9	86.0
西京学院	颁发本科学历	94	14.0	14.0	100.0
合计		670	100.0	100.0	

对于以上的数据，本研究从四个方面来将学校分类。

第一个方面是学校的层次，在 13 所院校中，具有本科层次的有 5 所，他们分别是西安翻译学院、西安欧亚学院、西安培华职业学院、西安外事学院和西京学院。

---

①　本研究去该学校调研的时候正好赶上了该学校休息，该学校的休息时间不是周六和周日，这个现象在前面已经讨论过。

第二个方面是学校的在校生的数量，以在校学生的数量是否超过一万人作为分类的标准，但是在校学生的数量超过一万人的学校正好是具有本科层次的学校，所以，在校生人数超过一万人的数据同本科层次的数据一样。在校生数量由于同本科、专科分类重合，所以该分类没有实际意义，不在本研究中采用，仅作为讨论时使用。

第三个方面是建校的时间，以 1993 年为一个界限。1993 年（包含 1993 年）以前建校的有陕西电子信息职业技术学院、陕西科技卫生培训学院、西安翻译学院、西安培华职业学院、西安汽车科技学院、西安三资职业学院和西安外事学院。其余的都是1994 年以后建立的学院。

第四个方面是建校初期是否有超过千万的投资，一共有 4 个学校初期有超过千万元的投资，他们是陕西国际商贸职业学院、西安高新科技职业学院、西安海棠职业学院、西安科技商贸职业学院，其余的学院都没有超过千万元以上的初期投资。详见下表。

表 7 – 5　按照学校的特征对学校的分类

序号	学校名称	层次（ * 为本科院校）	回收问卷数（份）	在校学生是否超过一万人	建校时间（ * 号为93 年后）	初期是否有超过千万的投资
1	陕西电子信息职业技术学院	颁发专科学历	44		1992	
2	陕西国际商贸职业学院	颁发专科学历	82		1997 *	有投资
3	陕西科技卫生培训学院	颁发专科学历	20		1993	
4	西安翻译学院	颁发本科学历 *	79	是	1987	
5	西安高新科技职业学院	颁发专科学历	11		1999 *	有投资
6	西安海棠职业学院	颁发专科学历	36		1998 *	有投资
7	西安科技商贸职业学院	颁发专科学历	22		1994 *	有投资
8	西安欧亚学院	颁发本科学历 *	56	是	1995 *	
9	西安培华职业学院	颁发本科学历 *	57	是	1984	

续表

10	西安汽车科技学院	颁发专科学历	59		1987	
11	西安三资职业学院	颁发专科学历	44		1993	
12	西安外事学院	颁发本科学历*	66	是	1992	
13	西京学院	颁发本科学历*	94	是	1994*	
	合计		670			

第四节　民办高校组织特性的统计分析

民办高等学校是什么类型的组织？在民办高校的办学许可上，就组织类型一栏，写道"民办非企业单位"。民办非企业单位，从字面上理解，不是企业单位，也不是事业单位，更不是政府机关。

根据产权和服务性质，传统的经济学和财政学中通常将社会划分为公共和私人两大部门。事业单位被包含在公共部门（Public Sector）内，是提供公共服务的机构，公办大学属于事业单位。企业单位被包含在私人部门（Private Sector）内。可见"民办非企业单位"中的"民办"规定了是私人部门，"非企业"规定了是公共部门。

实际上民办高等学校既具有事业单位的性质，又具有企业单位的性质。

具有事业单位的性质，来源于它本身是一个文化教育机构，可以享受国家在土地、税收、学生贷款等方面的优惠政策，可以接受捐赠，其财产不归个人或某个组织所有，不是以投资的多少来决定投资人是否能够进入董事会或者在董事会中拥有多大的权力。事业单位的名称有历史的原因，实际上民办高等教育组织应该是一种非营利性的组织。

具有企业的性质，是因为我国的民办高等学校要自负盈亏，要像企业那样有盈余才能够正常的运转。民办高校虽然在名义上是非营利的组织，实际上多数的民办高校仅仅依靠学费来运转，其经费来源的渠道单一，同美国的营利性的私立大学的经费来源非常相似（姜华，2006：12）。民办学校从操作模式上看、从财力上来说，还不具备捐资办学的实力，不得不走投资办学的道路（邬大光，2005）。这样民办高等学校的运行模式就必然有企业运行的模式，民办高等教育组织也隐含着营利性。企业化的特征表明民办学校具有营利性组织的特征。

基于以上的分析，将学校类型的问卷中的问题，对于组织的特征变量，分别合并称为事业化的变量和企业化的变量。对于领导风格，合并成为文化型领导和经营型两类变量；对于学校的重点工作，合并为文化建设和经营两个变量。然后比较不同的学校分类，进行统计分析。

在调查问卷的第一部分：学校的一般类型，分为 3 个方面：学校的组织特征、学校的领导风格和学校的工作重点。[①]

一、学校的组织特征

在"学校的组织特征"中有五个选项，分别是"A 学校人际关系融洽，像是一个大家庭，每个人都十分关注集体的荣誉；B 学校很重视经济机制，像一个企业；C 学校管理正规化程度高、设有必要的管理机构和相应的工作程序；D 学校重视工作效果，制定了具体的办学目标，并对目标的完成情况进行考核；E 学校很有活力，不断创新，鼓励员工竞争和创新"。被调查者要求对每个选项的陈述作态度选择，1 分—非常不同意，2 分—不同意，3 分—无所谓，4 分—同意，5 分—非常同意。为了便于比较均值，选择 6 分—不知道的数据被视为缺失值。

对于以上选项，A 选项和 E 选项代表了事业化的倾向，将其

---

① 问卷中还有学校的凝聚力变量，由于其同事业化和企业化特征的关联不大，在本研究中没有进行分析。

合并成为一类，然后根据本专科层次、建校的时间和是否有初期
的投资的不同来区分不同类型学校后检验其差异的程度。

表7-6 学校事业化的特征：均值及差异检验

学校事业化的特征	学校分类	本/专科	有效观测数	均值	标准差	均值差异T检验
学校人际关系融洽，像是一个大家庭。学校很有活力，不断创新，鼓励员工竞争和创新	学校办学层次	专科	310	8.45	1.31	.570
		本科	345	8.55	2.56	
		总计	655	8.50	2.09	—
	学校成立时间	93前	356	8.43	2.59	.361
		93后	299	8.58	1.25	
		总计	655	8.50	2.09	—
	办学初期是否有投资	有	242	8.59	1.30	.415
		无	413	8.45	2.43	
		总计	655	8.50	2.09	—

＊＊P<0.05，＊P<0.1

按照办学层次[1]、学校的成立时间和办学初期是否有投资来
将这些学校进行分类，通过均值检验的T检验，其值都大于
0.1，说明在学校的事业化特征。不同的办学的层次、不同的学
校在校生的数量、不同的成立时间和办学初期是否有投资的民办
高校之间没有差异，以上分析说明了民办高职院校在事业化的特
征上的表现基本相同。

对于学校组织特征的选项，B、C和D的选项都代表了学校
是否具备企业化的特征，因此合并成为一个学校的企业化的特征
变量，然后根据本专科层次、建校的时间和是否有初期投资的不
同来检验其相关的程度。

---

[1] 办学的层次同学校的在校学生的数量是相对应的，即本科办学层次上，
在校的学生数量也是超过了万人，所以在这组数据中，可以用办学层次代替学校的
在校生的数量。

表7-7　学校企业化特征：均值及差异检验

学校事业化的特征	学校分类	本/专科	有效观测数	均值	标准差	均值差异T检验
学校很重视经济机制，像一个企业。学校管理正规化程度高、设有必要的管理机构和相应的工作程序。学校重视工作效果，制定了具体的办学目标，并对目标的完成情况进行考核。	学校办学层次	专科	304	12.26	1.79	.000 *
		本科	338	11.71	1.75	
		总计	642	11.97	1.81	—
	学校成立时间	93 前	347	11.75	1.82	.001 *
		93 后	295	12.24	1.78	
		总计	642	11.97	1.81	—
	办学初期是否有投资	有	240	12.27	1.82	.001 *
		无	402	11.79	1.78	
		总计	642	11.97	1.81	

＊＊P<0.05，＊P<0.1

在学校的企业化特征上，不论是从学校的办学规模（在校学生的数量）还是学校成立的时间和办学初期是否有投资进行分类，学校的企业化特征同分类是显著相关的，也就是说，随着学校的扩大、学生人数的增多，办学时间的增长和办学的初期是否有投资，学校的企业化特征有很大的差异。

在办学的层次（在校学生的数量上），专科层次的学校（在校学生的数量低于万人），更加具备企业化的特征，对于学校的管理像企业那样进行目标的考核。而本科层次的学校就更少的具备企业化的特征。

从学校成立的时间来划分，1993 年前成立的学校，已经有很长时间的建校的历史，管理模式也较少具有企业化的特征；而1993 年以后成立的学校，由于学校的历史较短，较多的具备企业化的特征。

办学初期是否有投入同企业化特征是高度相关的，办学初期有投资的学校的企业化的特征较强。投入到学校的资金有的是企业投资，有的是个人投资或者是贷款，这些投资多少会带有获利的目的，学校就更加具有企业化的组织特征。而初期没有大量投资的学校，基本上是依靠滚动发展起来或者小部分的银行贷款，资金的压力较小，这样更少具有企业化的特征。

从学校建校的初期有大量的资金投入学校的企业化特征较强来推断，在建校初期投入到学校的资金带有获利目的较多，而带有捐赠性质的资金较少。

二、学校领导的风格

在"学校的领导风格"中的五个选项，分别是"A 校领导理解和关心师生员工；B 学校领导看重效益，像企业家；C 校领导办事谨慎、稳妥；D 校领导根据学校的办学目标制定相应的实施步骤；E 校领导勇于革新"。同样地，被调查者要求对每个选项的陈述作态度选择，从"1 分—非常不同意"到"5 分—非常同意"。为了便于比较均值，选择"6 分—不知道"的数据被视为缺失值。

在这 5 个选项中，A 选项和 C 选项合并为事业化单位的文化型领导的变量。然后根据本专科层次、建校的时间和是否有初期投资的不同来检验其相关的程度。

表 7-8　文化型领导的特征：均值及差异检验

文化型领导的特征	学校分类	本/专科	有效观测数	均值	标准差	均值差异T检验
校领导理解和关心师生员工，校领导办事谨慎、稳妥。	学校办学层次	专科	308	8.49	1.29	.003＊＊
		本科	344	8.20	2.21	
		总计	652	8.34	1.25	—
	学校成立时间	93 前	356	8.28	1.20	.230
		93 后	296	8.40	1.31	
		总计	652	8.34	1.25	—
	办学初期是否有投资	有	239	8.43	1.39	.144
		无	413	8.28	2.16	
		总计	652	8.24	1.25	—

＊＊P＜0.05，＊P＜0.1

　　从文化型领导特征的变量来看，按照专科和本科来区分（等同于按照学校学生的数量来区分），同学校的类型有明显的差异，相对来讲专科学校对领导的评价较高，也比较集中，本科院校对领导的评价略低于专科学校，但是评价的差异较大，造成这种现象的原因可能是本科院校增大以后，管理的层级增加了，教师同校领导的联系减少了，沟通也少了，从而教师对领导的评价有很大的不同。

　　对于文化型领导特征的评价，1993 年前成立的学校同 1993 年后成立的学校的评价没有差异。

　　对于文化型领导特征的评价，办学初期无大量投资的学校同有大量投资的学校没有差异。

　　B、D 和 E 选项代表了学校的领导是否具备类似于企业化的经营型领导的特征，合并成为经营型领导特征的变量。然后根据本专科层次、建校的时间和是否有初期的投资的不同来检验其相关的程度。

表 7 - 9　经营型领导特征：均值及差异检验

经营型领导的特征	学校分类	本/专科	有效观测数	均值	标准差	均值差异T 检验
学校领导看重效益，像企业家，根据学校的办学目标制定相应的实施步骤，勇于革新。	学校办学层次	专科	306	11.87	1.90	.380
		本科	338	12.09	3.96	
		总计	644	11.99	3.15	—
	学校成立时间	93 前	350	11.58	2.83	.001＊＊
		93 后	294	12.46	3.44	
		总计	644	11.99	3.15	—
	办学初期是否有投资	有	238	12.57	3.74	.001＊＊
		无	406	11.64	2.70	
		总计	644	11.99	3.15	—

＊＊P＜0.05，＊P＜0.1

　　从经营型领导的特征来看，同办学层次（在校学生的数量）不相关，对于学校领导是否具备企业化的经营性领导的特征，是否更加勇于革新，本科院校的评价较高，而且差异较大，这也从另外一个方面说明本科院校的教师对校领导的了解不多，沟通不多，评价的差异较大。

经营型领导的特征同建校的时间高度相关，1993 年以后成立的学校领导比 1993 年以前成立的学校的领导更加具有经营型领导的特征。我在西安开会的时候，就听到一个民办学院①的处长这样谈论自己的领导"我的领导不抓教学，只抓经营，像管理企业一样管理学校"。造成这种现象的原因可能是成立时间较短的学校受到环境的压力比成立时间较长的更大一些，可能会较多地采用企业化的模式来管理学校。

经营型领导的特征同在办学初期是否有投资高度相关。有初期投资的学校领导比没有初期投资的学校领导更加具备经营型的特征。这可能是因为这些学校的投资多数来自于企业；或者学校的领导就是由企业的领导兼任，会较多地将企业的管理模式带到学校的管理中。办学初期没有投资的学校领导可能多数来自于公办高校，也就较少地具备企业化的经营型领导的特征。

三、学校工作重点

"学校工作重点"的选项为："A 学校重视提高员工的凝聚力和工作热情；B 学校重视筹措办学资源；C 学校强调工作持久性和稳定性；D 学校强调竞争，常用量化的方法衡量工作完成情况；E 生源问题是最重要的，学校不断适应市场需求，调整招生策略。"同样地，被调查者要求对每个选项的陈述作态度选择，从"1 分—非常不同意"到"5 分—非常同意"。为了便于比较均值，选择"6 分—不知道"的数据被视为缺失值。

在学校的工作重点的 5 个选项中，选项 A 和 C 偏向于学校的文化建设，选项 B、D 和 E 偏向于学校的经营，因此将选项的

---

① 该学院是 1993 年以后成立的。

A 和 C 相加，得到学校的工作重点是文化建设的变量。

表 7 – 10 工作重点是文化建设的特征：均值及差异检验

工作重点是文化建设的特征	学校分类	本/专科	有效观测数	均值	标准差	均值差异T检验
学校重视提高员工的凝聚力和工作热情。学校强调工作持久性和稳定性。	学校办学层次	专科	311	8.31	1.36	.026 ＊＊
		本科	341	8.08	1.25	
		总计	652	8.19	1.31	—
	学校成立时间	93 前	359	8.03	1.20	.001 ＊＊
		93 后	293	8.37	1.41	
		总计	652	8.19	1.31	—
	办学初期是否有投资	有	237	8.44	1.48	.000 ＊＊
		无	415	8.04	1.17	
		总计	652	8.19	1.31	—

＊＊P＜0.05，＊P＜0.1

工作的重点是文化建设特征变量，本科层次学校（在校学生的人数过万人）同专科层次学校（在校学生没有过万人）之间有明显差异，相对来讲专科层次学校工作重点比本科层次学校更加具有文化建设的特征，这可能同专科层次学校的凝聚力和稳定性不如本科层次的学校有关，所以要更加重视文化的建设。

工作的重点是文化建设特征变量，建校时间不同的学校之间也是有明显的差异，1993 年后建校的比 1993 年前建校的学校工作重点更加具有文化建设的特征，建校时间短的学校可能比建校时间长的缺乏凝聚力和稳定性，所以工作重点比建校时间长的更加具有文化建设的特征。

工作的重点是文化建设特征变量，办学初期有资金投入的学校同无资金投入的学校之间有明显的差异。办学初期有资金投入的学校可能更加缺乏凝聚力和稳定性，所以工作重点要比没有资金投入的学校更加具有文化建设的特征。

将该项的选项 B、D 和 E 相加，得出学校的工作重点是经营的特征变量，将学校按照办学层次（在校学生的数量）、建校的时间和建校初期是否有投资进行比较检验。

表 7 – 11　工作重点是经营的特征：均值及差异检验

工作重点是经营的特征	学校分类	本/专科	有效观测数	均值	标准差	均值差异 T 检验
学校重视筹措办学资源。学校强调竞争。常用量化的方法衡量工作完成情况。生源问题是最重要的，学校不断适应市场需求，调整招生策略。	学校办学层次	专科	303	11.94	2.29	.000＊＊
		本科	326	12.78	1.47	
		总计	652	8.19	1.31	—
	学校成立时间	93 前	345	12.00	2.16	.000＊＊
		93 后	284	12.84	1.55	
		总计	629	12.38	1.95	—
	办学初期是否有投资	有	228	12.87	1.59	.000＊＊
		无	401	12.10	2.08	
		总计	629	12.38	1.95	—

　＊＊P＜0.05，＊P＜0.1

通过比较，得出学校的办学层次，学校的成立时间和学校办学初期是否有投资同学校的工作重点是经营特征高度相关，也就是说本科层次的学校、1993 年以后成立的和办学初期有资金投入的学校工作重点更加具有经营的特征，比专科层次的学校、1993 年前成立的学校和没有初期资金投入的学校更加注意办学资源的扩大和调整招生的策略，在学校的内部管理方面更加重视将工作量化的考核方式。

四、组织特性统计分析结果的讨论

通过以上研究，从民办高职院校的组织特征、领导特征和工作重点来看，从不同的办学层次、成立时间和初期投资上分为两个不同的部分，结果显示：在事业化特征上、组织特征和领导特征对于不同分类方式的民办高校之间没有明显的差异；在工作重点是文化建设特征上，不同办学层次、建校时间和是否有初期资金投入的民办高校之间有明显差异。归纳起来，专科层次学校、1993 年后成立的学校和有初期资金投入的学校的工作重点则更加具有文化建设的特征。

在企业化的特性上，对于不同的办学层次、不同的建校时间和是否有初期的投资，除了一个指标外，其余的都是有明显的差异，说明在民办高职院校的企业化的特征上，专科层次的学校、1993年后成立的学校和有初期投资的学校比本科层次的学校、1993年前成立的学校和没有初期资金投入的学校更加具有企业化的特征。

我们从民办高等教育的发展历史可以看出，从自学考试的助考机构到专修学院再到高职学院，这几乎是民办高校发展的一个必然的模式，尤其是建校比较早的民办高校，更是如此。但是在不同的发展阶段，进入到民办高等教育系统的学校的模式就会有所不同，比如在1993年之前，多数的民办高校基本上是依靠滚动积累的模式发展起来的，那个时候的资源、环境和政策同1993年之后有很大的不同，同现在相比变化就更大。

从以上统计分析的结果来看，民办高校不管是何时建立的还是处于什么层次，在组织的特征和领导的风格上，或者说从事业化的特性上来看都没有明显的差异，这证明了民办高等院校在文化建设或者在事业化上有同形的趋势，而事业化的特性也是公办高校的特性，说明民办高校在事业化的特性上向公办高校趋同。同时对于专科层次、1993年以后成立和有初期资金投入的学校，工作的重点更加重视文化建设，这说明这些学校在模仿高层次和建校时间较早学校的模式，从而使自己更加具有事业化的特性。

从所处的环境来看，民办高校要符合资源环境的要求，要获得足够的组织生存的资源；要符合制度环境的要求，要具有社会的合理性，符合社会对高等教育的要求；还要符合技术环境的要求，要能够提供一定的服务，有比较固定的客户群。这些要求往往是同时相互矛盾、相互在争夺宝贵的资源。民办高校在企业化的特征上的差异表明，不同的民办高校组织会根据自己的实际情况来采取不同的技术策略，通过不同的方法和途径来获得组织生存和发展的资源。以上统计分析表明，不同类型的民办高校在企业化的特性上有明显的差异，这说明了民办高等学校在企业化的特性上，或者说在学校的经营模式上具有多样性。

第五节　民办高校管理特征的统计分析

一、因子分析

由于问卷中的"学校管理特征"部分包括了 17 个特征指标，在因子分析中又称变量（变量所代表的具体涵义在下面的列表中给出），所以有必要了解问卷变量的结构，从为数众多的可观测变量中概括和综合出少数几个因子。通过计算变量之间的相关系数，发现一些变量之间存在着较高的相关性（有些变量之间的相关系数高达 0.495），这样，有条件对变量做因子分析。

适宜采取因子分析的统计标准包括：大部分自变量的相关系数大于 0.3，且通过显著性检验。这是由于对于一群相关度太高或太低的变量都不适合进行因子分析：太低的相关度很难抽取一组稳定的因子，而太高的相关度会导致多重共线性因而区分效度不高，提取因子的价值也不高。需要通过 Bartlett 球形检验与 KMO 检验来回答这些问题。

表 7 - 12　KMO 及 Bartlett's 检验

KMO 值		.765
Bartlett 球形检验	自由度	136
	显著性	.000

从表中 Bartlett 球形检验与 KMO 检验结果来看，KMO 值为 0.765，说明适合做因子分析，而 Bartlett 球形检验也说明相关系数矩阵不是单位阵，也就是说这 17 个观测变量可以做因子分析。

利用 SPSS 软件对 17 个观测变量进行因子分析，采用主成分因子分析法。设置因子分析收敛的最大迭代步数为 25，以特征根大于 1 为因子提取的条件（SPSS 系统默认提取主成分的个数按照特征根大于 1 的标准提取）。采取平均正交旋转法使得高载荷因子的变量数和需要解释变量的因子数都达到最小。对缺失值，为了尽可能地减少信息损失，采用了成对剔除含有缺失值的观测量的方法。因子分析结果如下表所示：

表 7 - 13　总方差分解表（Total Variance Explained）

因子序号	初始特征值			未经旋转提取因子的载荷平方和			旋转后提取因子的载荷平方和		
	全部特征值 1	方差贡献率	累计贡献率	全部特征值 1	方差贡献率	累计贡献率	全部特征值 1	方差贡献率	累计贡献率
1	5.578	18.203	18.203	5.578	18.203	18.203	2.868	9.360	9.360
2	4.934	16.102	34.305	4.934	16.102	34.305	3.360	10.966	20.326
3	4.312	14.073	48.378	4.312	14.073	48.378	2.883	9.410	29.736
4	2.429	7.928	56.306	2.429	7.928	56.306	2.825	9.220	38.956
5	2.111	6.889	63.195	2.111	6.889	63.195	5.113	16.687	55.644
6	1.877	6.126	69.321	1.877	6.126	69.321	4.191	13.677	69.321
7	1.480	4.830	74.151						
8	1.358	4.433	78.584						
9	1.203	3.925	82.509						
...									
17	.289	.942	100.000						

从表 7 - 13 的因子分析结果可以看出，在我们把提取因子的特定值设定之后，系统生成了 6 个因子，累计贡献率达到了69.3%。

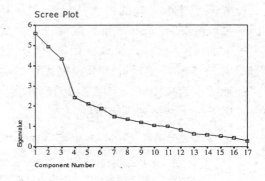

图 7-1　碎石图

图 7-1 的碎石图的横坐标为因子数目，纵坐标为特征根。从图中可以看出，第一个因子的特征根很高，对解释原有变量的贡献最大；以后的因子的特征根的根值依次减少。第 6 个以后的因子对原有变量的贡献几乎被视为高山脚下的碎石，可以忽略不计了。此图形象地展示了表 7-13 的内容，说明提取 6 个因子是合适的。

进一步，我们可以从这 6 个因子经过平均正交旋转后的因子载荷矩阵得出不同因子包含的具体变量信息。

表 7-14　旋转后的因子载荷矩阵（Rotated Component Matrix）

变量	因子序号					
	1	2	3	4	5	6
Q_1 学校管理分工明确	.217	-.178	.103	.371	.180	.147
Q_2 学校制定了严密规章制度	.215	-.276	.108	.382	.081	.213
Q_3 学校有特色的办学目标	.961	.138	-.206	-.016	-.007	-.086
Q_4 教学计划体现学校办学宗旨	.329	-.261	.084	.256	.164	.262
Q_5 内部成员对办学宗旨看法一致	.241	-.049	.181	.301	.114	.072
Q_6 重要决策由少数人制定	-.005	.566	.277	.330	-.226	-.385

续表

Q₇ 没有制定长期发展计划	−.003	.613	.035	−.345	−.004	−.004
Q₈ 教学和创新活动越来越普遍	.187	−.140	.024	.185	.228	.534
Q₉ 学校管理人员升迁变动频繁	.029	.608	.164	.197	−.512	.492
Q₁₀ 员工积极性不断提高	.269	−.259	.907	−.180	−.015	−.003
Q₁₁ 领导能够兑现对员工的承诺	.249	−.201	.062	.459	.292	.136
Q₁₂ 经费不足是学校面临问题	.000	.425	−.043	−.367	.486	.328
Q₁₃ 学校内部冲突不断增加	.018	.664	.141	−.429	.081	.005
Q₁₄ 外部因素制约学校发展	−.125	.477	.159	.146	.438	−.228
Q₁₅ 多数管理者是内部晋升上来的	−.129	.460	.302	.472	.331	−.086
Q₁₆ 多数管理人员有相似的受教育程度	.106	.184	.014	.173	.254	.124
Q₁₇ 多数管理人员有相似的工作期望和追求	.087	.090	.129	.238	.233	.166

提取方法：主成分分析法；旋转方法为平均正交旋转法；旋转经 11 步迭代得到。

从表中可以清晰地看出，公因子 F_1 包括 2 个变量，分别是：Q_3 学校有特色的办学目标、Q_4 教学计划体现学校办学宗旨；公因子 F_2 包括 5 个变量，分别是：Q_6 重要决策由少数人制定、Q_7 没有制定长期发展计划、Q_9 学校管理人员升迁变动频繁、Q_{13} 学校内部冲突不断增加、Q_{14} 外部因素制约学校发展；公因子 F_3 包括 1 个变量是：Q_{10} 员工积极性不断提高；公因子 F4 包括 6 个变量，Q_1 学校管理分工明确、Q_2 学校制定了严密规章制度、Q_5 内部成员对办学宗旨看法一致、Q_{11} 领导能够兑现对员工的承诺、Q_{15} 多数管理者是内部晋升上来的、Q_{17} 多数管理人员有相似的工作期望和追求；公因子 F_5 包括 2 个变量分别是：Q_{12} 经费不足是学校面临问题、Q_{16} 多数管理人员有相似的受教育程度；公因子 F_6 包括 1 个变量 Q_8 教学和创新活动越来越普遍。共计 17 个变量，6 个公因子。

从表 7 - 15 可以看出：因子得分的协差阵为单位矩阵，说明提取的 6 个公因子之间是不相关的。

表 7 - 15　因子得分的协方差矩阵（Component Score Covariance Matrix）

因子	1	2	3	4	5	6
1	1.000	.000	.000	.000	.000	.000
2	.000	1.000	.000	.000	.000	.000
3	.000	.000	1.000	.000	.000	.000
4	.000	.000	.000	1.000	.000	.000
5	.000	.000	.000	.000	1.000	.000
6	.000	.000	.000	.000	.000	1.000

提取方法：主成分分析法；旋转方法为平均正交旋转法。

对于这 6 个因子变量，需要进一步说明原变量系统构成的主要因子及其系统特征，即对因子命名。根据每个公因子代表的维度不同，可作以下命名：公因子 F_1 称为"办学目标"；公因子 F_2 称为"学校的管理困境"；公因子 F_3 称为"员工的积极性"；公因子 F_4 称为"学校的管理制度和方式"；公因子 F_5 称为"学校的管理资源"；公因子 F_6 称为"学校的创新行为"。这也就是民办高校管理特征的 6 个维度。

二、管理特征的统计学分析

我们按照不同的办学层次、建校的时间和建校初期是否有投资将民办高校进行分类后，统计分析这 6 个管理特征的均值和标准差，并对均值差异进行 T 检验，首先看不同的办学层次的管理特征的表现，见下表。

表 7 - 16　不同办学层次民办高校管理特征表现：均值及差异检验

民办高校管理特征维度	本/专科	均值	标准差	均值差异 T 检验
维度 1：办学目标	专科	1.0523	.0615	.232
	本科	.9453	.0546	
维度 2：学校的管理困境	专科	1.1043	.0646	.000 * *
	本科	.8228	.0475	
维度 3：员工的积极性	专科	.9492	.0555	.477
	本科	1.0479	.0606	
维度 4：学校的管理制度和方式	专科	1.1467	.0671	.536
	本科	.8333	.0481	
维度 5：学校的管理资源	专科	1.3899	.0813	.570
	本科	.3036	.0175	
维度 6：学校的创新行为	专科	1.3615	.0796	.114
	本科	.4014	.0232	

* * P < 0.05，* P < 0.1

　　从中可以看出仅仅是在维度 2 上，即"学校的管理困境"变量上，不同的办学的层次有明显的差异，从均值上看专科院校所面临的管理上的困境比较大，这些院校在重要决策由少数人制定、没有制定长期发展计划、学校管理人员升迁变动频繁、学校内部冲突不断增加、外部因素制约学校发展上的得分明显高于本科院校。

　　按照不同的建校时间来区分民办高校，将 6 个管理特征的均值和标准差进行比较并进行均值差异的 T 检验，见下表。

表 7 – 17　不同的建校时间民办高校管理特征表现：均值及差异检验

民办高校管理特征维度	本/专科	均值	标准差	均值差异T检验
维度 1：办学目标	93 年前成立	.9655	.0539	.029＊＊
	93 年后成立	1.0324	.0627	
维度 2：学校的管理困境	93 年前成立	1.0842	.0606	.004＊＊
	93 年后成立	.8752	.0531	
维度 3：员工的积极性	93 年前成立	.9138	.0510	.000＊＊
	93 年后成立	1.0424	.0633	
维度 4：学校的管理制度和方式	93 年前成立	.7972	.0445	.000＊＊
	93 年后成立	1.1645	.0707	
维度 5：学校的管理资源	93 年前成立	.3113	.0174	.259
	93 年后成立	1.4373	.0873	
维度 6：学校的创新行为	93 年前成立	.3759	.0210	.138
	93 年后成立	1.4177	.0861	

＊＊P＜0.05，＊P＜0.1

　　从表上看出，在前 4 个纬度上，1993 年前成立的民办高校和 1993 年后成立的民办高校有显著差别，在办学目标上，1993 年以后成立的得分略高于 1993 年前成立的民办院校；在学校面临的管理困境上，1993 年前成立的得分要高于 1993 年后成立的民办院校；在员工的积极性上，1993 年后成立的得分略高于 1993 年前成立的民办院校；在学校的管理制度和方式上，1993 年后成立的得分明显高于 1993 年前成立的民办院校。

　　在其它两个纬度上，即学校的管理资源和创新行为上，1993 年后成立的得分明显高于 1993 年前成立的民办院校。

　　根据学校创办初期是否有大量的投资，将这 6 个纬度的均值和标准差进行比较并进行均值差异 T 检验，见下表。

表 7 - 18 创办是否有投资的民办高校管理特征表现：均值及差异检验

民办高校管理特征维度	建校是否有投资	均值	标准差	均值差异 T检验
维度1：办学目标	有	1.0619	.0719	.032＊＊
	没有	.9570	.0495	
维度2：学校的管理困境	有	.9121	.0517	.000＊＊
	没有	1.0328	.0534	
维度3：员工的积极性	有	1.1005	.0745	.000＊＊
	没有	.9058	.0469	
维度4：学校的管理制度和方式	有	1.2222	.0827	.000＊＊
	没有	.8073	.0418	
维度5：学校的管理资源	有	1.5973	.1081	.156
	没有	.3037	.0157	
维度6：学校的创新行为	有	1.5728	.1065	.056＊
	没有	.3648	.0188	

＊＊P＜0.05，＊P＜0.1

建校初期是否有投资的学校，在前4个维度上，都有明显的差异，在后两个维度上，一个没有差异，另外一个有差异，但是不显著。有初期投资的得分明显高于没有初期投资的民办院校。

将以上三个表进行归类，将其中各个分类的均值差异检验合并到一起，看相互之间的关系，见下表。

表 7 - 19 民办高校管理特征的差异检验

民办高校管理特征维度	学校的层次		学校的历史		学校的发展	
	本/专科	均值差异 T检验	建校时间	均值差异 T检验	建校是否有投资	均值差异 T检验
维度1:办学目标	专科	.232	93年前成立	.029＊＊	有	.032＊
	本科		93年后成立		没有	

续表

维度2:学校的管理困境	专科	.000**	93年前成立	.004**	有	.000**
	本科		93年后成立		没有	
维度3:员工的积极性	专科	.477	93年前成立	.000**	有	.000**
	本科		93年后成立		没有	
维度4:学校的管理制度和方式	专科	.536	93年前成立	.000**	有	.000**
	本科		93年后成立		没有	
维度5:学校的管理资源	专科	.570	93年前成立	.259	有	.156
	本科		93年后成立		没有	
维度6:学校的创新行为	专科	.114	93年前成立	.138	有	.056*
	本科		93年后成立		没有	

＊＊P<0.05, ＊P<0.1

通过表中数据可以看出在民办高校的 6 个管理维度中,"办学目标"、"员工的积极性"、"学校的管理制度和方式"和"学校的创新行为"4 个维度,根据对民办高校的不同分类,其差异的程度各不相同,没有一致性的倾向。

三、管理特征统计结果的分析

通过综合以上的统计分析的结果表明:

在"学校的管理困境"纬度上,三种不同的学校分类方式,全部数据都有明显差异,也就是说不同层次、不同建校时间和不同初期资金投入的学校所面临的管理困境有明显的差异。我们在将"学校的管理困境"所包含的因素还原,就知道所谓的管理困境是:Q6 重要决策由少数人制定、Q7 没有制定长期发展计划、Q9 学校管理人员升迁变动频繁、Q13 学校内部冲突不断增加、Q14 外部因素制约学校发展。这说明专科和本科、1993 年前后成立的和初期有或者没有投资的民办高校这这些管理的问题上是有明显的差异的。相对来讲专科层次、1993 年以前成立的和没有初期资金投入的学校的管理困境比较严重。可能是这些学校由于成立的时间较长，又没有很快的扩大学校的规模①，加上没有大量的资金投入，学校所能够获得的资源有限，内部的管理问题会更加严重。

在"学校的管理资源"维度上，三种不同的学校分类方式，全部数据都没有差异，也就是说不同的层次、不同建校时间和不同初期资金投入的学校，所具有的管理资源是没有明显差异的。我们将"学校的管理资源"所包含的因素进行还原，管理资源的含义包括：Q12 经费不足是学校面临问题、Q16 多数管理人员有相似的受教育程度。可见不管是专科还是本科、93 年前还是93 年后成立和有没有初期办学资金的投入的学校，都面临着经费不足的问题，民办高校的办学经费绝大多数来自于学费，经费来源的缺乏和单一是制约民办高等教育发展的瓶颈。从管理人员的素质来讲，多数管理人员有相似的受教育程度说明民办高等学校目前的管理人员没有形成一个比较合理的知识结构，学历高的管理人员比较少，据民办高校的调查显示，多数高校喜欢留本校的毕业生担任管理人员②，尽管这些人对学校有较强烈的认同感，同时又踏实肯干，但是这些人相对有限的知识结构，可能会影响到民办高校进一步的持续发展。

种群生态学理论中，组织外部约束中的一个命题是**"在同一个经济时代所涉及到的最困难的问题几乎都是一样的"**，该命题通过民办高职学院的管理特征的统计分析得到了实证性的验证。当前，我国民办高职学院所面临的最困难的问题就是经费不足。

① 在本研究调研期间，民办专科层次的学校的规模都没有超过万人。
② 本研究调研中，就会经常碰到接待我们的管理人员是留校的毕业生。

第三部分

民办高等教育的制度与发展

第八章　现代民办高等教育制度建设

　　我国的民办高等教育从 70 年代末期恢复以来，经过 30 多年的发展，已经成为我国高等教育的重要组成部分。截至到 2008 年底全国普通民办高等学校共计 318 所，全国有独立学院共计 322 所，全国还有近千所民办高等教育机构和中外合作的高等教育机构。

第一节　制度是重要的影响因素

　　我国民办高等教育虽然具备了一定的规模，但与我国公办高等教育相比，还很薄弱。民办高等教育的制度环境还有许多不完善的地方。制度建设滞后、制度供给不足、制度规则不合理和不明确，直接影响了有志于民办高等教育的个人和团体的行为选择，这也是目前我国民办高等教育处于边缘、混乱境地的主要原因（张旺，2005：17 – 20）由于制度资源的准备不足，在经过短短的 20 多年发展之后，中国的民办高等教育已经过早地进入了其发展的"瓶颈"阶段。不公平竞争和过度竞争是导致问题出现的症结所在，而根本原因则是来自制度安排方面的缺失（阎光才，2002：1 – 5）。

　　经济学家都同意"制度是重要"的，制度是管束人们行为的一系列规则。诺斯认为：个人主义的成本收益计算可能往往伴随着欺骗、逃避责任、盗窃、袭击及谋杀（North，1981）。康芒斯认为：制度是从利益冲突中产生"切实可行的相互关系"，并创造"预期保障"的规则（Commons，1950：104）。阿尔钦和德姆塞茨也指出：制度提供"解决跟资源稀缺有关的社会问题"

以及相关利益冲突的方式，制度"帮助人形成那种在他与别人交易中可以合理把握的预期"。制度提供人在世上行为的基础，没有这个基础，世界将充满不确定性。制度环境是一系列用来确立生产交换与分配的基本政治、社会与法律规则，如支配选举、产权与合约权利的规则（戴维斯、诺斯，2000：270）。任何团体的行动都是在制度环境的激励与约束下进行的。国家是制度的生产者，是制度环境的建设者。

制度创新是推进我国民办高等教育向前发展的活力之源。制度创新主要应该体现在政策法规制度、内部管理体制和中介组织制度的创新上（张剑波，2005：154）。制度问题是一个核心问题，良好的制度安排不仅可以解决民办高等学校发展中的各种问题，也会不断地涌现各种创新行为（王澍，2004：i）。

我国民办高等教育是在社会转型期市场经济利益驱动下的一种自发行为，是一种典型的诱致性制度变迁的结果。当前制约民办高等教育可持续发展的因素很多，如办学资金的缺乏、教育技术的落后等，但是制度创新的障碍是影响我国民办高等教育自主发展的一个根本因素。制度创新要求我们突破人们所固有的教育观念，修正有关法律、法规的不合理之处，按照教育客观规律的要求，建立起现代大学制度。

由于民办大学在办学主体、资金来源、管理模式等等方面同公办大学有根本性的区别，所以需要我们在研究建立现代大学制度的同时，单独地关注建立现代民办大学的制度。

对于现代民办大学制度，简单的讲，可以归纳为现代民办大学的外部制度、中介制度和内部制度，本章就按照这三个方面进行论述。

第二节　现代民办大学的外部制度

建立现代民办大学的外部制度，需要处理好民办大学同政

⋯会、学生以及经济发展之间的关系。外部制度建设中核心⋯分就是建立完善的民办高等教育的法律和法规，法律和法规⋯建立与完善是为了解决民办高等教育的合法性，民办高等教育⋯的发展与其合法性的确立紧密相联，什么时候民办高等教育的合法性得到了确认，民办高等教育就走向繁荣，反之则走向衰落（文雯，2005：41）。

建立现代民办大学的外部制度涉及很多方方面面，但是当前比较迫切和比较核心的问题有以下二个方面，即解决民办大学的产权问题和保护民办大学的办学自主权。

一、解决民办大学的产权问题

产权问题是社会经济运行中首要的问题，在影响行动主体的行为决定、资源配置与经济绩效的诸多制度变量中，产权的功能极其重要，产权制度是最基础性的制度。

解决民办大学产权问题的关键是区分营利性民办大学和非营利性民办大学，在全国人大讨论《民办教育促进法》的过程中，对于是否区分营利和非营利的问题争执很大，同时是否区分也受到了我国教育法当中"任何组织和个人不得以营利为目的举办学校及其他教育机构"条目的限制，经过反复的博弈，创造性的提出了"合理回报"的概念，但是"合理回报"代表的是营利的结果，而无法代替产权。只有重新修改教育法，修改"任何组织和个人不得以营利为目的举办学校及其他教育机构"的条款，允许营利性的民办大学存在，才能够从根本上解决民办大学的产权问题。

以下根据中国和美国大学教育经费的资料，将中国民办大学和美国私立大学的经费构成比例作一比较，从大学的分类上，美国的私立大学分为营利性和非营利性两种，这两种私立大学的经费构成有很大的区别。

表 8 - 1　我国民办高校的教育经费构成①

收入来源	财政预算内拨款	学杂费	校办产业、勤工俭学、社会服务中用于教育的经费	社会捐、集资办学经费	其它教育经费
占总经费的比例	5.4%	90.2%	0.8%	1.2%	2.4%

表 8 - 2　美国私立大学 1999 - 2001 年度教育经费构成

收入来源	学杂费	联邦政府经费	州政府经费	地方政府经费	私人馈赠、合约	捐赠收入	销售与服务收入	其他
非营利性	24%	10%	1%	1%	14%	31%	16%	4%
营利性	84%	5%	2%	0%	0%	0%	5%	5%

注：资料来源 Source：NCES（2002a：218）

　　通过以上比较可以看出，我国的民办大学的经费构成同美国的营利性私立大学相似，两者都是以学杂费为主要的经费收入。中国民办大学的学杂费收入占总经费收入的 90.2%，美国营利性私立大学的学杂费收入占总经费的 84%，中国比美国要高出 6 个百分点。中国民办大学的经费来源渠道非常单一，学杂费收入是维持学校运转的主要经费来源。虽然我国民办大学的经费构成同美国营利性私立大学相似，但是我国的民办大学在法律上是不允许营利的，不能像美国营利性私立大学那样通过上市来吸纳社会资金。虽然法律上不允许，但是我国民办大学普遍存在隐性的营利行为，再加上其他不利的因素，使得民办大学的捐赠渠道非常狭窄。

　　在 80 年代我国民办高等教育恢复的初期，政府对设立民办高校的要求很低，今天已经具有很大规模的民办大学很多当初都

————————

　　①　数据来源于《2002 民办教育绿皮书》中的部分样本学校 2001 年的统计数据。

是白手起家，依靠学费的积累滚动发展起来的。但是现在如果再成立民办大学，没有大量的资金投入而依靠学费的滚动是很难发展起来的。由于我国民办大学的非营利性，使得我们无法区分投向民办高等教育的资金是寻利性的投资还是公益性的捐赠。由于我们没有明确民办大学的产权，使得社会上寻利性的资金不能合法地流向民办高等教育中，而现有民办大学的营利行为又无法得到限制和约束，公益性的社会捐赠渠道也不畅通，政府对民办大学的财政援助也无从谈起。因此，只有区分"营利性"和"非营利性"的民办大学，才能够从根本上解决民办大学的产权问题，同时为吸收社会上的资金和公益性的捐赠，尤其是接受政府的财政援助铺平道路。

二、保护民办大学的办学自主权

哈佛大学的前校长德里克·布克在其专著《高等教育》中提到，美国高等教育的明显标志之一就是自治，任何组织都可以成立私立学院或大学，到 1910 年，美国几乎有 1000 所私立学院。私立学院可以自由的挑选它的学生，教师可以决定他们自己的课程（Bok，1986）。

强化民办大学的自治能力，是民办高等教育能否持续发展的另一个关键因素。需要说明的是对于公办大学，我们也一直在强调加强其办学自主权，但是公立大学和民办大学的自主权是不一样的。

1993 年发布的《中国教育改革和发展纲要》就学校的自主权规定："学校要善于使用自己的权力，承担应付的责任，建立起主动适应经济建设和社会发展需要的自我发展、自我约束的运行机制。"在该文件中，更是明确地把学校的自主权利定格为权力，对应的是"责任"。以上的自主权主要是指公立学校的权力。而私立学校自主权的性质是"权利"，对应的是"义务"（劳凯生，2003：300）。

私立学校的办学自主权是权利，而公立学校的办学自主权是一种公共权力。这是两种不同性质的自主权。首先，两者的范围大小不同，我国《教育法》、《高等教育法》中对教育机构权利的规定，对于私立学校来说，是确认权利，是其权利的底线，是其权利的一部分；对于公立学校来说，是授予权利，是权利的上限，是权利的全部。其次，两者对主体的强制性不同，权利是一种自由，是一种利益，是一种意志，其主体可以依自己的情况灵活行使，也可以放弃；而权力主体对于其被授予的权力则不得放弃或转让，该权力对国家和社会来说是一种责任，即不得滥用，也不怠用、不用，否则就是失职。第三，两者行使的立法依据不同。公立学校的自主权，应按照公法的原则来规约，对于私立学校的自主权，应当按照私法的原则来规约。公法的核心是程序法，私法的核心是契约法（劳凯生，2003：301）。

我国自 1986 年对私立学校进行专门的立法起，一直是重管理，轻保护。在法规中对民办学校的自主权很少提及。建立现代民办大学制度，保护民办大学的自主权是非常关键的，首先就应该对其自主权加以特别的重视；其次要注意选用符合私立学校立法特点的法律规范；最后要加强私立学校自主权的制度化、体系化建设。

第三节　现代民办大学的中介制度

建立现代民办大学的中介制度是指建立承担社会公平和监督角色，科学规范合理设置，并在政府和民办大学中间发挥平衡和缓冲作用的中间机构体系。这些中间机构体系可以统称为社会中介组织，它是社会发展过程中必然出现的一种组织形式（张德祥，1995）。

民办大学不是政府投资的大学，目前很少能够接受到政府和其他渠道的资助，是完全按照市场的要求建立和发展起来的大学，对于民办大学的管理，政府不能够照搬对于公立大学的管理模式，需要有新的模式，而社会中介机构恰恰是新的管理模式中的关键部分。

之所以要建立民办高等教育的中介机构，是来自于政府和民办大学两个方面的要求。就政府而言，随着经济改革的发展和深入，政府已经逐步退出经济领域。而作为政策的制定与监督者，在文化领域，尤其是教育领域，政府过去扮演了很多不能够承担或不应该承担的角色，将逐步把一些职能交给中介机构。就民办大学来讲，由于其具有的天生的自治性，要有专业的、独立的机构承担民办大学的审批标准的制定、资质审核和分等评估等工作，而这些工作并不适合政府部门来承担。

目前民办高等教育的中介组织并没有真正承担起应该履行的职能。还存在很多问题，比较突出的是中介组织体系不完善，不能够适应教育体制改革的需要；中介机构的官方化倾向严重，各组织之间的平等关系被破坏，出现行政级层化倾向；从业人员结构不合理，领导人兼职多、离退休的多、专业人员资质未经过审核认定；某些中介组织目标定位错位，把自己办成联谊性质的组织（丁笑炯，2005：120）。

中介组织可以承担的职能，大致包括：①对民办学校的办学质量进行鉴定，在确保私立学校质量的同时，保证它们有不同于公立学校的特色；②通过制定同业守则，解决民办学校遇到的一些共同问题，在避免恶性竞争的同时，维护本行业利益；③接受政府和学校委托，开展民办学校办学状况调查和研究，起到下情上达、沟通政府和学校的作用；④对申请设立的民办学校，组织先期评议。

中介组织人员的构成应多样化，不仅要有办学者、教职工代表和研究人员，还要增加经济、科技、社会和政治界人士。

民办教育中介组织须保持独立性。在资金来源上，不应依赖行政机关的财政性拨款，而应依靠服务收费；在人事上，不应由教育行政部门任命安排，而应通过市场招聘；在机构设置和组织方式上，应无上级主办单位和挂靠单位，而是独立的实体法人（丁笑炳，2005：120）。

中国的民办高等教育的中介组织需确立适合民办高等教育的评估制度，避免用公立大学的标准来衡量民办大学，避免用一个统一的标准来衡量所有的民办高校，避免损害民办高校的多样性。

第四节　现代民办大学的内部制度

现代民办大学的内部制度建设主要包含建立完善的理事会或董事会制度；突破民办大学的定位和提供多样化的高等教育；促进民办大学学校文化的建设，形成良好的内部激励机制。这三个方面是民办大学内部制度建立的有机组成部分，是相互联系的。需要强调的是，以上民办大学的内部制度是针对于非营利性的民办大学，对于营利性民办大学的内部制度，本研究没有涉及。

一、建立完善的理事会或董事会制度

民办大学的理事会或董事会制度，是民办大学最根本的现代大学制度，民办大学的重大事项的决定权在理事会或董事会，这个制度的建立和完善关系到民办大学是否能够健康而持续的发展。

完善的理事会或董事会制度的建立首先要求加强民办大学理事会或董事会组成成员的多元化。民办教育促进法虽然对理事会或董事会的法律地位已经作出了明确的规定，但目前民办大学的理事会或董事会的成员多由举办者、捐资者和管理者组成，很少有校外人士参加，理事会或董事会组成成员的单一，阻碍了理事会或董事会功能的完整发挥，没有起到集聚社会力量的作用。

美国教育哲学家布鲁贝克认为"院外人士组成的董事会在代表公众对学院或大学的兴趣以及把这些院校的观点向公众解释方面可以起重要作用"（布鲁贝克，2002：37），可以说由校外人士组成的董事会在引导大学的社会参与方面起着桥梁和纽带的作用。

在理事会或董事会人员的构成上,要注重成员的专业性和代表利益的多样性。专业性是指选聘的成员要真正理解高等教育,理解高等教育发展的特殊规律,特别是要熟悉了解我国民办教育发展中的特殊矛盾和问题,这样才能对学校的发展作出正确的决策。而强调成员有不同的背景、经历、知识技能和兴趣,强调成员构成的多样性,则是要让董事人员能够代表社会各界的利益,反应多样化的社会要求,使得民办学校能够紧贴市场和社会的要求建立灵活的办学机制。

选拔董事会的成员,不能过分注重名人效应,轻视发挥社会人士的决策作用,使得董事会有职无责。另外,可以设立少数教职员工董事,通过有效的选举和选拔制度,推举那些一方面能代表学校广大师生利益,另一方面又具有一定治理能力的人加入董事会,这能有效地缓解信息不对称的问题,从而形成一个对外部环境开放的民主管理团队决策系统。随着我国民办高校办学规模的不断扩大。学校办学经费已经不可能仅仅依靠教育投资者的私有经费和学费来独立承担,因此学校的董事会吸纳更多的有筹资能力的成员,实现学校资源的多向积聚和扩散就显得非常重要,从而体现董事会制度在学校资源流动方面的价值。

完善的理事会或董事会制度的建立还需要建立董事的激励约束机制。民办高校董事会成员都是兼职董事,如果我们期望他们积极工作并能以法律责任来督促他们,就应该让董事成员获得与其承担的义务和责任相应的物质和精神报酬。这就是说,既要给予董事会成员激励,使他们能够积极的关注学校的发展,又要建立相应的约束机制,保证他们的独立性、客观性。根据董事会成员兼职工作的特性,要让他们能够在参与学校的决策过程中对自己的行为负责,更重要的是对他们进行精神激励和社会道德风险的约束。董事会成员们通常在社会里享有一定的声誉和地位,属于公众人物，他们更担心对他们的声誉造成影响。因此，对董事会成员的激励约束，应该重点放在精神激励方面，考核其是否客观、独立、公正地发表了意见，建立严格的准入和退出制度。

最后完善的理事会或董事会制度的建立需要加强立法的建设。在市场经济下，政府作为一个宏观管理者，应制定市场的游戏规则、法律来对董事会的运行进行约束和保障。美国高校董事会能够有效运行正是得益于其成熟的法律法规。

当前我国民办大学董事会立法环节薄弱，民办大学董事会只是在各自的董事会章程的约束下行事，且董事会章程的规定也带有很大的粗浅性，不能发挥董事会应有的效能，因此加强和完善董事会立法的需求显得极为迫切（刘保存，2000：43）。从我国的"民办教育促进法"以及相关的法律法规来看，分别规定了学校董事会、校长各自的职权以及董事会的构成等条款，但是缺乏对程序过程的立法，如没有相应的董事会议事方式和表决程序，没有规定解聘校长的条件等。而对有关程序性内容的规定是民办高校投资和管理中特别关注的细节问题。

二、突破民办大学的定位，提供多样化的高等教育

我国的大学分为研究型大学、研究教学型大学、教学型大学和职业学院。随着我国高校的逐年扩招，高等教育的毛入学率已经超过了20%，按照美国学者马丁·特罗的研究（Trow，1974：7），我国已经进入了高等教育大众化的阶段。中国高等教育的超常增长，导致了大学毕业生就业问题的日趋严重。在这种大环境下，国家大力提倡和发展高等职业教育，并将民办高等教育定位于高等职业教育。

但是纵观我国民办大学的发展历程，民办大学和民办高等教育机构一直在提供着有别于公办高等教育的差异性的高等教育。高等职业教育需要大量的资金投入，尤其是制造业的职业教育，需要配备价值不菲的试验设备和仪器，这些对于民办大学来讲是

非常困难的。考察目前民办大学所开办的专业，多数是中文、外语、法律、旅游、会计、管理、服装、广告、计算机和商务等偏重于文科的专业，这些专业的特点是比较通用化，对于教学设备的投入要求不大，而对于国民经济建设中比较急需的机电、化工、建筑等工科专业的开设却较少。可见，将民办大学定位于高等职业教育并不符合民办大学的特点，也不利于民办大学的发展。

考察美国私立大学的情况，美国两年制的专科学院共有1755 所，其中私立学院为 663 所（非营利 179 所，营利 484所）。美国普通高等学校 4064 所，私立高校为 2357 所。① 美国的私立大学遍布从社区学院到最尖端的研究型大学的各个层次之中，提供的是有别于公立学院和大学的特色教育。就连美国的社区学院也不是仅仅提供职业教育，他们认为对于社区学院来讲，比提供职业教育更加重要的是培养学生成为一个合格的公民（Brint & Karabel，1989）。

民办大学的定位应该是提供多样化和差异性教育，民办大学所能够提供的应该是公办大学所不能够提供的特色化的高等教育。

三、促进民办大学学校文化的建设，形成良好的内部激励机制

谈到组织文化，需要解释两种激励机制，即科层机制和文化机制。所谓科层机制是假定组织有明确的目标，组织将这些目标层层分解，变成具体的任务，依据具体的任务设置的各个部门，招募组织成员，依据这些任务进行分工。每个任务都是完成更高目标的一个手段。整个组织构成一个手段——目标链，每个具体任务的完成都有明确固定的目标。但是大学的目标是模糊不清

① 教育部发展规划司，上海市教育科学研究院编著. 2002 中国民办教育绿皮书 [M]. 上海教育出版社. 2003：327.

的，也没有非常准确的标准来衡量大学实现目标的程度，因此，科层机制对于大学的激励是有限的。

文化机制指大学所特有的文化传统和价值标准，大学组织是依靠这些传统和价值的不断传递来运行的。大学的组织不同于其他的组织，大学组织的存在有其特有的原因，大学存在的本质——依据组织信誉的解释如下：教师与学生都可以不讲信誉，因此教师与学生之间的直接交易是不稳定的，成本是高的，但是大学组织是讲信誉的，所以教师和学生自觉接受大学的权威，通过第三方的作用，在大学内部完成交易活动。大学作为一个联结教师和学生的纽带，几百年来呈现出超常的稳定性（克拉克，2001）。这种超常的稳定性源自于大学组织的特殊性质和大学中所存在的"文化机制"，文化是一种无形的、隐含的、不可捉摸的而又理所当然（习以为常）的东西。但每个组织都有一套核心的假设、理念和隐含的规则来规范工作环境中员工的日常行为，除非组织的新成员学会按这些规则做事，否则他们不会真正成为组织的一员（金顶兵，2002：5）。组织文化对成员的行为产生非常重要的影响，组织可以利用组织文化的影响，协调和控制成员的行为，达到激励的作用。

对于不同类型大学的内部激励机制，科层机制和文化机制的地位各不相同。在研究型的公立大学中主要以文化机制的激励为主，在民办大学中则以科层机制的激励为主。

民办大学其严格的科层式内部管理机制，已经无法适应学校的发展和大众对民办高等教育的要求。在民办大学内部文化机制占有越来越重要的地位，民办大学都在倡导自己的学校文化，都在编织自己的传奇故事和创造自己的文化象征。民办大学在近几年的公立大学升格和扩招的压力下，正在仿效优秀公立大学的管理机制，逐渐加强学术的权力。以上都表明民办大学的激励模式正逐渐从科层机制而趋向采用科层机制和文化机制并存的状态。

综合以上对现代民办大学制度的研究，从三个方面论述了现代大学制度的几个关键问题，现代民办大学外部制度、中介制度和内部制度的三个方面是缺一不可、相辅相成的。现代民办大学的外部制度是我国民办高等教育持续发展的重要条件，没有完善的外部制度，民办高等教育就无法健康的发展；中介制度是处理好民办大学同政府和社会之间关系的保障，是维护民办大学的自治权利的根本条件；内部制度在民办大学的健康发展中起到决定性的最为关键的作用。

第九章 民办高等教育的可持续发展

1987 年世界环境和发展委员会（WCED）在其向联合国提出报告《我们共同的未来》（Our Common Future）中正式提出可持续发展（Sustainable Development）的概念以来，这个原本出于对自然环境概念的理念一经提出，不仅很快引起全球的共鸣，而且也促使各国人民对人类面临的各种问题进行反思，伴随可持续发展的概念、准则、行动纲领得到国际社会的逐渐接受和认可，已经有越来越多的领域（社会、经济、文化等领域）从可持续发展的内涵出发，重新审视自己的目标方式和发展战略。

可持续发展概念引入到民办高等教育中，其概念的含义已经有所改变，从以往的研究来看，通常意义上的可持续发展主要是强调民办高等教育的健康、持续的发展。由于我国民办高等教育是在困难和坎坷中发展起来的，是在公办高等教育的夹缝中发展起来，因此民办高等教育的可持续发展就具有更加重要的意义。本章主要从几个方面来研究可持续发展的问题。

第一，根据前面的研究，总结出我国民办高等教育的发展模式；

第二，研究政府对非营利性民办高校的财政援助问题；

第三，在高等教育大众化过程中，将中美的私立高等教育进行比较研究；

第四，探讨民办高校的内部激励机制；

最后，利用系统工程的方法，探索民办高等教育可持续发展的策略。

第一节　民办高等教育的发展模式

一、不同发展阶段的主要矛盾

我国民办高等教育发展的第一个阶段（1978－1992年）的组织特性是合法性与不合法性。在这个发展阶段中，从一开始高考辅导班，到后来的自学考试的助考结构、函授大学等形式，民办高等教育在种种的困境中破土而生了。正是有了自学考试的需求，才使得民办高等教育在最初获得了合法生存的权力，但是在这一阶段中，国家对于民办高等教育的政策是严格控制其发展，因此这个阶段中多数的自学考试的辅导机构并没有成功的发展成为民办高校，只有其中的部分抓住了有利的时机，逐渐成长为今天的民办高校。

我国民办高等教育发展的第二个阶段（1993－2003年）的组织特性是依附性与独立性。在这个发展阶段中，民办专修学院依靠其依附性才得以生存和发展，由于组织的惰性和依附性使多数专修学院没有尽快的扩大规模，取得完全的独立性。资源的逐渐枯竭、外部环境的恶化、政策的突变是多数民办专修学院消亡的外部原因，对学历文凭考试的依赖、组织内部的惰性是多数民办专修学院消亡的内部原因。

我国民办高等教育发展的第三个阶段（2004年－）的组织特性是多样性与同形性。民办高等教育由于创建初期的投资渠道、成长方式、开设的专业和地区的差别不同而具有天然的多样性，但是这些高职学院在发展的过程中由于受到外界环境和政策的影响，为了取得制度的合法性，在组织结构、决策程序和人员构成上呈现非强制性的同形。在政府和法律法规的约束下呈现的是表象上同形而实质的多样化。

民办高等教育组织兼备事业化和企业化的性质，也具有营利性组织和非营利组织的特性。按照办学层次、成立时间和建校初期是否有投资将 13 所学校进行分类，除了在文化性领导变量上不同办学层次学校有明显差异外，其余的事业化特性上不同学校都没有明显差异。这说明高职学院在事业化特性上具有同形性，并趋同于高层次学校和公办高校。

除了在经营型领导变量上不同层次学校没有明显差异外，在其余企业化的特性上不同类型学校均有明显的差异，说明不同类型的民办高职学院，在企业化（经营）的特性上具有多样性。相对来讲，专科层次学校、1993 年后成立的学校和有初期投资的学校更加具有企业化的特征，这些学校也更加重视学校的文化建设。

在对学校的管理特征进行统计分析后可以得出结论，在管理资源上不同类型的学校没有明显的差异，这说明不同类型的学校在管理上虽然面临的大多数问题各不相同，但都面临经费不足和管理人员素质不高的问题。

二、民办高等教育的发展模式

表 9-1　我国民办高等教育发展的模式

阶段划分	时间阶段	制度标志	组织特性	主要矛盾	发展模式
第一阶段：恢复发展	1978-1992	自学考试的助考机构	合法性与不合法性	合法性与不合法性的矛盾	滚动式、渐进式的发展
第二阶段：快速发展	1993-2003	学历文凭试点（专修学院）	依附性与独立性	依附性与独立性的矛盾	投资式、贷款式的、增加学校数量外延式发展
第三阶段：稳定发展	2004-	发展高职院校和独立学院	多样性与同形性，事业化与企业化	多样性与同形性的矛盾	大投入、大产出式，扩大学校规模内涵式发展

本研究发现，民办高等教育各个阶段发展模式各不相同。

第一个阶段民办高等教育是滚动式、渐进式的发展模式。在这个阶段中，由于民办高等教育还不具备合法性，所以其模式还处于不断的变化之中，各种模式也在不断的出现、发展或者消亡。民办高等教育机构多数是在逐渐的滚动式和渐进式的模式下发展起来。

第二个阶段是投资式、贷款式的、以增加民办高等学校数量为主的外延式的发展模式。在这个阶段中，社会的资金开始涌入民办高等教育的领域，依靠外部投资办学的学校逐渐增多。已经具备了一定规模的民办高等教育机构，也开始寻找资金或者向银行申请贷款，试图尽快的扩大规模，提高办学的层次，逐渐进入到高职的培训系列。从全国的层面，这个时期出现了大批的专修学院，呈现出了一种外延式的发展模式。

第三个阶段是大投入、大产出式，以扩大学校规模为主的内涵式的发展模式。在这个阶段中，民办高等教育逐渐走向正规化，过去的仅仅依靠自学考试辅导和学历文凭考试的办学方式已经行不通了，而成立正规的高职学院和独立学院都需要前期的大规模的资金投入，当然，这种大投入带来的是大产出。为了尽快的获得规模效益，多数民办高等学校都在扩大规模，走内涵式的发展道路。

第二节 政府对非营利性民办大学的财政援助[①]

政府是否应该对非营利性民办大学进行财政援助，目前多数人的观点认为鉴于中国经济还在发展之中，仅就公立大学而言，政府的财政预算占大学教育经费的比例已经越来越少了，现在要

---

① 本节曾经单独发表于《民办教育研究》，2007 年 2 期。

求政府给予民办大学以财政的支持已超出政府财政能力。还有的观点认为，正是由于国家财政对于高等教育支持的不足，才鼓励民办大学的发展，民办大学对于缓解高等教育财政紧张起到了一定的作用，怎么能要求政府提供财政援助，增加财政的困难？

在分析财政援助之前，需要对目前我国高等学校经费构成和政府财政援助的情况有所了解，同时比较美国高等学校的经费构成情况；本节拟通过政府对私立大学财政援助的国际比较、民办教育的公益性和财政援助的收益率三个方面来分析政府对非营利性民办大学的财政援助的必要性；如果政府的财政援助是有必要的，那么选择什么时机开始是比较合适的？本研究通过分析大众的捐赠习惯、对于民办高等教育的认识和国民经济的发展三个因素，就政府实施对民办大学财政援助的时机做一个初步的预测。

一、中美高校的经费构成与政府的财政援助

高等教育成本分担理论认为高等教育的成本应该来自于四大块：政府、纳税人；家长；学生；个人或机构捐助者（约翰斯通，2002：26 – 30）。根据成本分担理论，我国的公立高等教育的成本已经从单一的政府承担转变为由政府、家长（学生）和社会共同来承担。但是民办大学的成本却几乎全部由家长（学生）来承担。

首先看一下我国高校的经费构成情况。根据《中国教育经费统计年鉴2002》的统计数据，本文统计了 2002 年 117 所中央部门所属高等学校和 990 所地方普通高等学校的教育经费的构成情况。根据《2002 中国民办教育绿皮书》中民办高校的数据，引用了部分样本民办高等学校教育经费构成的平均值，见表格 9 – 2。

表 9 - 2　我国中央所属高校数、地方所属高校和民办高校的教育经费构成

	中央部门所属 高等学校	地方普通 高等学校	民办高等学校 （样本学校的平均值）
教育经费收入合计 （万元）	4，894，905	6，523，374	
财政预算内拨款	54.99%	48.99%	5.4%
学杂费	19.37%	38.94%	90.2%
校办产业、勤工俭 学、社会服务中用 于教育的经费	2.34%	2.39%	0.8%
社会捐、集资办学 经费	2.21%	2.78%	1.2%
其它教育经费	21.09%	6.90%	2.4%

注：公立高校的资料来源于对《中国教育经费统计年鉴 2002》中数据的统计和整理；民办高校的数据来源于《2002 民办教育绿皮书》中的部分样本学校 2001 年的统计数据。

从表格 9 - 2 看出，公立大学的财政预算内拨款占总经费的比例大约为 50%，学杂费在 20% - 39% 之间，而民办大学的学杂费超过了 90%，在一些民办大学中几乎占到了 100%，成为学校经费的唯一来源。

我们再看美国高等学校经费的主要来源。美国高等学校的分类同中国高等学校的分类不同，美国的高等学校分为公立大学、非营利性私立大学和营利性私立大学，其中公立大学的教育经费收入中的政府经费主要来自于州政府，美国的公立大学中没有类似于我们的中央部门（联邦政府）所属的高等学校。对比美国的公立大学和私立大学的教育经费构成，美国的非营利性私立大学的教育经费的构成中，学杂费仅占 24%，几乎同公立大学的学杂费的比例 19% 相差无几，但是非营利性私立大学能够得到 31% 的社会捐赠。

表9-3　美国高等教育经费收入的主要来源

	公立大学 1999－2001	私立大学（非营利性） 1999－2001	私立大学（营利性） 1999－2001
教育经费收入 合计（美元）	$157,313,664,000	$121,509,804,000	$4,442,832,000
学杂费	19%	24%	84%
联邦政府经费	11%	10%	5%
州政府经费	36%	1%	2%
地方政府经费	4%	1%	0%
私人馈赠、合约	5%	14%	0%
捐赠收入	1%	31%	0%
销售与服务收入	22%	16%	5%
其他	4%	4%	5%

注：数据来源：NCES（2002a：218）

　　美国非营利性私立大学经费中最大的份额来自于捐赠，那么目前我国民办大学的捐赠情况是怎样的？据一项对江浙沪部分民办高校接受社会捐赠情况的调研结果显示，在被调查的15所学校中，有9所学校曾经获得过不同形式的社会捐赠，然而获得捐赠的形式和数量在各学校之间有较大的差异。其中有3所学校所获得的捐赠的惟一形式为图书，4所学校获得图书、少量的仪器设备、办公用品或少量奖学金，只有上海杉达学院和浙江树人大学这两所学校获得了总额在千万元以上的货币捐赠。总体来看，我国现阶段对民办高校的捐赠是有限的，捐赠的形式也以实物为主，民办高校所获得的社会捐赠无法与国内公办名校相提并论，更不必说与国外私立高校相比较（陈志琴等，2005：91－92）。

　　既然捐赠还不能够成为我国民办大学的主要经费来源，那么仅仅依靠目前收取学费来维持学校的正常运转是很困难的，例如某民办大学的在校生已经达到了3万多人，但是2005年收入还是无法抵消支出，亏损达2000多万元。已经具有规模的民办大学尚且如此，其他规模较小的民办大学的财政状况就更加糟糕。

光靠学费来办学，非营利性的民办大学是无法持续发展下去的，经过 20 多年的发展，民办高校"寅吃卯粮"现象仍然没有根本的改观，民办高校的生存，发展仍具有极大的风险（黄藤，2006：219）。

对私立大学进行财政援助是国际上通行的做法，在捐赠不能够成为私立大学主要经费来源的国家，需要依靠政府的财政援助来解决民办大学的财政困难，使民办大学健康地向前发展。

二、政府对民办大学进行财政援助的必要性

1. 对民办大学财政援助的国际比较

美国的非营利性私立大学，在得到很多的捐赠的同时也得到了政府的资助，从表 9 - 3 中就可以看出州政府和联邦政府对非营利性私立大学的财政拨款的比例合计为 11%，对营利性的私立大学的财政拨款的比例合计为 7%。

美国加州 1960 年高等教育总体规划中专门强调，对现存的"加州奖学金计划"（建立于 1956 年）进行改革，报告规定该计划的目的是保证任何贫困的或表现优秀的学生能自己选择在包括私立高校在内的任何一所加州高校学习，其最大的资助水平是以注册私立学院或大学为准，其目的就是为了保证私立院校的利益，维护教育公平，缓解公立高校的入学需求压力（刘小强，2006：99）。

美国联邦政府实际参与私立学校发展是第二次世界大战后。1958 年，受苏联人造卫星上天的冲击，美国政府通过了《国防教育法》，该法规定"向非营利的私立学校提供贷款"，用于开设新的数学，外语等课程并资助科研。从此联邦政府对私立大学的资助大幅度提高了，客观上刺激了私立大学的发展（刘娜，2003：5）。

1963 年美国政府通过了《高等教育设施法》，规定向私立非营利大学提供联邦补助金和贷款，以促进自然科学、数学、外语

的教学研究和图书馆建设。1965 年，美国政府又通过了《高等教育法》，在美国历史上第一次规定联邦政府要向公私立高等学校提供长期资助。1972 年又通过了《高等教育法》修订案，在美国历史上国会第一次决定由联邦政府向全国所有高等学校包括私立大学在内提供不带任何条件的资助，而且所有家庭经济困难的学生无论是公立学校的还是私立学校的，均可申请联邦学生资助；不论公私立大学，均可申请联邦科研经费，联邦政府对公私立大学一视同仁，平等对待。这样政府通过资助间接影响了私立大学的发展（刘娜，2003：5）。

日本在 1975 年颁布的"日本私立学校振兴援助法"的第一条目的明确规定，"本法的目的是：鉴于私立学校在学校教育中所发挥的重要作用，通过对国家和地方公共团体所采取的援助私立学校的措施予以规定，谋求私立学校办学条件的维持与提高，减轻私立学校在籍学生（包括小学、初中、高中和大学的学生）或幼儿学业上的经济负担，完善私立学校的管理，以资促进私立学校的健康发展。"第四条（对私立大学或私立高等专门学校经常性费用的补贴）规定："对设置大学或高等专门学校法人，就该校教学与研究上的经常费用，国家可补助二分之一以内"（孙霄兵等，2003）。

韩国于 1963 年颁布的，后来经过多次修订的《韩国私立学校法》中的第四十三条规定："国家和地方自治团体认为有必要振兴教育时，为支援私立学校教育，按照总统或当地地方自治团体的条例规定，可以对申请补助的学校法人或私学支援团体支付补助或予以支援"（孙霄兵等，2003）。

菲律宾专门颁布了《政府资助私立院校师生法案》，其中第二款政策宣言："按宪法规定，国家有义务使所有公民接受素质教育。国家承认公立和私立教育机构在教育体系中的互补作用，承认私立学校已经并将继续对国民教育做出重要贡献。为此目的，国家应建设相应机制，采取必要措施，充分利用私立教育现有资源，提高私立教育质量，承担所应肩负的义务。"该法案还规定了具体的资助形式，其中学生的资助形式包括：学费、课本、教育服务合约计划、奖学金和贷款等，教师受资助的形式包括：在职培训基金、大学师资开发基金和教师薪资补贴基金（孙霄兵等，2003）。

从国际比较来看，不论是经济发达的美国日本，还是同样处于发展中国家的菲律宾，各国政府对于私立高等教育都有财政援助。对私立大学进行财政援助，是国际上通行的惯例。

2. 民办教育的公益性，要求政府的调控

教育具有公益性，这是现代教育的基本特征，也是世界各国普遍承认的通例。因此，实施教育的民办学校也具有公益性。我国《教育法》第八条也明确规定："教育活动必须符合国家和社会的公共利益。"国家作为社会公共利益的代表，有权利、也有义务对关系社会公共利益的活动，包括民办教育活动进行调控，这是现代法治国家的一般要求。但是，国家的调控必然是对社会主体行为的限制，并且国家的调控是有成本的，因此，国家的调控应该限制在最小的范围内，即公益性所要求调控的范围（劳凯声，2003：209）。

教育之所以具有公益性，源于教育服务本身具有正的外部性。

外部性是经济学上分析"市场失灵"运用的一个概念，指某人从事某个活动，将"直接"影响他人的利益（若增加了他人的利益，则称为正的外部性；否则相反），而未获得补偿或惩罚。存在外部性的产品（或服务）无法通过市场实现社会效益的最大化。就教育而言，恰恰具有强烈的外部性。教育活动在给教育者带来私人收益的同时，还可以给他人带来外在收益。教育使人具有更高的道德水平，其好处不仅受教育者本身可以享受，而且社会和其他人可以从他的礼貌、职业道德、助人为乐、维护团结、维护国家利益中得到好处（劳凯声，2003：310）。

教育活动的外部性,使得其无法完全通过市场机制来实现社会的最优,从而产生了对教育活动外部性进行补偿的问题。既然市场本身不能对外部性的受损失给予补偿,那么补偿只能来自非市场方面,即政府的拨款和个人、社会团体的自愿捐赠。关于捐赠,目前我国高校能够得到的很少,不具有稳定性和可靠性,因此,外部性问题的解决,必须依靠国家的力量来进行调控。国家的调控方法有二。一是把外部性内化,即强迫所有人在一定的年龄阶段都必须受教育。这样,彼此的外部性都相互抵消。二是对教育活动进行补偿,即对民办教育进行资助。它又有两种方法,一是资助民办学校,使其降低成本,扩大供给;二是资助民办学校的学生,提高其收益,扩大其需求(劳凯声,2003:311)。

3. 政府对民办大学财政援助的收益

教育会给个人和社会带来很多收益,舒尔茨在其《教育的经济价值》一书中,列举了许多种教育收益:社会从教育研究中获得的收益、人才的发现和培养、增进"人的能力以适应就业机会的变化"、为持续的经济增长所做的人力准备等等(Schultz,1963:39-42)。

如果将政府对民办大学的财政援助视为对教育的投资,那么对民办教育的投资也一样对个人和社会有收益。根据目前所掌握的资料,还无法判定出给民办大学的财政援助的收益率,但是我们根据乔治·普萨查罗波洛斯对60多个国家数据的汇编的结论,可以近似的推导出一些相关的结论(普萨查罗波洛斯,1990:163)。从社会的收益率来讲,发展中国家教育的收益率高于发达国家的教育收益率;初等教育的收益率高于中等教育的收益率;中等教育的收益率高于高等教育的收益率;从以上国际上通用的结论可以看出,在一定条件下,收益率的高低同教育投入的充足程度是有关系的,基本上的规律是教育投入越不充足的领域,教育的社会收益率越高,按照这个结论来推论,民办大学的教育投入程度较之于公立大学是很低的,所以,对民办大学的投资的收益率应该高于对公办大学投资的收益率。

近年来对收益率的估算越来越以竞争经济部门的受雇人员的薪金为依据，在这些部门内，教育的收益更好地反映了工人的生产率。按照经济部门的不同而计算的收益率，私立竞争部门的收益率为 13% ，公共非竞争部门的收益率为 10% 。就目前大学的就业渠道来看，民办大学的毕业生多数进入了私立竞争的部门，而公立大学的毕业生较多进入到公共非竞争部门，由此可以近似的推论出给民办大学投资的收益率高于给公立大学投资的收益率。

根据乔治·普萨查罗波洛斯对各个学科平均收益率的数据，经济学、法律学、社会科学的收益率要高于科学、数学、物理学和农业科学的收益率（普萨查罗波洛斯，1990：163）。我国目前民办大学开设的专业则偏重于经济管理、法律外贸等社会科学，相对开设的基础科学很少，所以在其他条件相同的情况下，对于民办大学的投资收益率要高于对于公办大学的收益率。

通过以上分析可以得出结论，政府给予民办大学的财政援助是非常必要的，但是需要强调的是，政府对民办大学的财政援助，应该针对非营利性民办大学，同时应该有完善的制度作为保障，财政援助的形式也可以多种多样，比如可以考虑给民办大学的学生和教师进行援助等等。

三、政府对民办大学进行财政援助的时机

如果政府对非营利性民办大学的财政援助是必须的，那么什么时候政府能够开始实施财政援助？当然影响政府决定的因素很多，归纳起来主要包括一个国家中民众的捐赠习惯、社会对民办高等教育的认识和国民经济的发展三个方面的因素。

1. 民众的捐赠习惯

西方国家的民众有捐赠的习惯，韦伯在其名著《新教的伦理与资本主义精神》中为了寻找资本主义精神产生的原因，通

过对新教的伦理观的考察，他指出：这种资本主义精神先于资本主义制度框架而发生，它的发生的基础是新教的伦理，特别是加尔文世俗禁欲主义的教义。他指出诸如勤劳、节俭、积累等禁欲主义式的态度，在新教的伦理中就已经出现了。

韦伯考察了新教的伦理，新教认为你要服从上帝的意志，唯一的做法就是取得成就。你的信仰是否坚定的表现就是在于现世成就的多少。信仰越坚定，成就越大；相反，成就越大越说明信仰坚定。这是新教最微妙的一点。

禁欲主义节制有度，态度认真，工作异常勤勉，他们对待工作就像对待上帝布置的作业。以天职观念为基础的禁欲主义是现代资本主义精神的决定要素之一，也就是现代文明决定要素之一。

这种禁欲主义的结果是在西方国家的民众的财富积累以后，首先想到的不是享受，而是要为上帝增加荣誉，捐赠也就是自然的选择了。我们会听到很多的超级富豪将自己的巨资捐赠的故事，而他们自己的享受却很少。

中国人虽然有节俭和节约的传统却没有禁欲主义的传统。中国的节约和节俭的根源来自于过去物质的贫乏和生产力水平的低下，而今中国人的生活水平有了很大的提高，一部分先富起来的商人几乎丢弃了节约的传统，任意的挥霍金钱和物资，把本应该继续投资扩大生产的资金消费掉，中国的餐饮娱乐业如此的兴旺发达就说明这个问题。

中国的现代化的进程中，人们所作的努力是为了改善生活水平和提高物质的享受，而韦伯提出的新教的论理中，人们工作的目的就是工作，工作是人们的天职，是为了证明自己是上帝的选民，是为了增加上帝的荣誉，因此，在人们通过劳动使自己的财富增加以后，人们想到的并不是享受而是如何能够取得更大的成绩，这种精神确实对社会的进步和发展有利。虽然，资本主义社会的富人也享受，但是可能享受的前提是在能够保证再生产的基础上的享受。所以与西方人相比，包括中国人在内的东方人没有捐赠的传统，多少都受到儒家思想的影响，将财富留给子孙后代才是东方人的传统。

如前面所探讨的那样，东方人没有捐赠的习惯，同时缺乏完善的减免税收的政策性鼓励，指望通过社会的捐赠来发展民办高等教育是不现实的。既然不能够通过捐赠来发展民办高等教育，那么政府的财政援助就是非营利性民办大学持续发展的重要前提了，从这一点看，政府财政援助开始的越早越好。

2. 对民办高等教育的认识

从 20 世纪 80 年代初期我国的民办教育恢复后，社会对民办高等教育的认识经历了巨大的变化，民办高等教育从公办高等教育的补充变成高等教育的一个重要的组成部分，但是直到今天某些地方教育主管部门的观念还是没有转变。如果仅仅将民办高等教育作为公办教育的补充，作为对我国公立高等教育财政短缺的补充，那么政府对民办高等教育的财政援助就永远也无从谈起。

根据高等教育发展的国际经验，高等教育的大众化和高等教育的多样化是紧密联系在一起的。特罗（Trow，1974：7）在论述高等教育精英、大众和普及发展阶段时指出，随着高等教育规模的扩大，高等教育必然发生质的变化，实现高等教育大众化的途径是实现高等教育的多样化（阎凤桥，2006：112）。

民办高等教育的作用是为了增加高等教育的多样性，美国社会学者汉南和弗里曼（Hannan and Freeman，1977）指出：社会中组织的多样性问题看上去仿佛是具有学术价值。事实上，这些问题直接关系到重要的社会问题，其中最重要的就是社会对不确定的未来变化作出反映的能力。任何活动领域（如医疗保健、微电子生产或科学研究）的组织多样性，都为解决集体性产出的生产难题提出了可选方案。这些解决方法植根于组织结构和组织战略中……。

每当未来表现为不确定性时，大量可供选择的组织形式就会显示出其价值。依靠少量的组织形式的社会也许会繁荣一段时间；然而一旦环境发生改变，这个社会就会面临严重的问题，直到现存的组织被重构，或新的组织形式出现（斯格特，2002）。

民办高等教育组织正是为社会提供了多样性选择的可能性，从社会对高等教育的要求来看，社会大众对高等教育提出了更加多样性的要求，仅仅依靠公办教育已经难以满足这些要求了。与民办高等教育相比，我国的公办高等教育有明显的质量优势和规模优势，理应更多的承担科学研究尤其是基础科学的研究、培养社会精英和服务于社会的重任，而被隔断了历史的中国民办高等教育，则应该承担培养实用性的人才，满足社会大多数人接受高等教育的要求的任务。

从 2000 多年前就存在于民间的私塾教育，一直到 20 世纪 50 年代的中国私立教育，我国一直就有私立高等教育的传统。曾经培养了一大批精英的燕京大学、辅仁大学、圣约翰大学和南开大学等中国私立高等教育的楷模，给今天的民办高等学校提供了可以传承和借鉴的精神典范，为今天的民办高等学校留下了丰富的精神遗产，也为真正实现学术自由和大学自治提供了可以操作的空间。

对民办高等教育财政援助的实施与人们对于民办高等教育认识的改变有关。

3. 国民经济的发展

财政援助离不开国民经济的发展，那么经济发展到什么程度才能够有财政援助呢？这不是一个可以准确计算的问题，但是，可以通过日本和韩国的经济发展的实例来做一个初步的分析，这里我们用人均国民生产总值来代表国民经济的发展程度。

日本 1949 年颁布了第一个私立教育的法规《日本私立学校法》，在这个法律颁布后，由于 1955 年物价上涨，1965 年因反对学费上涨而爆发了学校纠纷，私立大学的财政恶化等原因，日本于 1970 年设立了私立学校振兴财团，开始对私立大学间接费用补助（泰彦，2006：247）。并且在 1975 年颁布的《日本私立学校振兴援助法》规定："对设置大学或高等专门学校法人，就该校教学与研究上的经常费用，国家可补助二分之一以内"。1969 年日本的人均 GDP 估计值为 8869 国际元（1990 年）（麦迪森，2003：303）。

　　韩国虽然于 1963 年颁布的《韩国私立学校法》，但是直到 1990 年的修正案中对于财政援助才有了重大的修正，在修正后的《韩国私立学校法》中的第四十三条规定："国家和地方自治团体认为有必要振兴教育时，为支援私立学校教育，按照总统或当地地方自治团体的条例规定，可以对申请补助的学校法人或私学支援团体支付补助或予以支援"。韩国 1990 年的人均 GDP 为 8704 国际元（1990 年）（麦迪森，2003：303）。

　　日本从第一个私立教育法到政府开始提供财政援助的时间间隔了 20 年，韩国的第一个私立学校法到开始对私立学校提供援助间隔了 27 年，在开始财政援助时的人均 GDP 值都为 8000 国际元（1990 年），如果按照这个规律进行估计，中国在 2015 年的人均 GDP 值为 8265 国际元（1990 年）　（麦迪森，2003：303）。到 2015 年，距《关于社会力量办学的若干暂行规定》（1987 年原国家教委发布）的颁布时间有 28 年，距《社会力量办学条例》（1997 年发布）的颁布也有了 18 年，距《民办教育促进法》颁布实施有 10 年。无论是从民办教育的法律颁布时间，还是从我国人均 GDP 的估计值来看，我国对于民办高等教育的财政援助可能会在 2015 年前后开始。

　　任何估计都无法准确的预测到现实的发展状况。中国的经济发展速度曾经让很多的预测都失灵了，中国的高等教育在短短的几年中发生了巨大的变化，中国高等教育从精英性教育过渡到大众化教育所用的时间在世界上可能也是最短的。我们希望政府开始对非营利性民办大学实施财政援助的那一天会早日到来。

第三节　大众化进程中中美私立高等
教育的比较

从 20 世纪 90 年代开始，在"科教兴国"战略的指导下，中国高等教育得到了快速的发展。经过 10 年的"深化改革、跨越发展"之后，到 2002 年，高等教育毛入学率达到了 15%，标志着中国已开始进入高等教育大众化发展阶段（Trow，1974：7）。2007 年，中国高等教育的毛入学率达到了 23%，成为世界高等教育规模最大的国家（闵维方，2008）。高等教育发展实现了历史性的跨越。在中国高等教育快速发展的过程中，公立高等教育的规模得到了迅速的发展。但是作为高等教育重要组成部分的民办高等教育，由于历史和环境等诸多方面的原因，并没有得到应有的发展。

世界各国高等教育发展的历史都有各自的特殊性，其大众化的具体发展过程也不尽相同，但就高等教育发展本身的内在逻辑及其与社会发展的内在联系而言，其中应当存在一些基本的规律（项贤明等，2001：1）。美国是高等教育大众化理论的发源地，也是世界上高等教育发展水平最高、私立高等学校发育最为完善的国家。因而回顾和分析美国高等教育发展的历史和现状无疑具有特殊的意义。本文将中国和美国在大众化过程中私立高等教育的发展进行比较，分析两国私立高等教育发展的不同路径，探求中国民办高等教育可持续发展的道路。

一、高等教育毛入学率的比较

从 1999 年高等教育开始扩招之后，中国高等教育的毛入学率就开始急剧提升。为了比较的方便，我们选取了毛入学率 6.8% 作为起点（中国为 1995 年、美国为 1943 年）进行比较分析。中国高等教育的毛入学率从 6.8% 到 15% 用了 7 年时间。美国高等教育的毛入学率从 6.8% 提高到 15.2% 用了 6 年的时间，但是在随后的 5 年中，美国的高等教育的毛入学率一直在 14% 至 16% 之间徘徊。而中国高等教育的毛入学率则一路攀升，从 15% 到 23% 仅用了 5 年时间，而美国从 15.2% 到 23% 则用了 10 年时间。

　　在这个阶段中，虽然高等教育的入学率相似，但是两国学生的数量差距巨大。中国高等教育 2002 年毛入学率为 15%，在校生为 900 万；美国高等教育 1949 年毛入学率为 15%，在校生为 244 万，仅为中国 2002 年在校生的 27%。中国高等教育 2007 年的毛入学率为 23%，在校生为 1884 万；美国高等教育 1959 年的毛入学率为 23.8%，在校生为 364 万，仅为中国 2007 年在校生的 19%。

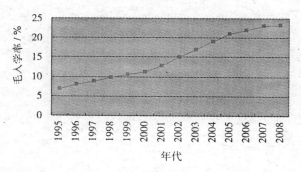

中国高等教育毛入学率变化

数据来源：教育部发展规划司.《中国教育统计年鉴》历年. 人民教育出版社

图 9－1　中国高等教育毛入学率变化图

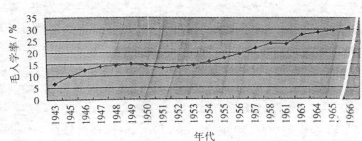

美国高等教育毛入学率的变化

数据来源：U. S. Department of Education, NCES, 120 Years of American Education：A Statistical Portrait, Edited byThomas D. Snyder, January 1993.

图9-2　美国高等教育毛入学率的变化图

从图9-2中可以看出，美国高等教育毛入学率在1959年达到了23.8%（相当于中国2008年的水平），然后经过了6年达到了30.7%，假设中国高等教育的毛入学率按照这个速度提高（实际上中国近几年的毛入学率的提高速度一直高于美国当年的速度），那么以2007年的基数来算，今后6年时间中国还要增加565万在校生。这么多增加的在校生，对于中国民办高等教育将产生什么样的影响？我们将在以下进行讨论。

二、高等教育学生数的比较

在中国高等教育迈向大众化的过程中，私立高等教育也得到了发展，从图9-3可以看出，从1995年开始，中国民办高等教育在校生的数量从几万人，发展到2008年的400多万人。占普通高等学校在校生的1/5。

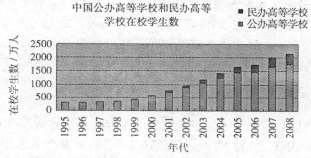

数据来源：教育部发展规划司.《中国教育统计年鉴》历年. 人民教育出版社

图9-3　中国公办高等学校和民办高等学校在校学生图

　　美国私立大学由于具有悠久的历史，私立大学的在校生的数量一直超过公立大学。1952年，当美国高等教育即将迈入大众化的门槛时（毛入学率为13.8%），公立大学的在校生数量首次超过了私立大学。到1966年私立大学的在校生数量占总在校生数量的1/3。

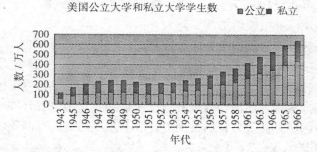

数据来源：U. S. Department of Education, NCES, 120 Years of American Education: A Statistical Portrait, Edited by Thomas D. Snyder, January 1993.

图9-4　美国公立大学和私立大学学生数图

比较中国和美国私立大学的在校生人数，可以看出在中国高等教育毛入学率在 2008 年达到了 23.3%，在校生的人数为 2021.02 万人，其中民办高等教育的在校生为 401.3 万人，占总在校生人数的 1/5；美国 1963 年高等教育的毛入学率为 27.7%，在校生为 478 万人，其中私立高等教育在校生人数为 169.9 万人，占总在校生人数的 1/3 多。

潘懋元（2006：6）曾经就我国民办高等教育的发展趋势做过预测：国家为鼓励民办高等教育发展，在基本办学条件许可的情况下，高等教育扩招后增量部分仍尽可能向民办高校、独立学院倾斜。以这样的发展速度，加之根据国际上尤其是亚洲国家私立高等教育发展的经验，我们有理由相信，再过 10 年也就是2020 年，当高等教育毛入学率达到 30% –40%，全国高校在校生数达到 4000 万左右时，民办高等教育占全国高等教育规模的比例有可能达到 1/2 以上。

如果 6 年后中国高等教育的毛入学率达到 30%，并假设那时民办高校的在校生数占到总在校生数的 1/2，民办高校则需要增加的在校生 1600 万人，那么从毛入学率 23% 到 40% 之间要增加的学生数（1979 万人），则主要依靠民办高等高校，公办高等学校的规模就仅仅增加 379 万人。

当然，将来我国民办高等教育的规模是占总规模的 1/2，还是像美国那样的 1/3，今天都无法准确的预测；但是不论是从美国高等教育发展的经验，还是从日本、韩国、菲律宾等亚洲国家私立高等教育发展的经验来看，按照世界私立高等教育发展的规律，我国民办高等教育的发展的速度必然要超过公办高等教育的发展速度。

中国高等教育规模的扩大主要要依靠民办高等教育的另外一个原因是：公办高等教育的规模要继续增加，面临很多困难，首先高等教育办学经费依然严重短缺。例如，生均预算内事业费支出从2000 年的 7309 元下降到 2004 年的 5552 元，2005 年又下降到 5376

元，这不可避免地带来了人们对教育质量的担忧；其次与财务相关的其他指标也在下降，包括生均面积、生均实验室面积、生均图书数量、生均生活设施等；再次许多公办高等院校负债运行，高校基本建设投入严重依赖银行贷款（闵维方，2008）。

在以上这些因素的制约下，我国高等教育的继续发展，招生规模的持续扩大，只能选择发展民办高等教育，扩大民办高等教育的规模。

三、不同学制学生数量的比较

美国高等教育大众化进程中，公立和私立大学不同学制的学生规模的发展速度也不一样，下面本文就中美两国不同学制学生数量的变化，分别进行比较分析。

中国普通高等学校主要由 4 年制本科大学和 3 年制的大专（包括高职）院校组成。美国普通高等学校主要由 4 年制学士学位大学和 2 年制的社区学院组成。美国的 2 年制的社区学院最初是为了给继续攻读学位的学生提供转学分的教育，后来为了满足美国经济发展和社会变革的要求，社区学院又增加了职业化培训的任务，并逐渐成为其主要任务（Brint & Karabel，1989）。

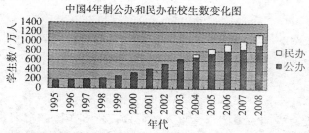

数据来源：教育部发展规划司.《中国教育统计年鉴》历年. 人民教育出版社

图 9－5　中国 4 年制公办和民办在校生变化图

在高等教育的大众化过程中，中国民办高等教育 4 年制的本科院校，主要是由公办大学的独立学院组成，普通的民办本科高等院校的数量还很少，一直到 2007 年，普通的民办高等院校中的本科学生的数量才达到了 20 万人。独立学院的出现，尽管伴随着诸多问题，但是它确实提高了中国民办高等教育的层次，促进了中国民办高等教育的发展。

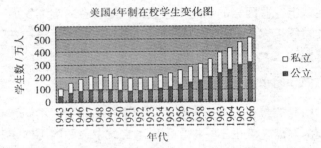

数据来源：U. S. Department of Education, NCES, 120 Years of American Education: A Statistical Portrait, Edited byThomas D. Snyder, January 1993.

图 9-6　美国 4 年制在校生数变化图

尽管中国 4 年制民办高校的在校生数从 2004 年才有统计数据（在此之前的数量很少），但是发展的速度非常快，到 2008 年就已经超过了 200 万人，占全部 4 年制大学在校生的 18.5%，可见，4 年制民办高等教育学校的规模还有很大的发展空间。

中国普通民办高职学院从 20 世纪 80 年代初期恢复至今，一开始作为自学考试的辅导机构，然后经过专修学院的阶段，最后经过激烈的市场竞争，大多数原来的专修学院都已经消亡，保留至今的仅有 300 多所民办高职学院，在校生已经接近 200 万人。这些民办高职学院多数是依靠学费滚动、很少是依靠外部的投资而发展起来的。由于外部环境的变化，今天如果再成立民办学院，没有先期大量的资金投入，而仅仅依靠学费的滚动是很难发展起来的（姜华，2006：12）。

中国普通民办高职学院规模的进一步扩大，除了增加现有民办高职学院的在校生以外，应该允许营利性民办学院出现，通过营利性的民办高职学院，吸引社会上的资金，使普通民办高等职业教育的规模逐渐扩大。

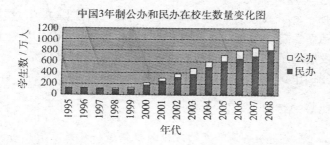

数据来源：教育部发展规划司.《中国教育统计年鉴》历年. 人民教育出版社

图9-7　中国3年制在校生数量变化图

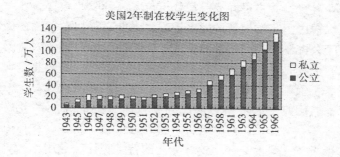

数据来源：U. S. Department of Education, NCES, 120 Years of American Education: A Statistical Portrait, Edited byThomas D. Snyder, January 1993.

图9-8　美国2年制在校生数变化图

在高等教育大众化的过程中，美国的2年制的社区学院始终是以公立学院为主，私立社区学院的数量始终没有太大的增长，从图9-8可以看出，在美国高等教育大众化的过程中，私立社区学院的在校生数量并没有显著的增长。与此相对，公立社区学院的在校生却有很大程度的增加。这说明在高等教育大众化进程中，美国的公立高校主要承担了高等职业教育的任务。

据 2000 年统计，美国普通高等学校 4064 所，公立高校为 1707 所，私立高校为 2357 所；两年制的专科学院共有 1755 所，其中私立学院为 663 所（非营利 179 所，营利 484 所）。① 可见，即使发展到了今天，美国的专科学院中，非营利性的私立学院所占的比例也是很少，多数的私立高校都是 4 年制的大学。

四、比较的结论

1. 突破民办高等教育的定位，提供多样化的教育服务

中国的大学分为研究型大学、研究教学型大学、教学型大学和高等职业学院。中国高等教育的超常增长，带来的大学毕业生就业问题的日趋严重。在这种大环境下，国家大力提倡和发展高等职业教育，并将民办高等教育定位于高等职业教育。

纵观中国高等教育的发展历程，民办高等教育一直在提供着有别于公办高等教育的差异性的教育。高等职业需要大量的资金投入，尤其是经济发展急需的机电、化工等行业的职业教育，需要配备价值不菲的试验设备和仪器，这些设备的投入对于民办高校是非常困难的。考察目前民办高校所开办的专业，多数是中文、外语、法律、旅游、会计、管理、服装、广告、计算机和商务等偏重于文科的专业，这些专业的特点是比较通用化，对于教学设备的投入要求不大，而对于国民经济建设中比较急需的机电、化工、建筑等工科专业的开设却较少。可见，将民办高等教育定位于高等职业教育并不符合民办大学的特点，也不利于民办高等教育的发展。

美国的私立大学遍布从社区学院到最尖端的研究型大学的各

---

① 教育部发展规划司，上海市教育科学研究院编著. 2002 中国民办教育绿皮书 [M]. 上海教育出版社. 2003：327.

个层次之中，提供的是有别于公立学院和大学的特色教育。就连美国的社区学院也不是仅仅提供职业教育，他们认为对于社区学院来讲，比提供职业教育更加重要的是培养学生成为一个合格的公民（Brint & Karabel，1989）。

民办高等教育应该是提供多样化和差异性教育，民办高校所能够提供的应该是公办高校所不能够提供的特色化的高等教育。为了尽快发展中国的民办高等教育，扩大民办高等教育的规模，应该适度发展营利性的民办高等教育。

2. 在保证质量的前提下适度扩大民办高校的规模

扩大高等教育规模并不能确保经济同步增长，有研究表明，教育质量和数量同时提高比单纯扩张教育数量对经济增长的促进作用要大得多。如果扩张数量导致质量下降，那么高等教育对经济增长的积极作用就会受到严重削减（Hanushek & Woessmann，2007）。中国高等教育的进一步发展，对公办高等教育和民办高等教育提出了不同的要求。公办高校的主要任务是保持规模，迅速提高质量；公办高等教育的主要发展领域应该是精英教育和高等职业教育。民办高等教育的主要任务是在保证质量的前提下，适度扩大规模，使民办高校达到规模效益，提高办学效率；民办高等教育的发展领域应该包括研究生教育、普通本科教育和高职教育（包括营利性的高等教育），并提供多样化的高等教育服务。

第四节　民办高校的激励机制

一、问题提出

我国的民办高校历史短暂，其社会影响力、教学科研水平等诸多方面都无法同公办高校相比，加之近几年的大学扩招，使民办高校的外部环境急剧恶化并面临前所未有的压力。为了适应环境的变化，在激烈的竞争中求生存、求发展，民办高校的管理者首先要提高自己的整体管理水平。

如何激励民办高校高效率地完成教学和服务社会的双重目标，如何将这些目标渗透到学校中，变成每一位教师和职工的工作目标，成为激励他们的动力，是民办高校管理者所面临的既复杂又艰巨的问题，也是民办高校管理的核心问题。

民办高校激励机制的研究，主要从外部激励机制和内部激励机制两个方面进行，所谓外部激励主要是探讨民办高校同外部环境的关系，通过这种研究探讨总结出基本的趋势。所谓内部激励是探究民办高校的内部管理框架或模型，探讨如何对民办高校的内部人员进行激励，并通过这种探讨总结出基本的趋势。

大学是进行高等教育的一种社会组织。本研究所涉及的大学，主要包含两类大学：即公办高校和民办高校。公办高校是指由国家或地方政府创办的，中央或地方政府利用财政和税收提供部分或全部经费的大学；民办高校包括由社会或个人资金创办的，以学费作为主要经费来源的大学或学院。

二、民办高校的外部激励机制

1. 新制度经济学的激励理论

在社会的运行中，对于一些公共产品或准公共产品的提供存在着三种激励机制，分别为市场机制、公司机制和政府机制。对应于教育领域，这三种机制表现为：**市场机制**（Markets Mechanism）：在教育中，市场机制相当于单个教师，按照一定的价格，向学生的父母出售他们的服务，以他们以往的服务质量为依据（过去学生的成绩）定价格，可以理解为中国传统的私塾教育；**公司机制**（Firms Mechanism）：这里定义为生产者团队，在教育领域中相当于单个教师组织于学校之中，教师们以组织的形式向学生的父母出售他们的服务，可以理解成抽象意义上的私立学校；**政府机制**（Government Mechanism）：生产者为公共组织，由政府举办，在教育领域中相当于学校按照政府指令向学生的父母提供他们的服务，可以理解成为抽象意义上的公办学校（Acemoglu, Kremer & Mian, 2003）。

伴随着以上的三种机制，就有不同强度的激励因素，在市场机制中，单个教师的利益直接同教学活动的质量挂钩，教育服务的迟后性决定了受服务者无法向购买产品那样进行事先选择，而学生的父母是按照教师以往的学生的成绩为依据来判断其价格的，因此市场的机制会产生高强度的激励（High‑powered Incentives），但是这种高强度的激励可能会导致非生产性的努力（Unproductive Efforts）增加，比如只招收成绩好的学生以提高毕业生的成绩，这样就会造成资源浪费、效率降低和教育机会的不公平。

公司是否可以纠正这种情况呢？公司是生产者的集合。学校是教师的集合体。教师们与团队的方式生产。以学校为例，家长和教师不再是一对一交易，而是与学校做交易，因此家长难以直接而充分地了解到单个教师对学生学习所做贡献的信息。家长选择的依据是学校平均成绩，单个教师所做努力带来的学校"形象"的提高往往会被认为是学校所有教师"能力"的表现。这样就降低了教师非生产性努力的动机，提高了教育资源配置的效率。当然这种机制同时也使得生产性努力（Productive Efforts）降低。

在公司机制中，虽然对于单个教师的个人没有了高强度的激励，但是公司（相当于学校）的投资人或者拥有者对于市场的反映依然非常敏感，市场对于公司（相当于学校）还是有高强度的激励，而这种高强度的激励必然会导致非生产性的努力上升。学校出于对学校整体表现目标的追求，加强对教师的激励，即产生了学校整体目标的涓滴效应（Trickling down）——像"沙漏"一样将学校的整体目标渗透到学校的各个层次中，一直渗透到教师中，以提高学校的整体"形象"（Perception），高强度激励机制又重新出现。这一机制再次导致非生产性努力的上升，比如为了提高学生的考试成绩，个别学校在考试之前往学生午餐中加入蛋白质，还有的私立学校在招生中弄虚作假、夸大其词，这样同样会造成教育资源浪费和效率降低。

公司（学校）机制同样出现了高强度激励，不能有效降低非生产性的努力，政府机制能够解决这个问题么？在纯粹抽象的政府管理的学校中，教师的努力同自己的收益没有关系，由于学校不追求利润最大化、竞争缺失和不关心自己的竞争"形象"等因素而产生了低强度激励（Low - powered Incentives）。低强度的激励降低了非生产性的努力，从而杜绝了资源浪费，提高了资源配置效率。

但是，政府机制同样存在问题。在政府机制中，政府官员通过政治决策、教师选拔、课程设置等来影响学校和教师行为，影响学生人力资本的获得，也影响考试的分数。在政治决策覆盖所有学校的情况下，当所有学生的总体考分都提高时，会被认为是考试难度降低等因素的影响，而不被认为是政府和政府官员"个人努力"的结果。因此，导致政府官员的低强度激励。更高的考试分数对于政治家来说并没有带来"能力"信号的改善。这也同样导致了政府机制中运行效率的降低。

2. 公司机制趋向于政府机制

纯粹依靠公司激励机制进行管理的民办高校，面临教育市场的更多的压力，逐渐暴露出很多的问题，比如在招生上的弄虚作假，宣传上的夸大其词等现象，这已经开始制约民办高校的发展。那么，我国的民办高校如何能够健康地发展，从世界上私立大学的发展过程来看，可能有三种模式可以借鉴：一是美国的模式，即公立大学和私立大学（非营利性）虽然在教育经费来源上的渠道不同，但有 1/3 来自于纳税人（Bok，1986），详见表 9 -3。二是日本的模式，即由国家财政承担私立大学的 1/2 的经费，但是私立大学的教育质量必须要达到国家的质量标准

（Bok，1986）；三是北欧的模式，即私立大学每接受一个学生，国家则将这个学生的学费划拨给该私立大学。

　　将我国的民办高校的教育经费构成同美国的私立大学相比，我国的民办高校相当于美国的"营利性"私利大学。将来的趋势必然要逐渐向"非营利性"的民办高校转化，而转化过程中的二个重要的前提就是其他渠道的教育经费比例逐渐增加和在一定的时期内学杂费所占的比例逐渐减少。这就要求其激励的机制要从公司激励逐渐趋向公司机制和政府机制并存的状态。

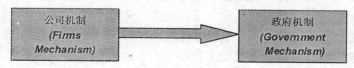

图9-9　公司激励机制趋向于政府激励机制图

三、民办高校的内部激励机制

　　1. 科层机制（Bureaucratic Mechanism）

　　组织的涓滴效应和组织目标对个人的渗透，是将组织的高强度的激励（High-powered Incentives）渗透到组织中的每一个成员，而对于这种渗透最适合的就是科层机制。科层组织假定组织有明确的目标，组织将这些目标层层分解，变成具体的任务，依据具体的任务设置的各个部门，招募组织成员，组织的各个部门和成员依据这些任务进行分工。每个任务都是完成更高目标的一个手段。整个组织构成一个手段——目标链，每个具体任务的完成都有明确固定的目标。但是大学的目标是模糊不清的，也没有非常准确的标准来衡量大学实现目标的程度，因此，科层机制对于大学的激励是有限的。

　　2. 文化机制（Cultural Mechanism）

　　大学的组织不同于其他的组织，大学组织的存在有其特有的原因。大学存在的本质可以用组织信誉的理论来解释，教师与学生都可以不讲信誉，因此教师与学生之间的直接交易是不稳定的，成本是很高的；但是大学组织是讲信誉的，所以教师和学生自觉接受大学的权威，通过第三方的作用，在大学内部完成交易活动。大学作为一个联结教师和学生的纽带，几百年来呈现出超常的稳定性。这种超常的稳定性源自于大学组织的特殊性质和大学中所存在的"文化机制"。所谓文化是一种无形的、隐含的、不可捉摸的而又理所当然（习以为常）的东西，每个组织都有一套核心的假设、理念和隐含的规则来规范工作环境中员工的日常行为。除非组织的新成员学会按这些规则做事，否则他们不会真正成为组织的一员。组织文化对成员的行为产生有非常重要的影响，组织可以利用组织文化的影响，协调和控制成员的行为，达到激励的作用。

3. 科层机制趋向文化机制

已有的研究表明，对于不同类型大学的内部激励机制，科层机制和文化机制的地位各不相同。在研究型的公办高校中主要以文化机制的激励为主，在民办高校中则以科层机制的激励为主。

民办高校其严格的科层式的内部管理机制，已经无法适应学校的发展和大众对高等教育的要求。民办高校都在倡导自己的学校文化，都在编织自己的传奇故事和创造自己的文化象征。民办高校在近几年公办高校不断升格和持续扩招的压力下，正在仿效优秀公办高校的管理机制，逐渐加强了学术的权力。以上都表明民办高校正逐渐摒弃采用单一的科层机制，趋向将科层机制和文化机制结合。

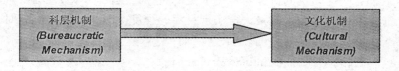

图 9 – 10　科层激励机制趋向于文化激励机制图

四、公办高校和民办高校在激励机制上的趋同

从当前公办高校的教育经费来源看，公办高校教育经费中的财政预算内拨款比例逐年在减少①，其它渠道的教育经费比例逐年在增加，尤其是学杂费的比例也在逐年增加。目前公办高校已经不是纯粹意义上的公办高校了。公办高校也要面对市场的压力和同类大学的竞争，为了更加有效地利用稀缺的资源，大学还需要多渠道地筹集资金，结果必然是公司机制和政府机制同时在起作用，而且从政府机制更加趋向于公司机制，即向民办高校的激励机制趋同。近几年北京大学和清华大学面向高中学生做招生宣传的事例可以说明这种趋同的现象不仅存在而且越来越强烈。

随着大学组织高度分化和社会环境急剧变革，在一些较少采用科层机制，主要依赖文化机制进行组织活动的协调和控制的大学中，大学的组织成员对公平的期望难以受到保证。也就是说，文化机制出现了失灵。公办高校的合并与扩大，巨型大学的科层的逐渐增加都说明了公办高校中科层化机制正在逐渐加强，这种倾向在一些优秀大学中的表现尤为突出。公办高校的内部激励机制在向民办高校的内部机制趋同。

不论是私立还是公办高校，在管理的模式上本不应该有本质的差别，原本就都应该符合高等教育的基本规律和适应本校的实际情况。当前我国的公办高校与民办高校之间存在的管理模式的差别，是由于我国民办高校本身先天不足的原因而引起的，随着民办高校教学科研水平的逐渐提高，公立与民办高校激励机制的差别将逐渐消失。只有到了那个时候，才是我国民办高校真正成熟的时期。

---

①　从表9-2看出财政预算内拨款的平均比例基本上占公立学校总教育经费的一半，但是有一些大学的财政预算内拨款的比例只占学校教育经费的1/3，甚至更少。

第五节 民办高等教育的可持续
发展的策略

通过第二章的研究综述可知道，研究者们对于民办高等教育的可持续发展提出很多的策略，但是这些策略多是从每个研究者的角度出发提出的，策略之间的关系非常模糊，层次性不清楚，条理性不好。在这些繁杂的策略中，让别人很难分辨哪些策略是根本性的，哪些策略是较次要的。

为了把握民办高等教育可持续发展的核心策略，本节采用系统工程中的解释结构模型（ISM）的研究方法，解释结构模型属于概念模型，它可以把模糊不清的思想、看法转化为直观的具有良好结构关系的模型。它的应用十分广泛，从能源等国际问题到地区经济开发、企事业甚至个人范围的问题等，都可以应用 ISM 来建立结构模型，并据此进行系统分析。它特别适用于变量众多、关系复杂而结构不清晰的系统分析中，也可以用于方案的排序等（白思俊等，2009：99）。

运用 ISM 方法，首先将民办高校可持续发展的对策分为内部（学校内部）对策和外部（学校外部）对策两个方面。所谓内部对策是指民办高等学校自己所采取的对策，内部对策决定了在相同的外部环境下，采取不同内部对策的学校，发展的道路有所不同；所谓外部对策主要是指政府和社会采取的对策，也就是民办高等学校的外部环境，外部环境对于民办高等教育的发展至关重要，没有一个良好的外部环境，民办高等教育是不可能持续健康的发展。

通过文献综述，本研究分别综合出 17 条内部对策和 17 条外部对策，然后将这些对策做成问卷，发给民办高校的负责人、民办高等教育的政府管理者和民办高等教育的研究者，请他们对于这 34 条对策提出自己的意见，经过几个回合，去除了内部对策和外部对策中重复的部分，最后分别总结出 12 条内部对策和 12 条外部对策。见下表。

一、可持续发展的内部对策

表 9 - 4 民办高等学校可持续发展内部对策表

关键问题：我国民办高校可持续发展	S_0
内部对策	
1 准确、科学定位，实现与公办高校的"异轨竞争"	S_1
2 依据地区经济社会发展和教育规律要求，确定应用型大学的发展方向	S_2
3 优化师资结构，加强教师培训和师资队伍建设	S_3
4 坚持以"学生发展"为本的理念	S_4
5 将职业教育和人文素质教育相结合，培养可持续发展的人才	S_5
6 推进民办高校的实验室建设	S_6
7 提高依法自主办学的能力和水平	S_7
8 提高学校社会声誉，塑造品牌形象	S_8
9 营造良好的学校文化环境，培育大学文化和大学精神	S_9
10 健全、完善和坚持董事会领导下的校长负责制	S_{10}
11 注重教育质量的产出性评价，完善内部教育质量监控体系	S_{11}
12 加强与国外高校和国内企业的合作	S_{12}

从上表中可以看出，这些对策相互之间有联系，为了理清这些联系，本研究再次将这些对策做成问卷，请前面涉及到的民办高等教育专家们重新将这些对策中的关系标示出。经过了几个回合的反复之后，建立了内部对策影响关系的矩阵表。

影响关系矩阵表的建立原则如下：

（1）S_i 对 S_j 有影响，填1；S_i 对 S_j 无影响，填0（$I, j = 0, 1, 2, \cdots, 12$）；

（2）对于相互有影响的因素，取影响大的一方为影响关系，即有影响。

根据上述结果得到可达矩阵表如下：

表9-5 内部对策间影响关系的矩阵表

注：表中只表示了1，空余的部分表示为0

	S_0	S_1	S_2	S_3	S_4	S_5	S_6	S_7	S_8	S_9	S_{10}	S_{11}	S_{12}
S_0	1												
S_1	1	1	1										
S_2	1		1										
S_3	1			1									
S_4	1				1	1				1		1	
S_5	1					1							
S_6	1						1						
S_7	1							1					
S_8	1			1			1		1	1			1
S_9	1					1				1			
S_{10}	1										1		
S_{11}	1											1	
S_{12}	1												1

根据可达矩阵进行区间划分、级间划分和强连通快划分。各个要素的 R（S_i），A（S_i）和 R（S_i）∩A（S_i）如下表所示：

表9-6 内部对策数据表（求L_1）

S_i	$R(S_j)$	$A(S_j)$	$R \cap A$
S_0	0	0,1,2,3,4,5,6,7,8,9,10,11,12	0
S_1	0,1,2	1,4	1
S_2	0,2	1,2,	2
S_3	0,3	3,8	3
S_4	0,1,4,5,9,11	4	4
S_5	0,5,	4,5,9	5
S_6	0,6	6,8	6
S_7	0,7,10	7,10	7
S_8	0,3,6,8,9,12	8	8
S_9	0,5,9	4,8,9	9
S_{10}	0,10	7,10	10
S_{11}	0,11	4,11	11
S_{12}	0,12	8,12	12

由表可知共同集合 T = {4，8}，且 R（4）∩R（8）≠Φ，因此系统只有一个连通域。同时由表 9 – 6 可知，L1 = {S0}。

去掉上表中的 S0 行和 R（Sj）中的 0，即得到下表。

表 9 – 7　内部对策数据表（求 L₂）

S_I	$R(S_J)$	$A(S_J)$	R∩A
S_1	1,2	1,4	1
S_2	2	1,2,	2
S_3	3	3,8	3
S_4	1,4,5,9,11	4	4
S_5	5,	4,5,9	5
S_6	6	6,8	6
S_7	7,10	7,	7
S_8	3,6,8,9,12	8	8
S_9	5,9	4,8,9	9
S_{10}	10	7,10	10
S_{11}	11	4,11	11
S_{12}	12	8,12	12

由表 9 – 7 可知，L_2 = {$S_2 S_3 S_5 S_6 S_{10} S_{11} S_{12}$}

去掉上表中的 $S_2 S_3 S_5 S_6 S_{10} S_{11} S_{12}$ 行和 R（S_j）中的 2、3、5、6、10、11、12，即得到下表。

表 9 – 8　内部对策数据表（求 L_3）

S_i	$R(S_j)$	$A(S_j)$	R∩A
S_1	1	1,4	1
S_4	1,4,9	4	4
S_7	7	7	7
S_8	8,9	8	8
S_9	9	4,8,9	9

由表 9 – 8 可知，L_3 = {$S_1 S_7 S_9$}。

去掉上表中的 $S_1 S_7 S_9$ 行和 R（S_j）中的 1、7、9，即得到下表。

表 9 – 9　内部对策数据表（求 L_4）

S_i	$R(S_j)$	$A(S_j)$	R∩A
S_4	4	4	4
S_8	8	8	8

由表 9 – 9 可知，$L_4 = \{S_4 S_8\}$

根据上述结果可得的结构模型如图 9 – 11 所示，将结构模型中的代号用实际代表的策略表示，就可以得到解释结构模型，如图 9 – 12 所示。

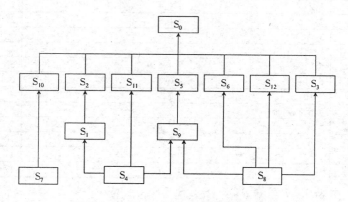

图 9 – 11　内部策略结构模型

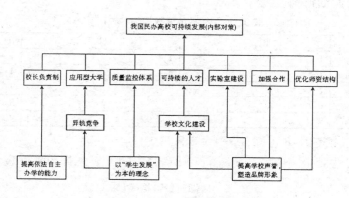

图 9 – 12　内部策略解释模型

从内部对策的解释模型来看，从可持续发展的内部对策中，是

一个具有四级(层)的多级递阶结构,最低一级的对策有以下三个:

1. 提高依法自主办学的能力和水平。

民办高等教育的可持续发展,最为主要的是要依靠民办高等学校本身的努力。从我国民办教育恢复后 30 多年的历史来看,有的民办高校越办越好,学生逐渐增多,层次逐渐提高;而有的民办高校则越办越差,学生逐渐减少,最后趋于消亡的结果。这主要是办学能力和水平不同的结果。因此,民办高等教育的可持续发展首先要求民办高校自身具备较强的自主办学的能力和办学水平。

2. 坚持以"学生发展"为本的理念。

教学是学校最根本的任务,学生是学校提供教育服务的消费者,对于民办高等学校提供服务的质量,学生是最有发言权的。民办高校从一开始就面对着高等教育市场的激烈竞争,不论是在办学的历史和办学的声誉上,民办高校都无法同公办高校相比。但是,民办高校有着自己的办学优势,那就是民办高校可以根据市场的要求,比较灵活调整课程结构和教学模式,使学生能够尽快地适应将来的就业需要。因此,民办高校可持续发展的前提就是"以学生发展"为本。

3. 提高学校社会声誉,塑造品牌形象。

民办高等教育比公办高等教育更加直接的面向市场。如果没有品牌的意识,不重视提高教学质量,那么即使其它的条件很好,也无法进一步的发展。我们经常会提到美国私立大学中最为著名的哈佛和耶鲁大学,这种品牌是私立高校经过长时间的经营才获得的,非常珍贵。我国民办高等学校的历史较短,没有像国外私立大学那样经过了上百年甚至几百年的品牌积累,更要重视学校的声誉,逐渐建立起良好的学校声誉。可持续发展的一个重要概念就是处理好长远利益与眼前利益的关系,从可持续发展的角度出发,品牌的建立就是要重视学校的长远利益。

二、可持续发展的外部对策

同民办高等教育可持续发展的内部对策的分析一样,通过第一次的调查问卷,将原来的 17 条对策综合后得出 12 条外部对策,详见下表。

表 9 - 10　民办高等学校可持续发展外部对策表

关键问题:我国民办高校可持续发展		S_0
外部对策		
1	政府要减少微观干预,尊重民办高校的自主法人地位	S_1
2	创造公平的教育市场竞争法则	S_2
3	完善社会中介制度,发挥中介组织在民办高等教育领域的作用	S_3
4	加速出台民办教育的地方立法,优化政策环境	S_4
5	为民办高校发展提供公平的外部环境	S_5
6	建立完善的民办高校学生资助体系	S_6
7	区分营利性民办高校和非营利性民办高校	S_7
8	政府对非营利性民办高校给予财政支持	S_8
9	深化民办高等学校的劳动人事制度和社会保障制度改革	S_9
10	制订民办高校评估标准,建立民办高校质量的监督保障体系	S_{10}
11	创新投资体制,吸引社会各界投资民办高等教育	S_{11}
12	转变政府管理模式,规范政府管理行为	S_{12}

再次将这些对策做成问卷,请前面涉及到的民办高等教育专家们重新将这些对策中的关系标示出。经过了几个回合的反复之后,建立了外部策略间影响关系的矩阵表。

影响关系矩阵表的建立原则如下:

(1)S_i 对 S_j 有影响,填 1;S_i 对 S_j 无影响,填 0(I,j = 0,1,2,…,12);

(2)对于相互有影响的因素,取影响大的一方为影响关系,即有影响。

根据上述结果得到可达矩阵表如下:

表9-11 外部对策间影响关系的矩阵表

注:表中只表示了1,空余的部分表示为0

	S_0	S_1	S_2	S_3	S_4	S_5	S_6	S_7	S_8	S_9	S_{10}	S_{11}	S_{12}
S_0	1												
S_1	1	1	1		1	1					1		1
S_2	1		1			1		1					
S_3	1			1									
S_4	1				1								
S_5	1		1			1	1			1	1		
S_6	1					1							
S_7	1							1	1		1		
S_8	1							1					
S_9	1									1			
S_{10}	1										1		
S_{11}	1											1	
S_{12}	1												1

　　根据可达矩阵进行区间划分、级间划分和强连通快划分。各个要素的 $R(S_i)$,$A(S_i)$ 和 $R(S_i) \cap A(S_i)$ 如下表所示:

表9-12 外部对策数据表(求 L_1)

S_i	$R(S_j)$	$A(S_j)$	$R \cap A$
S_0	0	1,2,3,4,5,6,7,8,9,10,11,12	0
S_1	0,1,2,4,10	1	1
S_2	0,2,6,8	1,2,5	2
S_3	0,3,10	3	3
S_4	0,4	1,4	4
S_5	0,2,5,6,9,10,12	5	5
S_6	0,6	2,5,6	6
S_7	0,7,8,11	7	7
S_8	0,8	2,7,8	8
S_9	0,9	5,9	9
S_{10}	0,10	1,3,5,10	10
S_{11}	0,11	7,11	11
S_{12}	0,12	1,5,12	12

由表可知共同集合 $T = \{1,7\}$,且 $R(1) \cap R(7) \neq \Phi$,因此系统只有一个连通域。同时由表 9 - 12 可知,$L_1 = \{S_0\}$。

去掉上表中的 S_0 行和 $R(S_j)$ 中的 0,即得到下表。

表 9 - 13　外部对策数据表(求 L_2)

S_i	$R(S_j)$	$A(S_j)$	$R \cap A$
S_1	1,2,3,4,10	1	1
S_2	2,6,8	1,2,5	2
S_3	3,10	3,1	3
S_4	4	1,4	4
S_5	2,5,6,9,10,12	5	5
S_6	6	2,5,6	6
S_7	7,8,11	7	7
S_8	8	2,7,8	8
S_9	9	5,9	9
S_{10}	10	1,3,5,10	10
S_{11}	11	7,11	11
S_{12}	12	1,5,12	12

由表 9 - 13 可知,$L2 = \{S_4 S_6 S_8 S_9 S_{10} S_{11} S_{12}\}$

去掉上表中的 $S_4 S_6 S_8 S_9 S_{10} S_{11} S_{12}$ 行和 $R(S_j)$ 中的 4、6、8、9、10、11、12,即得到下表。

表 9 - 14　外部对策数据表(求 L_3)

S_i	$R(S_j)$	$A(S_j)$	$R \cap A$
S_1	1,2	1	1
S_2	2	1,2,5	2
S_3	3	3	3
S_5	2,5	5	5
S_7	7	7	7

由表 9 - 14 可知,$L_3 = \{S_2 S_3 S_7\}$。

去掉上表中的 $S_2 S_3 S_7$ 行和 $R(S_j)$ 中的 2、3、7,即得到下表。

表9-15　外部对策数据表（求 L_4）

第四级：S_1S_5

S_i	$R(S_j)$	$A(S_j)$	$R \cap A$
S_1	1	1	1
S_5	5	5	5

由表9-15可知，$L_4 = \{S_1S_5\}$

根据上述结果可得的结构模型如图9-13所示，将结构模型中的代号用实际代表的策略表示，就可以得到解释结构模型，如图9-14所示。

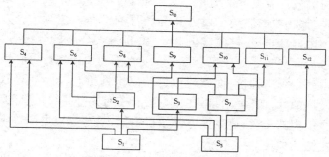

图9-13　外部策略结构模型

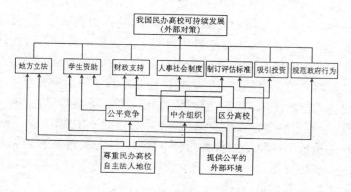

图9-14　外部策略解释模型

从外部对策的解释模型来看,从可持续发展的外部对策中,是一个具有四级(层)的多级递阶结构,最低一级的对策有以下二个:

(1)政府要减少微观干预,尊重民办高校的自主法人地位。

纵观我国民办高等教育的发展历史,政府在管理中从一开始比较松散的管理,到中间一段时间的严格控制发展,再到承认民办高等教育是高等教育的组成部分,并颁布了《民办教育促进法》,直到到今天的将民办教育做为教育改革和发展的关键。从历史的角度来分析,每当政府在对民办高等教育的管理放松的时候,都是民办高等教育大发展的时刻,每当政府对民办高等教育严格控制的时候,都相对的制约了民办高等教育的发展。在对于民办高校的管理中,政府仅仅是政策的制定者,是外部环境的建设者,而不应当成为评判者。对于民办高校的办学质量的评估,也应该由社会或中介组织来评价,而不应该由政府来评价。民办高等教育可持续发展的外部环境中首先要求:政府在对民办高校的管理中,应该减少微观的干预,尊重民办高校自治能力,尊重民办高等学校的的自主法人地位。

(2)为民办高校发展提供公平的外部环境。

从民办高等教育的发展历史来看,一直处于受歧视的环境中。从一开始的自学考试辅导机构到专修学院再到高职学院,每一个发展的阶段,民办高等教育都受到了不同程度的歧视。这种歧视当然也和一些民办高等学校不规范办学,以盈利为目的而造成了不良影响有关。但是最主要的歧视还是来自于政府和社会。虽然从民办高校的征地、贷款、教师待遇到民办高等学校学生的入学、贷款、就业等诸多方面政府已经颁布了一系列的法律法规,但是在实际的执行中难免受到种种阻碍。因此,民办高等教育可持续发展的外部环境建设中,一个根本性的问题就是为民办高校发展提供公平的外部环境。

第十章 区域制度环境与民办
高等教育的发展

　　我们不仅仅要从全国的整体上来看民办高等教育的发展,还要考察区域制度环境对民办高等教育的影响。由于中国地缘辽阔,各地的政治、经济、文化、教育和风土人情都不相同,因而我国民办高等教育各个地区的发展状况是非常不一样的,在全国,民办高等教育发展比较好的地区既有经济和教育都比较发达的地区,例如浙江省;也有经济不发达但是教育发达的地区,例如陕西省;还有经济和教育都不发达的地区,例如江西省。可见经济和教育都不是决定民办高等教育发展的主要因素,而决定区域民办高等教育发展的主要因素是什么? 本章通过对辽宁省民办高等教育的发展进行研究,探讨区域制度环境与民办高等教育之间的关系。

第一节　民办高等教育制度环境因素构建

　　民办高等教育机构不是一个封闭的个体,其发展效果不仅受到内部因素的约束,还会受到外部环境因素的制约。在与外界进行资源交换的同时也就产生了利益冲突,需要进行利益协调。康芒斯认为人们的利益冲突和协调主要产生于交易,在每笔交易中都包含着冲突、依存、秩序这三种关系(李鹏,2002)。由此分析,这些冲突、依存、秩序是通过制度进行协调的。民办高等教育的各项活动是在制度环境下进行的。本文将其制度环境定义为一系列用来确定民办高等教育生产、交换与分配的政策制度的集合。

　　迈耶和布莱恩(Meyer and Brian, 1977)提出:"如果我们要关注环境的话,不能只考虑技术环境,必须要考虑它的制度环境

（institutional environment），即一个组织所处的法律制度、文化期待、社会规范、观念制度等等为人们"广为接受"（taken – for – granted）的社会事实"。这被斯格特（2002）称为支撑制度环境的三大支柱，同时也是分解制度合法性的依据。

据此，为了清晰地分析民办高等教育机构所面临的"制度集合"，本文从作为"契约纽结"的民办高等教育机构与外界进行资源交换的"契约点"和"交换事项"的分析开始。把民办高等教育机构与外界关系分为国家基础制度环境包容下的"市场方"、"管制方"和"文化认知"三部分。

在国家制定的相关法律政策的大环境下，与"市场方"的关系主要是民办高等教育机构与资本（资金）市场，劳动力（主要是教师）市场，教育（学生作为客户）市场和其他投入品市场的自由交换关系；与"管制方"的关系主要是民办教育机构与政府部门的监管与被监管，约束与被约束，指导与被指导的关系；"文化认知"即是社会对民办高等教育机构的态度。在这样的框架下细化分析民办高等教育机构制度环境的具体因素。根据以上分析，可以把民办高等教育机构与外部关系归结成图 10 – 1 所示。

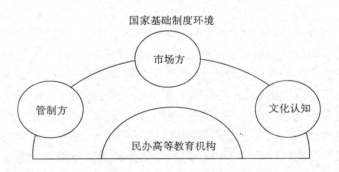

图 10 – 1　民办高等教育机构与外部环境的关系图

民办高等教育机构与"市场方"的关系主要是民办高等教育机构与资本(资金)市场,劳动力(主要是教师)市场,教育(学生作为客户)市场和其他投入品市场的自由交换关系:从资本市场上通过各种途径,例如政府资助、捐助、学费的滚动性发展以及贷款来获得的资金作为"股本金";在教师市场上(本文只分析具有教师行业特点的教师劳动)雇佣教师的劳动进行教育生产,向教师支付薪水;在教育市场上招收学生,学生消费教育服务的同时支付学费;在产品市场和要素市场上购买其他教育投入品,按价格支付货币。在这里并无强制性因素存在,遵循自由交换的市场法则。民办高等教育机构与"市场方"有关的主要制度环境因素归纳如下表。

表 10 - 1　民办高等教育机构与市场有关的主要制度环境因素

资本	融资方式、财务管理方式上与非教育机构有无差别?是否有政府补贴?是否可以接受捐助?
教师	教师是否有流动障碍?是否有资格、职称、保险等因素的制约?是否有对民办高等教育机构和公办高等教育教师的差别对待?
学生	与在公办高等教育机构中的学生是否平等?在获得政府资助方面是否平等?文凭是否被承认?是否可以中途转入其他教育机构?收费有否限制?
其他	在土地及其他投入品购买上有无优惠? 是否能够享受公办教育机构在税收方面的优惠?

民办高等教育机构与"管制方"的关系主要是指民办高等教育机构与政府部门的监管与被监管,约束与被约束,指导与被指导的关系:接受相关监管机构的监管与指导。在这里主要是强制因素发挥作用。民办高等教育机构与"监管方"有关的主要制度环境因素归纳如下表。

表 10 - 2　民办高等教育机构与管制有关的主要制度环境因素

法规	是否承认民办高等教育机构的存在？是否承认民办高等教育机构的产权？竞争政策是否平等？公立学校是否可以进入竞争性市场？民办高等教育机构的执照或许可是否易于获得？
监管	对组织管理、财务、人事的监管； 政府对课程、教师、教育质量的监管； 监管的频率、方式，监管是否伤害到民办高等教育机构的自主权；
认证	是否存在独立的民办高等教育机构的教育认证组织？认证机构的地位与作用？ 教育认证的内容、方式与作用？ 如何通过认证系统保证教育质量与规范办学？

民办高等教育机构与"文化认知"的关系主要是指社会对民办高等教育机构的态度，这也是决定民办高等教育机构是否能取得其合法性重要因素之一，而且这种认可的获得也极为复杂。

依据如上维度，本章采用实证和对比分析方法，以辽宁民办高等教育为例，在实证分析的基础上，将其情况与我国其他地区的民办高等教育的情况进行了一系列的对比分析。

第二节　辽宁民办高等教育制度环境分析

辽宁是一个城市化程度较高，国有大中型企业和重工业高度集中的省份，是著名的工业大省，同时也是科技大省、农业大省和文化体育大省。省统计局统计，截至 2008 年年底，全省人口总数达到 4315 万。其中，城镇人口 2592 万人，乡村人口 1723 万人。同时，据国家发改委地区经济司报道，2008 年，辽宁省地区生产总值增长 13.1%，增速高于振兴以来平均水平和东部地区平均水平，连续 7 年保持两位数增长；地方财政一般预算收入增长 25.2%；投资总量首次突破万亿元，增长 34.7%；实际利用外商直接投资增长 32.1%;规模以上工业增加值增长 17.5%;社会消费品零售总额增长 22%;城镇居民人均可支配收入和农村居民人均现金收入分别增长 17% 和 16.8%。基于社会主义现代化建设事业和东北老工业基地振兴的需要,仅"十一五"期间,辽宁缺乏现代农业人才 1.5 万人,高新技术产业人才 16 万人,现代交通通讯建设业人才 3.1 万人,现代服务业 8 万人。在辽宁高等教育大众化中期,辽宁要进一步加强小康社会的建设,而实现小康社会的目标最关键的就是拥有大量的人才,这为辽宁省的民办高等教育的发展带来了契机。

作为较早出现民办高等教育,并且是学历文凭考试试点的省份,改革开放 30 年来,辽宁民办教育事业已经形成了从学前教育到高等教育,覆盖普通教育与职业教育、学历教育与非学历培训完整的教育体系。民办教育已经成为辽宁教育事业的重要组成部分,为扩充教育资源,满足社会选择性教育需求,增强教育活力,推动各级各类教育的发展,促进教育公平,做出了突出的贡献(张建华,2009)。

辽宁省现共有民办高职学院 10 所,2008 年,大连航运职业技术学院获得批准设立。另经教育部批准,东北大学东软信息技术职业学院转设为大连东软信息学院,沈阳师范大学渤海学院转设为辽宁财贸学院,至此,辽宁省普通民办本科学校增至 3 所。但是,辽宁省普通民办高职学院的数量和规模都较小,明显落后于陕西、江西等经济规模较小省份。出现这种情况的原因非常复杂,其中制度环境因素是主要的因素之一。

一、国家民办高等教育基本制度环境分析

基础制度环境即国家制定的相关法律政策的大环境。其中,产权制度作为最基本社会经济规则备受关注。

我国长期实行的是政府举办教育的单一体制,由社会团体和私人机构举办的"民办教育机构"自改革开放以后才得以恢复,民

办教育的发展和政策伴随国家办学体制改革的推进而推进。我国民办高等教育发展的三个阶段中,各个阶段出台的政策如下表。

表 10 – 3　各个阶段出台的相关法律政策

恢复发展阶段 (1978 – 1992)	1984 年:《关于刊登文化、教育、卫生广告的通知》 1985 年:《中共中央关于教育体制改革的决定》 1986 年:《关于不得乱刊登办学招生广告的通知》 1987 年:《关于社会力量办学的若干暂行规定》 1991 年:《关于不得擅自颁发毕业证书的通知》 1992 年:《关于加快教育改革和发展的若干意见》等。
快速发展阶段 (1993 – 2004)	1993 年:《中国教育改革与发展纲要》和《民办高等学校设置暂行规定》 1994 年:《关于实施〈社会力量办学条例〉若干问题的意见》、《关于民办学校向社会筹集资金问题的通知》和《关于社会力量举办的非学历高等教育机构名称问题的批复》 1997 年:《社会力量办学条例》 1998 年:《中华人民共和国高等教育法》 2000 年:《关于加强社会力量举办学校党的建设工作的意见》和《关于加强社会力量举办的高等学校团的建设工作的意见》 2002 年:《中华人民共和国民办教育促进法》等
稳定发展阶段 (2004 –	2004 年:《〈中华人民共和国民办教育促进法〉实施条例》 2005 年:《民办教育收费管理暂行办法》和《国务院关于大力发展职业教育的决定》 2006 年:《教育部关于当前中外合作办学若干问题意见》 2007 年:《民办高等学校办学管理若干规定》和《教育部关于进一步规范中外合作办学秩序的通知》 2008 年:《独立学院设置与管理办法》和《教育部办公厅关于修订和换发民办学校办学许可证的通知》 2009 年:《2008 – 2020 中国民办教育中长期改革和发展规划》等

可以看出从十一届三中全会召开后,单一的计划经济体制以及与之配套的办学模式开始面临改革的需要,民办高等教育的存

在开始得到政策性支持。在恢复发展阶段,1987 年国家教育委员会颁布《关于社会力量办学的若干暂行规定》,对"社会力量办学"的内涵、主要办学形式与层次和类别、招生广告、经费、财务、审批、聘任教师等方面做出了较为具体的规定,标志着国家正式将民办教育纳入正常的教育管理体系中。

在快速发展阶段,1997 年国务院颁布了《社会力量办学条例》,这是我国第一个规范民办教育的行政法规,标志着中国民办教育进入了依法办学、依法管理、依法行政的新阶段。1998 年全国人大常委会通过了《中华人民共和国高等教育法》,以法律形式确认了民办高等学校的地位,确立了以政府办学为主体、公办学校和民办学校共同发展的高等教育发展格局的目标。

在稳定发展阶段,九届全国人民代表大会常务委员会通过的《中华人民共和国民办教育促进法》,标志着中国民办教育的法律体系基本建立。2004 年,国务院出台了《〈中华人民共和国民办教育促进法〉实施条例》,根据《民办教育促进法》的立法原则或精神,结合民办教育的实际,规定了具体的措施,增强了法律规定的针对性和可操作性。

至此我们可以看出,改革开放三十多年来,在从默认、放任、限制到鼓励的制度环境中,我国民办高等教育走过了一段艰难曲折的征途。在社会的歧视、误解和公办高等教育系统的挤压的夹缝中顽强地生存了下来,并取得了相当的成绩。

民办高校的发展与国家政策设计和管理框架密切相关,几乎每个重大的发展时期,都是以法律和政策的颁布为标志和推动力的。这就使政策驱动成为我国民办高等教育发展的一个基本特征。由于我国的民办高等教育事业处于摸索期,一旦国家政策不连贯甚至出现转变,将对其造成巨大的影响。此类情况业已出现:比如政府将民办高等教育定位于高等职业教育;大学的扩招和学历文凭考试试点的取消;独立学院的出现。这些政策严重地影响了民办高校的发展,直接威胁着现有的民办高等学校的生存。

《民办教育促进法》的实施也存在很多问题,比如民办学校的产权问题,如何确定合理回报比例等等,这些问题都无形中阻碍了民办高等教育的发展。与此同时,中央政府为了发挥地方政府的积极性,在法律和政策的制定和执行上常常为地方政府留下了一定的操作空间,这使得地方性的制度环境对当地民办高等教育的发展也起到了至关重要的作用。

二、辽宁民办高等教育市场环境分析

1. 资本因素

就民办高等教育的运行资本而言,我国民办高校的财务管理方式、融资方式与企业等非教育机构存在很大的差别。

首先,我国民办高校走的是一条"以学养学"的道路,但是学费收入已"无潜可挖"。邬大光教授的调查发现,完全以学费为支撑和80%以上靠学费收入的占被调查高校总数的79%。通常民办高校的收费仅为公办高校的1-2倍,而这只能维持学校的日常运转。由于过高的学费已超出了普通家庭的承受能力,国家对此加以限制。民办高校若要扩大规模,增添设备设施只有另外开辟渠道,引入社会投资,但因产权不明,投资者踌躇不前,因此社会资金进入民办高等教育领域的渠道很不畅通。

其次,资金的另一个来源是办学者的集资及各种社会捐资和少量的政府补贴。据统计,2000年全国范围内举办者的投入只占民办高校总经费的4.6%。社会捐助就更少,就全国平均水平而言,捐助的份额大约只占民办高校总经费的1%-2%。捐助的形式通常以实物捐赠为主,以货币形式捐赠的极少,政府补贴也相当有限。

第三,从银行贷款的渠道被堵塞,《中华人民共和国担保法》第三章第37条第三款明确规定:"学校、幼儿园、医院等以公益为目的的事业单位、社会团体的教育设施、医疗卫生设施和其他社会公益设施"不得抵押,从而使商业银行信贷风险防范无从着落,也使得银行资金难以或不敢投入扶持学校的教学楼、宿舍、教学设备等固定资产项目的兴建,这样,银行无法介入到民办高等教育领域。迫使学校寻找校办工厂或其他可能的途径提供担保(房剑森,2003)。

辽宁省作为最早有民办高等教育的省份之一,于1985年就开始创立民办高校,当时民办高等学校必须通过沈阳市教育委员会申请。融资方式主要以合资办学为主,借贷办学为辅。辽宁省民办高等教育机构的主导发展方式也与其市场化进程相一致。一般遵循以下规律:在第一阶段发展起来的学校普遍地采用的发展形式是小规模办学,利用办学节余逐步改变办学条件,走滚动式发展的道路。在第二阶段,特别是在第三阶段,主导发展方式则是采取资本运作的方式,从银行或者是企业获得大量的贷款,重视校园规模的建设、硬件的建设和招生规模的发展。

2. 教师因素

教师作为民办高等教育机构市场环境的三大因素之一,对其发展有着举足轻重的影响。学校赖以生存的是教育教学质量,教师是学校教学工作的主要承担者,因此教师对影响教育教学质量起着决定性的作用。对于民办学校更是如此。民办高校创办之初,大多依靠聘请公办高校教师兼职。

如今,教师问题已成为制约民办学校教育教学发展的一大"瓶颈"问题。有限的教师来源,导致民办高校教师结构不合理;过重的工作压力,导致民办学校教师心理空间被严重挤压、扭曲;临时性的教师管理,导致民办学校教师流动性大,稳定性差,缺乏主人翁意识;"聘者能用"教师任用原则,导致民办学校教师业务水平优化缓慢等等。

结合辽宁省现状,省内有"211工程"学校4所,沈阳和大连各有2所,"985工程"学校2所,沈阳和大连各有1所。辽宁省的公办高校分散到了沈阳和大连两地,数量还是比较多的,也为民办高校提供了一定的教师资源。但是辽宁省公办教师到民办学校讲课多有限制,兼职老师们都非常害怕原公职的学校知道他们在外面上课,学校的教师展览板他们也不敢上。还有的公办大学的教师认为给民办学校上课有失身份,从心里上抵触在民办学校上课。

辽宁省在《辽宁省民办教育促进条例》中明确指出,"维护民办学校及其教职工和受教育者的合法权益"。《条例》第十四条规定,民办学校的受教育者在升学、就业、参加先进评选、申请科研项目、医疗保险以及助学贷款、乘车等方面,享有与同级同类公办学校的受教育者同等待遇;民办学校的教职工在业务培训、教师资格认定、职称评定、岗位聘用、教龄和工龄计算、表彰奖励、社会活动以及申请科研项目等方面,享有与同级同类公办学校的教职工同等权利;民办学校在水、电、煤气、采暖、排污等公用事业性收费方面,享有与同级同类公办学校同等待遇。

第十五条规定,民办学校应当依法保障教职工的工资、福利待遇,并为教职工缴纳社会保险费;鼓励民办学校为教职工办理补充养老保险。

第十六条规定,民办高等学校、普通高中、中等职业学校的学历教育招生应当纳入省、市招生计划,享受与同级同类公办学校同等权利。

对于民办教育的管理要涉及诸多方面,而相关方面的法律法规中有些内容与《民办教育促进法》及其实施条例存在着不协调的地方,相关部门之间缺乏协调,致使各项政策不能得到全面的落实。在土地使用、减免税收、学校用水电等方面民办学校仍和公办学校区别对待;民办学校的教师在保险、调入户口、计算工龄等方面,不能享受与公办学校教师同等待遇。一些民办教育扶持政策出台后缺少相应的配套措施和实施细则,使政策缺乏可操作性,不能落到实处。

3. 学生因素

作为"教育契约"的最直接消费者,在"教"与"学"的过程中,学生的地位已经由被动接受的角色转变到主动参与的角色上来。

就生源来说,辽宁省近邻吉林、河北、北京和天津,除了河北以外都是公办高等教育的集中的地区,远邻的黑龙江和山东地区也是公办高校的发达地区,沈阳和大连的办学成本相对要高,外地生源相对较少。辽宁省民办高校的学费在 12000 元/生(年)左右,几乎三倍于公办大学。那些上了民办学校的学生及其家长,是在"国家承认正式学历"前提下,在"望子成龙"的心态中,在对民办学校厚望的寄予中,希望利益得到保护。但是消费者在"博弈"中的地位往往是缺失或不能受到有效保护的。

《民办教育促进法》第 33 条明文规定:"民办学校的受教育者在升学、就业、社会优待以及参加先进评选等方面享有与同级同类公办学校的受教育者同等权利。"然而,由于民办高等教育的发展尚不成熟,社会认可程度还不高,使得民办高校的学生在享受待遇上仍然无法与公办高校的学生相提并论,这从毕业证书的实效性、学籍管理、学生申请助学贷款、国家拨款对贫困生的资助、户口的隶属关系等方面可见一斑。以就业为例。不少用人单位,尤其是机关团体与国有企业认为,民办高校还不规范,存在诚信问题,甚至觉得民办高校不能提供公认的、正规的学校教育,因而往往限制录用民办高校的毕业生。此外,学生在参加以大学生为主的社会活动、获得国家助学贷款等方面也享受不到与公办高校学生同等的待遇。

所幸随着民办教育的发展,地方政府在认识到民办教育的重要性后都采取了相应的支持政策,辽宁省亦是如此。在继上海市 2004 年 9 月出台"民办学校学生可以和公办学校学生一样申请和获得助学贷款"的国内首创之后,2008 年 10 月 5 号辽宁省政府办公厅下发了《关于进一步推进国家助学贷款工作的意见》明确,凡是在辽宁地方所属普通高等院校,包括高等职业学校、民办学校和独立学院就读的、家庭经济困难的全日制普通本专科生、研究生全部纳入"信用保险助学贷款"对象。结束了辽宁省民办学校、高等职业技术学院学生无法申请助学贷款的困境。

4. 其他因素

其他方面,《民办教育促进法》第六章第三十八条中规定"出资人要求取得合理回报的民办学校享受的税收优惠政策,由国务院财政部门、税务主管部门会同国务院有关行政部门制定"。此外规定,新建、扩建民办学校,人民政府应当按照公益事业用地及建设的有关规定给予优惠。教育用地不得用于其他用途。依据国家法律,各个省市均有相应的法律条文颁布。

2007 年 1 月 1 日起实施《宁波市民办教育促进条例》,将着力点放在加大政策扶持上,规定,新建、扩建民办学校,市和县(市)、区人民政府应当按照国家公益事业用地及建设的有关规定给与优惠,可以将公办学校闲置的教育教学设施等国有资产优先出租或转让给民办学校用于办学。

2008 年 1 月 7 日,湖南省人民政府以湘政发[2008]1 号文件的形式出台了《湖南省人民政府关于促进民办教育发展的决定》,确定民办教育事业属于公益性事业,是社会主义教育事业的组成部分。民办学校是民办事业单位,民办学校与公办学校具有同等的法律地位。此前作为教育发达省份,湖南省不少地方政府均已采取了诸多促进民办教育发展的有效措施和办法,如邵阳市明确提出了"优化公办、发展民办"的指导思想,规定引资办学享受招商引资的一切优惠政策;投资额特别大的一事一议,投资 2000 万元以上的,享受土地包征、手续包办、规费减免,符合条件的土地可以行政划拨。

2008 年 2 月 12 日,重庆市委常委、常务副市长黄奇帆主持召开了重庆市民办教育座谈会,并提出以十项举措推动民办教育持续健康发展。这十项重大举措涉及:民办义务教育经费保障机制改革、民办中职学生资助政策,以及民办高校办学经费补贴;民办教育办学用地、基础设施建设、规费减免;民办教育投资取得合理回报;民办教师职称评定;民办学校学生毕业证书;民办学校学生就业公平;民办高校层次提升;民办教育投融资运作;民办高校招生计划;民办学校收费标准制定等方面的优惠政策和办法。

辽宁省也在《辽宁省民办教育促进条例》中规定:鼓励社会基金组织为民办学校提供贷款担保,鼓励信托机构利用信托手段筹集资金支持民办学校的发展。新建、扩建民办学校,其建设用地应当纳入当地城乡建设规划,对于捐资办学的民办学校和出资人不要求取得合理回报的民办学校,经由批准权的人民政府批准,可以划拨方式提供国有土地使用权。

三、辽宁民办高等教育管制环境分析

1. 法规因素

我们不妨梳理辽宁省民办高等教育 30 年发展的法规建设进程:

继邓小平同志在 1992 年春视察南方讲话中指出:"不要争论姓资还是姓社的问题,胆子再大一点,步子再快一点"。同年,中央召开了中国共产党第十四次全国代表大会,大会报告指出"鼓励多渠道、多形式社会集资办学和民间办学,改变国家包办教育的做法"。1992 年以后,辽宁省开展了国家学历文凭考试试点,是继北京之后第二个开展国家学历文凭考试的省份。

1993 年 12 月 28 日,中共辽宁省委、省人民政府颁布《辽宁省教育改革和发展纲要》,指出:"改革政府包揽办学的体制,积极鼓励社会力量和公民个人举办民办中小学和民办高等学校"。

1994 年 4 月 9 日,辽宁省教育委员会发布了《辽宁省民办高等学校设置实施细则》。在各级政府的扶持和社会力量的积极努力下,民办高等教育事业呈现出形式和种类多样化发展的态势,在数量、规模和质量上都得到了快速的发展和提高。

1994 年 12 月 6 日,辽宁省人民政府印发《关于〈辽宁省教育改革和发展纲要〉的实施意见》,指出:"各级政府要制定优惠政策,采取积极措施支持民办教育的发展。同时,欢迎境外机构和个人按照我国的法律和教育法规,来我省捐资办学和合作办学"。

同年,为适应国家学历文凭考试试点工作的需要,辽宁省民办高等教育协会成立。

1999 年 12 月,辽宁省教委、省计委、省财政厅联合发布《关于鼓励社会力量办学,扶持民办教育发展的意见》,适时地提出了民办教育发展的优惠政策,其中包括,社会力量新建或扩建民办学校,当地政府要纳入城乡建设规划,根据国家有关规定和实际情况予以优先安排,并以划拨方式供应土地;还提出民办学校教师资格认定、档案管理和职称评定办法等。这些政策的颁布和实施为辽宁省民办学校的发展提供了更好的发展条件。

2000 年 1 月 4 日,中共辽宁省委、省政府在贯彻落实《中共中央国务院关于深化教育改革全面推进素质教育的决定》的实施意见中指出:"要加大办学体制改革力度,积极鼓励社会力量参与多种形式办学。要结合我省实际制定相应地方法规和政策,凡符合国家有关法律、法规的各种办学形式,只要有利于辽宁经济改革与发展,有利于增加教育投入,扩大教育规模,提高教育质量,有利于满足社会的教育需求,均可大胆实践,使我省民办教育在非义务教育阶段得到更大的发展,充分挖掘我省教育资源潜力,吸纳省外、国外教育消费资金,拓宽教育市场,发展教育产业,形成新的经济增长点"。

2002 年 8 月 5 日,辽宁省政府下发了《辽宁省人民政府关于大力促进民办教育发展的若干意见》。2006 年辽宁省民办教育网开通,2006 年 12 月 1 日辽宁省通过了《辽宁省民办教育促进条例》。2007 年 4 月辽宁省民办教育协会第一届常务理事会第四次会议召开,等等。

相继一系列法律法规的出台,在改善民办教育法制环境的同时,有力地促进了辽宁民办教育事业的快速发展。但是,因循国家的法律法规,辽宁的地方性法规相对比较滞后,同时缺乏具有可操作性又确实能够帮助民办学校解决实际问题的扶持政策。

2. 监管因素

我国政府在监管过程中最主要的问题是法规尚不健全、管理力量薄弱（全国真正管民办教育的大概不到 100 人）（房剑森，2003）。缺乏管理民办高校的实践经验，习惯于用公办高校的思路来管理民办高校，尽管早在 1997 年《社会力量办学条例》就对民办高校的权责问题作了某些规定，但迄今为止，对民办高校的管理往往混同于公办高校，忽视了民办高校的特殊性。

2008 年 9 月 17 日，辽宁省中长期民办教育改革和发展座谈会纪要中就辽宁省民办教育政府管理谈到，政府管理存在缺位越位现象。目前，政府职能转变还没有到位，不能适应民办教育的管理要求。

一是管理权力过于集中于政府部门，管理力量不足，行政管理效率不高，对于教育市场的监控不力，甚至有失控现象；

二是多头管理，"婆婆"太多，多个政府部门对民办学校实施管理，职能交叉，责任不明确，协调机制不健全，管理随意性强。在教育行政监管中，部门众多，标准不一，给学校的运作造成了很大的负担。税务部门还不时向民办高校收税。这些管理部门的"卡、压、要"，限制着民办高等教育的发展，与鼓励、支持发展民办教育的方针背道而驰；

三是民办学校的评价过于关注学校的办学硬件，不能针对民办学校的特点。民办高校起步晚，发展历史短，在筹集经费、聘用教师、教学设施设备、图书资料等方面不如公办高校，在发展过程中面临着许多问题和困难。因此，对于民办高等教育评估应该针对其发展的实际，对评估标准作出适当的调整，以促进民办高等教育的健康发展。

3. 认证因素

在市场经济国家，常常有介于政府和企业之间的另一支力量对行业的发展起到关键作用，这就是行业认证组织。全美私立学校认证协会执行主席 Petry 博士在《21 世纪国际教育面临的挑战》

的报告中指出,以信任为本的认证,作为教育质量保障手段对鼓励私立学校发展和改进有举足轻重的意义。因为认证可以提供一个关于教育质量结果的专业证明;能够鼓励学校不断改进教育质量;可以为新建学校提供标准和样板。吴忠魁认为,民办学校的办学主体、资金来源、组织形式、教育教学行为复杂多样,其办学自主权与独立性很大,因而各校在管理运作上存在差异,需要有一定的机制来保证教育质量。国外发展民办教育的经验表明,实行非政府性的社会化管理制度和形式,对于民办教育发展有着积极和重要的作用。

辽宁省的民办教育管理机构对这个问题有很深刻的认识,指出辽宁省现存情况是:"行业组织还不能真正发挥作用。虽然省和很多市已经成立了民办教育协会,并已经开展了工作。但目前,政府职能转变还没有到位,行业协会组织自身也不健全、民办学校和社会对行业协会组织的认可度、参与度不够;社会监督评估体系尚未建立起来。民办学校作为一种非政府举办的公共服务机构,其服务质量与水平应由社会而不是政府来判断。目前,民办学校的监督评估仍然是由政府主导,没有建立起界于政府和学校之间的第三方专业机构,为社会提供公允、客观的民办学校质量信息,民办学校评价缺乏科学性、独立性。部分参与监督评估的社会机构或是由政府控制,或是出于利益驱动,信息不完整或不客观,没有在质量保障方面发挥公正作用[①]"。并提出要求在以后的民办教育工作中要加强此方面的投入力度。

四、辽宁民办高等教育文化认知环境分析

我国民办教育机构于上世纪90年代初开始大量涌现,并以迅猛之势风靡全国,近些年来,民办学校经过发展,取得了巨大的成

---

① 匿名. 辽宁省中长期民办教育改革和发展座谈会纪要[J]. 辽宁民办教育简报,2008,(2):6-10.

就,教学质量和社会声誉越来越高,但社会认同度还是普遍不高。对民办教育机构的认识不足,认识不清,特别是对其性质、地位和作用存在着模糊甚至错误的认识,存在着忽视、歧视或鄙视的现象。这些错误的认识严重制约着民办教育事业的发展,人们呼吁民办教育与公办教育同等的"国民待遇"。有学者对于民办教育机构的认识问题做了归纳,认为有"三种论调"和"四种害怕"。

第一种叫多余论,认为民办学校存在的必要性不大,多余的,既然公办教育已经发展的挺好的,因而,办好公办学校就可以了,也就没有必要发展民办教育。

第二种叫冲击论,认为举办民办学校冲击了公办学校,民办学校跟公办学校争生源、争师资、争资金、会影响和冲击公办学校。

第三种就是营利论,有的人只要一说民办学校,在感觉上就认为他们就是以办学之名行赚钱之实的(觊延东,1999)。

"四怕"指的是:一怕乱,认为民办教育难管理,担心一放就乱,乱办学、乱收费、乱发文凭;第二是怕质量低,没有保证;第三是怕毕业生多了就业有困难;第四是怕影响公办学校的生源(向绍萍,2000)。

当前对发展民办教育的认识误区还有:一是片面地将发展民办教育理解为减少政府对教育的投入,想将学校完全推向市场,甩包袱;二是将发展民办教育简单地等同于学校私有化,要变卖学校(刘聪玲,2004)。

民办学校的发展,需要有个从小到大的过程,有一个从不成熟走向成熟的过程。民办学校有自己的优势,并且随着教育的发展,公办与民办在办学条件、教育政策等方面的差别会越来越小,随着市场化程度的提升,民办教育与市场经济相结合的先天优势,必然会使其得到很大的发展。民办教育同公办教育一样,都是我国教育事业的重要组成部分,应与公办学校"并存、并容、并重",相互促进,共同发展。据统计,目前,我国每年近 300 万的考生中,有40%进入了高职和民办大学。可以说,民办大学以其特有的优势也正逐步被家长和学生接受,其社会认同度也已经开始提升。相信随着民办学校的进一步发展壮大,人们一定会越来越认同它,会越来越乐意接受它。因此,就目前来说,应该正确看待我国民办高校在中国教育发展过程中的重要作用,也要正确对待其在发展过程中存在的问题和缺陷,给民办高校一个宽松的民众舆论空间,让其能够在宽松的舆论环境下健康、平稳的发展,为中国的高等教育添砖加瓦。

第三节　辽宁民办高等教育发展存在问题的对比分析

经过30多年的发展,辽宁省民办教育在打破政府包揽办学的传统格局,增强教育供给能力,扩大教育规模,满足社会多样化教育需求,提高公民受教育水平,减轻财政和社会就业压力方面做出了重大贡献,为经济建设培养了大批复合型人才和技能型人才,其社会影响和社会地位也越来越得到社会的认可,已经成为辽宁省教育事业不可分割的组成部分。但是机遇与挑战并存,前进与曲折相生。通过以上分析可以发现,伴随着民办高等教育的进一步发展,市场、管制、文化认知各方面的问题也相继凸显。本研究将对比陕西省的情况,进行分析。

对于陕西省民办高等教育的研究是比较多的,不论是学者还是记者都对陕西的民办教育的发展感兴趣。陕西省民办高等教育诞生于80年代(1984年),成长于90年代,在短短的二十几年的时间,陕西民办高校以其远见卓识,超人的勤奋,百倍的努力,创造出了"穷省办大高教"的道路,在全国凸现为一种"陕西现象",引起教育界的重视。在全国可以颁发本科文凭的普通的25所民办高校中,陕西省就占了5所,在全国11所万人以上规模的民办大学中,陕西占据5所。从经济的发展来讲,陕西省位于中国的西部地区,经济的发展相对落后,人均GDP比较低。但是就是这样的一个省份,民办高等教育的发展却处于全国的首位,那么究竟陕西省民办高等教育的大发展的背后原因是什么呢,东京大学的鲍威博士在分析了全国民办高等教育的成长模式,将陕西省为代表的成长模式定义为一种"政策主导型"的成长模式,所谓政策主导型是指,除了有力的投资环境、人文环境之外,当地政府的政策性扶持是促使该地区民办高等教育发展的一个决定性因素。

一、市场环境方面

首先,辽宁民办高校经费来源比较单一,主要靠学杂费和出资人,走的是一条"以学养学"的道路,经费不足的现象普遍存在。相比较陕西省有关部门对民办高等教育发展给予热切关注和积极支持。并且陕西省有关部门领导多次到陕西民办高校考察调研,帮助民办高校解决存在的问题。由于政府的支持,陕西省银行认可办学权作为抵押,而辽宁省没有办学权抵押的开创。民办学校没有信心贷款办学,银行也没有信心贷款给民办学校。

其次,辽宁省教师资源相对缺乏。民办学校聘用公办学校的老师的方法不能得到普遍认可,民办高校专职教师队伍结构还有待于进一步优化,教职工的各种待遇虽有法律规定,但还不能落到实处。相比较来说,陕西省有"211工程"学校7所,"985工程"学校3所,陕西省的高校主要集中在西安市,方便民办学校聘用公办学校的老师。此外,在招聘离退休教师的方面,教师的网络也起到了非常大的作用。西安不少民办高校的人事处处长都承认,离退休教师的相互介绍是民办高校教师来源的主要渠道,而且有一些处长认为,通过这样的人际网络招聘教师效果很好。陕西省民办院校非常重视这种"滚雪球"的方式来寻找和补充知名教师队伍。

第三,辽宁省办学成本较高,学生生源相对较少,民办高校学生与公办高校学生待遇也有一定差异。而陕西省不仅办学成本较低,而且,教育厅最早放宽政策,率先允许本省民办高校在全国范围内招生,民办高校的学生有二分之一来自于外省,多数是河南、山西、贵州等地。同时为了支持陕西民办教育的发展,陕西省还出台了相关的政策进行激励,如对于民办学校的学生可以在一年级结束后,组织全省的公办院校进行再一次的考试招生,被当地称为第二次高考,给民办学校的学生又一次升入公办大学的机会。为了支持学校规模超过万人的民办高校进一步的发展,特别是在办学层次上有所提升,陕西省出台相关政策,鼓励民办高校与公办高校合作招收本科生,积极探索培养本科生的经验。再就业方面,陕西省教育行政主管部门树立正确的教育观念,对民办高校积极鼓励引导,高校也采取各种措施,坦然面对大学生就业,并取得了显著成果。

二、管制环境方面

首先,辽宁省各项法规出台较慢,且扶持政策落实有困难。而陕西省在民办教育立法工作方面走在全国前列。1991 年,陕西省出台了社会力量办学的暂行规定,这个规定在初期阶段发挥了重要作用。1996 年,陕西省就在全国率先颁发了《陕西省社会力量办学条例》,把政策变成了法规,经过省人大讨论通过,确定了民办高校的合法地位和公益性质;同年,省政府积极争取到教育部第一批授予的可以审批大专层次民办高校的权利;1998 年,在国家《社会力量办学条例》出台后,陕西省通过了《社会力量办学实施细则》,使社会力量办学管理细致化。2000 年颁发了《陕西省人民政府关于进一步办好民办高等教育的决定》,制定了相关的扶植政策和严格的管理制度与方法;2002 年 6 月,率先在全国召开了全省民办教育工作会议。不仅制定相关地方法规,陕西省政府还积极采取行动措施,多次召开专题会议,协调解决民办高校征地、税收、建校问题,还分别就民办高校可以进行教育试验、完善投资机制、享受与公办学校师生同等待遇、优惠征地费用、减免建设配套费、教工职称评定、人才引进流动、禁止乱摊派、办学自主权、专业增设、毕业发证、推荐就业等一系列棘手问题制定了相关的扶植政策。2004 年 4 月,《民办教育促进实施条例》刚刚实行,陕西省人大又紧跟而上,于 2004 年 12 月率先制定了《陕西省民办教育促进条例》。宽松的扶持政策使得陕西省教育厅在民办教育管理方面是很到位的。陕西省一位民办学院的院长认为,陕西省的管理符合了事物发展的规律,在开始时比较放任,发展起来后比较注意规范。

其次,在监管认证方面,辽宁省政府管理存在缺位和越位现象,行业组织还不能真正发挥作用。社会监督评估体系尚未建立起来。辽宁省最初的民办教育的管理在职业教育处,后来划归到法规处,直到后来在辽宁省教育厅的领导重视下,才成立了社会力量管理办公室,在民办高等教育的管理方面也只是主要负责非学历的民办高等教育机构的管理。陕西省对社会力量办学的管理,在 1990 年之前是政出多门:省高教局、省教育厅和省工农办、省招办和省自考办这些单位都可批准办学。1990 年,由省教委成教处统一管理社会力量办学。自此,政府的管理力度不断加大,连续出台了 17 个文件,对学校审批、招生宣传、收费、财务等进行了规定。2000 年,省教育主管机构进行大的调整,把原来统一管理的模式分为几个处来管理,又出现政策不统一的现象。为解决这样的问题,2002 年 5 月成立社会力量办学管理中心,对社会力量办学进行统一的管理。在编制紧缺的情况下,教育厅给该中心 9 个编制,使该中心成为教育厅中最大的处级单位。机构是权威的象征,没有统一的机构,权威就会削弱,机构的成立强调了归口管理的重要性。同时,陕西省对民办教育实施分类管理,他们把扶持、指导放在前面,而把管理放在后面。当然,就管理与指导这两方面来说是缺一不可的。在一般的政府部门,往往容易强调管理,而在学校这方面,很容易强调支持。他们在把握指导和管理的火候上一般来说是比较准确的。社会力量办学管理中心每过一段时间还对民办学校的教育质量进行评估。对学校的审计,一般是委托社会上的机构进行的。后勤社会化方面,要检查水、电、卫生等情况,防止发生意外。师资队伍方面主要是抓培训和进行抽查。

三、文化认知方面

辽宁省对民办教育机构普遍存在认识不足,认识不清的现象,社会认同度还是普遍不高。陕西省政府和教育主管部门从贯彻实施科教兴国战略的高度来发展民办高等教育,牢固树立服务意识,积极扶持民办教育解决困难,正确对待民办学校办学过程中出现的不足与问题,不以公办学校的要求求全责备,用于维护民办学校的利益与形象,认真纠正缺点,陕西社会舆论也坚持对民办教育给予大力宣传,坚持以正面报道为主,人民群众对民办教育能够理解包容。能客观公正的对待民办学校发展中存在的问题与不足。

第四节 辽宁民办高等教育发展
所带来的启示

我国民办高等教育的发展具有很强的地域性,表现在如下几个方面。第一,民办高校在一些地区大规模发展,甚至形成了民办高等教育发展的中心,而在其他的一些省份,民办高等教育的发展不是很好,表现出民办教育发展的不平衡。第二,不同地方民办高等教育所形成的专业特色很不一样。第三,不同地方的民办学校的类型不一样,特别是在办学层次和发展方式上不同。而民办高等教育发展的这种差别同当地高等教育的发展程度以及当地政府的政策取向有很大关系(郭建如,2003)。我们通过对辽宁省和陕西省民办高等教育相关政策的比较,可以为这一论断找到最有力的论据。

此外,从市场方、管制方、文化认知三方面分析总结发现地方政府对于民办高校发展的影响的领域主要有两个:一是民办高校的主管部门如省教育厅,可以对民办高等教育实施具体政策,如招生政策等,另一个是教育系统外,如税收、土地等部门。地方政府如果想要进一步发展当地的民办高等教育可以从这两个领域入手。地方政府应注意以下问题：

一、教育系统内部需要相互协调

无序竞争可能对民办教育和公办教育都带来破坏性的影响。目前各省教育行政部门虽然都想尽力促进各级各类的高等教育的发展，以促进高等教育的大众化，满足广大群众对高等教育的需求，但是，在省一级普遍缺乏对本省各级各类高校发展的总体性的设计。一般来说，在我国公办院校的设置上，每个省都会有中央部属院校，然后是省属、市属的院校。地方院校相对来讲在国内没有太大的名气，其影响力也多局限于地方。现在各级各类高等学校都在扩大招生，公办院校内的高职高专甚至自学考试的部分也在膨胀。这种扩大，如果是计划内的招生，就要占国家的相应资源，使国家的财政面临很大的压力；如果计划外扩大招生，特别是扩大成人教育、自学考试之类的招生，不但使这些公办高校的功能出现紊乱，而且还会冲击民办学校的招生，影响到各级各类学校的持续稳定的发展。

面对这样的情况，各省应该在教育大众化的背景下，认真分析本省公办院校对民办学校的影响，并进一步探讨民办学校的相互影响问题。这涉及各个学校之间的发展定位和竞争的政策问题。以确定生源市场为切入点，招生是面向本地，或是面向全国，并相应的做出规划。同时要在民办学校的办学层次、办学类型上进行区分，避免设置的专业太多雷同。

目前不少民办学校在校园硬件建设方面，已经超过了一般本专科公办院校。这些学校最缺乏的已经不是硬件，而是软件，更为重要的是专职教师的短缺和水平较低的问题。从对辽宁省和陕西省民办高校的调查来看，这些学校在招聘研究生层次的毕业生上仍然存在着困难。在这方面，省级应该出台相关的政策，委托重点高校为民办学校培养师资或者是培训师资。如果教育部或各省教育行政机构能够对民办学校师资的培养提供有利的政策,会进一步促进民办高校的发展。

二、民办高等教育发展需要协会的支持

民办教育的环境的支持既包括民政、税务、工商等相关行政管理部门的横向支持,也包括教育行政管理部门——民办教育协会——民办学校的纵向支持。目前纵向组织网络尚不健全,个别组织要素的功能发挥不充分。其中,民办教育协会应当发挥较强的功能。民办教育协会既不是政府的附属物,也不是学校的代言人,更不是政府与学校之间的一个行政管理层次,而是按照一定的法律、法规,遵循独立、公开、公平、公正的原则,在社会活动中发挥服务、沟通、桥梁与纽带功能,实施具体的服务性行为的社会组织。

三、民办高等教育发展需要政府其他部门的支持

1. 减轻地方政府权力部门的摊派问题。在对辽宁和陕西的资料收集和调研中,不少资料显示民办学校反映地方政府部门的摊派过于沉重。辽宁省一所民办高校的校长数出了多达十几个单位曾向他们搞过摊派,其中大多数是他们不敢得罪的重要权力部门。在陕西,以西安翻译学院、西安石油学院的东方亚太学院、陕西科技卫生学校等学校的反映最为强烈。西安翻译学院院长丁祖怡在他的文章和演讲中,曾对地方政府的摊派给予了强烈的抨击。

2. 享受征地、税收等方面的优惠问题。民办院校要发展首先面临的就是征用土地,建设校园的问题。在土地使用政策方面,公办学校和民办学校所享受的待遇有很大的差别。"公办大学征地几万元一亩,按政策免税,银行争着给贷款,各种手续办理顺畅,处处绿灯;民办高校不能享此优待,绝大多数靠租赁校舍维持,办学受限制,生存受威胁,考生也不愿就读环境差的民办高校。"辽宁一位民办高校的副校长很激动地说,"对民办高校抱着几十年计划经济体制遗留的偏见,最不信任和歧视民办高校的主要不是社

会而是政府。"

陕西的民办高校在征用土地上，也遇到种种的国家政策限制。在征地批准权限上，国家政策有严格的限制，在享受地价的优惠上也有种种的障碍。一些学校只好通过租用农民的土地或军队营房，或者与有地产者合办，以避开政策上的限制。国家应该出台相关的政策，当然，在享受政府的优惠政策方面，应区分营利性学校和非营利性学校。

3. 银行信贷和政府支持，帮助民办学校解决发展资金问题。民办高校在第一阶段的很长时间内没有发展起来，一个重要原因就是没有资金。银行是不愿意贷款给民办学校，当时民办学校的创办者主要是退休的老教师，没有资本运作的能力和经验。民办学校后来之所以发展较快，很重要的原因在于能够从银行贷款。目前，陕西省给民办学校的贷款已经达到了 40 亿元。但是民办学校的发展仅靠贷款也是有问题的。对于民办学校来讲，投资短缺是一个永恒的问题。陕西省社会力量办学中心的领导认为，解决资金问题，光靠学校很困难，国家应该给予一定补助。

四、制度创新

民办教育的发展，正在改变教育的整个格局，政府各职能部门应当积极适应民办教育快速发展的新形势，适应民办教育这一崭新事业的要求，向民办教育事业和公办教育事业提供公平服务，实行政府政策和行为的公开。为适应形势的要求，政府各职能部门必须在管理体制和管理方式方面实现较大的突破，在制度上有所创新。公办学校和民办学校都应该建立退出机制。在学校法人制度方面，应该借鉴国外财团法人办学的模式，建立民办学校基金会法人制度，主要由基金会法人而不是个人来举办民办学校。在评估方面，实行管、办、评分开，建立政府和学校之外的第三方教育评估机构和独立评估标准，以保证教育评估的有效性和独立性。在招生方面，打破招生地域限制。为保障民办学校资金管理安全，应尽快出台《民办经营性培训机构管理办法》、《民办学校的财务制度》及其相关细则,要建立民办学校风险保证金制度。要整合教育资源,充分利用闲置公办教育资源举办民办学校。

从促进各省民办教育中长期健康发展的目的出发,浙江大学教育学院民办教育研究中心主任吴华认为,地方民办教育的发展有很大的制度创新空间,各地应该根据地方具体办学和政治经济环境,制定地方民办教育政策条例,进行制度创新。在民办教育地方立法中,尤其应该确立以公共利益为核心的立法宗旨,把促进民办教育发展放到首位,重点关注民办教育和公办教育制度公平的法律保障,设立合理的政府规制以充分发挥市场机制在民办教育发展中的积极作用,采取切实有效的措施解决学校同等地位、教师同等身份、学生同等权益的问题,为新时期民办教育发展构建更为完善的制度框架和政策环境。①

第五节 区域制度环境的研究结论 与政策建议

一、区域制度环境的研究结论

在市场环境方面,首先,民办高校资金来源渠道较窄。目前辽宁民办高校经费来源比较单一,主要靠学杂费和出资人,走的是一条"以学养学"的道路,经费不足的现象普遍存在。其次,辽宁省教师资源相对缺乏。民办学校聘用公办学校的老师的方法不能得到普遍认可,民办高校专职教师队伍结构还有待于进一步优化,教职工的各种待遇虽有法律规定,但还不能落到实处。再次,辽宁省民办高校学生与公办高校学生待遇也有一定差异。

---

① 匿名.民办教育迈入区域制度创新时代 - - 区域民办教育发展战略研讨会 [J].教育发展研究,2005,(12):108 - 111.

在管制环境方面,首先,辽宁省各项法规出台较慢,且扶持政策落实有困难。其次,在监管认证方面,辽宁省政府管理存在缺位越位现象,行业组织还不能真正发挥作用。社会监督评估体系尚未建立起来。辽宁省对于民办高等学校的管理模式沿用了对于公办高等学校的管理模式,而且在有的方面甚至比公办高等学校的管理更严。对于民办高等教育的特殊性认识不清,不能够区别对待民办高等教育在发展中出现的问题和矛盾。

在文化认知方面,辽宁省对民办教育机构普遍存在认识不足,认识不清的现象,社会认同度还是普遍不高。从全国的情况来看,辽宁省是高等教育的大省,辽宁省的公办高等教育比较发达,从政府的管理层面,很多管理者到今天还认为,民办教育尤其是民办高等教育可有可无,辽宁省的公办高等教育能够满足辽宁省高等教育的需要。从普通民众的角度,辽宁省的学生和家长普遍比较保守,对于民办高等教育还有很多不好的印象,认为民办高等教育的组织者都是以盈利为目的,办不好大学。

二、政策建议

基于本章研究的结论,为了尽快的提高辽宁省民办高等教育的层次,本研究提出政策建议如下:

1. 为全省具有颁发学历资格的民办高等学校提供财政援助,使我省的民办高等教育尽快上一个台阶,承担起从大众化迈向普及化的重担,为民办高等学校的教师提供同公办高等学校相同的待遇,在适当的时机,可以逐渐将民办高校的教师纳入公办高校教师的管理体系中,使两个系统内的教师和管理人员可以互相流动。为民办高校的学生提供同公办高校学生相同的待遇。

2、建立健全各种民办高等学校的管理法规和政策,政府教育主管部门要成立专门的民办高等教育管理机构,有关民办高等学校的设立、计划、监管等行政管理事项由该部门统一管理。对于民办高等学校的评估,要针对民办高等学校的特征来进行。并充分发挥中介组织的作用,将中介组织作为联系政府和民办高等学校之间的纽带。

3、哈佛大学的前校长德里克·布克在其专著《高等教育》中提到,美国高等教育的明显标志之一就是自治,任何组织都可以成立私立学院或大学,到1910年,美国几乎有1000所私立学院。私立学院可以自由的挑选它的学生,教师可以决定他们自己的课程(Bok,1986)。保护民办大学的办学自主权,首先就应该对其自主权加以特别的重视;其次要注意选用符合民办高校立法特点的法律规范;最后要加强民办高校自主权的制度化、体系化建设。

4、帮助民办高校树立良好的社会形象,政府有关部门首先要大力的支持民办高等教育,为民办高等学校排忧解难,不刁难、不为难民办高等学校。尤其是可以利用大众的宣传媒介,对优秀的民办高等学校、优秀的民办高校的管理者和教师以及优秀的民办高校毕业生进行宣传,使学生和家长能够逐渐端正对民办高等学校的认识。

参考文献

阿什比著,滕大春等译.1983.科技发达时代的大学教育[M].北京:人民教育出版社.

鲍威.2006.中国民办高等教育的生成机制和区域发展的模式[J].北京大学教育评论.(4)

彼特·布劳.1991.不平等和异质性[M].北京:中国社会科学出版社.

布鲁贝克,约翰·S著,王承绪等译.2002.高等教育哲学[M].杭州:浙江教育出版社.

陈宝瑜.2004.对文凭考试试点的回顾与建议[J].黄河科技大学学报.(12)

陈昌柏.2000.非营利机构管理[M].北京:团结出版社.

陈聪.2004.风起江淮时——记钱州胜和中国计算机函授学院[J].电脑知识与技术:认证考试.(02M)

陈笃彬,吴端阳.2005.中国大陆民办高校的发展进程及特点评析[J].民办教育研究.(2)

陈俊梁.2006.自学考试制度与高等教育创新[J].成人教育.(11)

陈世清.2008.福建省民办高校可持续发展探析[J].福建商业高等专科学校学报.(1)

陈万年.2006.科学定位促进民办高校可持续发展[J].国家教育行政学院学报.(12)

陈文联.2006.特色化:民办高校可持续发展的基本策略[J].黄河科技大学学报.(2)

陈志琴,俞光虹,周玲.2005.社会捐赠在我国民办高等教育成本分担中的现状研究–对江浙沪部分民办高校接受社会捐赠情况的调研[J].民办教育研究.(1)

程介明等.2000.把民办教育从公立教育中区分出来[A].民办教育的研究与探索[C].北京师范大学出版社.

戴维斯,L.G.,D.C.诺斯.2000.制度变迁的理论:概念与原因[A].(美)R.科斯.财产权利与制度变迁——产权学派与新制度经济学派译文集

[C].上海人民出版社,

邓宗琦,孔德文,余泽高.2008.民办高校可持续发展的路径选择[J].中国高
等教育.(2)

丁小浩.2000.中国高等院校规模效益的实证研究[M].北京:教育科学出版
社.

丁笑炯.2005.关于健全民办教育中介组织的思考[J].当代教育论坛.(1)

丁祖诒.2001.民办高校——中国高等教育的新活力[J].人民论坛.(10)

丁祖诒.2004.《民办教育促进法》实施前的思考[A].陕西省老教授协会编.
民办高等教育的发展与创新[C].西安:陕西师范大学出版社.

丁秀棠,方铭琳.2007.关于建立我国民办高校社会评估制度的主要分析[J].
民办教育研究.(6)

杜安国.2005.我国民办高等教育发展历程研究[J].探求.(4)

房剑森.2003.中国民办教育发展报告[M].北京:中国社会科学出版社.

菲利普·阿尔特巴克.2005.全球私立高等教育对高等教育体系带来挑战
[DB/OL].参见:http://news.163.com/05/0919/14/1U15RLI000011
EOK.html,09-19

高伟云.2004.质量·特色·创新:民办高校可持续发展的保证[J].兰州大
学学报(社会科学版).(2)

顾明远.2009.中国民办高等教育的基本特征及其发展趋势[J].教育发展研
究.(12)

关世雄.1984.北京高教自学考试试点小结与展望[J].北京成人教育.(6)

郭建如.2003.民办高等教育的市场化与民办高校的组织管理特征——以陕
西民办高等教育为例[J].高等教育研究.(1)

郭建如.2003.我国民办高等教育发展的地域性与地方政府的作用分析[J].
黄河科技大学学报.(9)

郭建如.2004.民办高等教育地域性发展的多维分析[J].高等教育研究.(6)

郭建如.2008.多样与趋同:我国民办高等教育发展特征研究[J].教育发展研
究.(8)

郭占元,辛华.2008.我国民办高校可持续发展的道路问题[J].现代教育科
学.(11)

韩晓琴,康伟.2005.陕西民办职业教育基本情况调查分析[J].中国职业技术
教育.(4)

郝平,程建芳主编.2001.创新与挑战——世界名校鉴[M].北京:北京大学出版社.

何金辉,张继玺,邱国华.2005.中国民办教育回溯:1992-2004[J].教育发展研究.(5):1-9

胡大白,张锡侯,汤保梅.2004.中国民办高等教育的迅速崛起和发展趋势[J].黄河科技大学学报.(3)

胡卫主编.2000.民办教育的发展与规范[M].北京:教育科学出版社.

胡永远,刘智勇.2004.中国民办教育地区差异分析[J].清华大学教育研究.(6)

黄京钗.2001.民办高校可持续发展的必要条件[J].福建论坛(经济社会版).(12)

黄腾,王冠.2004.对我国民办教育理论研究基本问题的思考[J].陕西师范大学学报(哲学社会学版).(6)

黄藤.2006.政府经费资助:公民办高等教育协调发展的必要条件[A].北京大学和东京大学主办的"中日高等教育财政高层研讨会"会议材料[C].

黄腾.2008.深入贯彻落实科学发展观探索和实践富有时代特征的民办高校发展道路[J].民办教育研究.(4)

贾洪芳.2006.高等教育自学考试网络助学若干问题的思考[J].河北大学成人教育学院学报.(6)

贾永堂,周光礼.2006.探索投资与办学良性互动的民办高校可持续发展之路——湖南涉外经济学院的发展模式.高等教育研究.(10)

教育部发展规划司等.2003.2002年中国民办教育绿皮书[M].上海:上海教育出版社.

姜华.2004.我国私立大学激励机制的研究[J].求实.(4)

姜华.2006.现代民办大学制度研究[J].辽宁教育研究.(11)

姜华.2007.政府对非营利性民办大学的财政援助[J].民办教育研究.(1)

姜华,丁楠.2008.民办高等教育发展的阶段划分及其模式[J].民办教育研究.(2)

金顶兵.2002.大学组织结构及其对行为模式的影响[D].北京大学博士研究生学位教育论文.5

金忠明,李若驰,王冠.2003.中国民办教育史[M].北京:中国社会科学出版社.

克拉克·伯顿著.王晓阳,孙海涛译.2000.自主创新型大学:共治、自治和成功的新基础[J].清华大学教育研究.(4)

(美)克拉克·克尔著,王承绪译.2001.高等教育不能够回避历史——21世纪的问题[M].浙江教育出版社.

柯佑祥.2003.适度盈利与民办高等教育的发展[M].南京:南京师范大学出版社.

蓝满榆.2007.民办高校可持续发展的政策思考[J].广东培正学院学报.(1)

劳凯生主编.2003.变革社会中的教育权与受教育权:教育法学基本问题研究[M].教育科学出版社.

李鹏.2002.一次读完25本经济学经典[M].长春:吉林人民出版社.

李守福.2000.两种私立学校观及其对我国的影响[A].民办教育的研究与探索[C].北京:北京师范大学出版社.

李晓鹏.2005.关于民办高校可持续发展的思考[J].山东省农业管理干部学院学报.(2)

李泽彧,唐拥华.2005.关于中国大陆民办高等教育政策与法规若干问题的探讨[J].民办教育研究.(4)

黎利云,马露奇.2010.加强收费管理促进民办高校可持续发展[J].当代教育论坛(管理版).(3)

梁克荫.2002."陕西现象"与民办高等教育发展[J].高等教育研究.(7)

林小英.2007."挂靠约束"与民办高校的社会资本积累[J].现代大学教育.(2)

林小英.2010.教育政策文本的模糊性和策略性解读——以民办学校学历文凭考试政策为例[J].教育发展研究.(2)

刘宝存.2000.美国私立高等学校的董事会制度评析[J].比较教育研究.(5)

刘聪玲.2004.经济欠发达地区发展民办教育之我见[J].江西教育科研.(2)

刘莉莉.1999.多样化:民办高等教育发展的选择[J].高等教育研究.(4)

刘娜.2003.法制与美国私立大学的存在和发展[J].外国教育研究.(2)

刘小强.2006.美国加州1960年高等教育总体规划:一个成功的范例[J].清华大学教育研究.(4)

卢彩晨,邬大光.2007.中国民办高等教育回顾与前瞻[J].教育发展研究.(3)

卢平.1992.让法律为民办事业护航———起"民告官"官司的启示[J].科技

进步与对策.（9）

［德］马克斯・韦伯著,王容芬译.2003.儒教与道教［M］.北京:商务印书馆.

［日］马越彻主编,邓红风主译.2006.亚洲的大学历史与未来［C］.青岛:中国海洋大学出版社.

麦迪森著,安格斯著,伍晓鹰译.2003.世界经济千年史［M］.北京:北京大学出版社.

孟新.2004.努力探索民办普通高校可持续发展的有效途径［J］.海淀走读大学学报.（4）

米红,李小娃.2009.公益性:民办高校发展的现实观照——兼论高等教育的产业属性［J］.山西大学学报.（3）

闵维方等.2008.建设高等教育强国的国内外背景与现实条件［J］."建设高等教育强国"专家论坛,

牟阳春.2004.独立学院——我国高等教育新一轮发展的历史选择［J］.教育发展研究.（4）

欧文・E・休斯.2001.公共管理导论［M］.北京:中国人民大学出版社.

潘懋元,韩延明.1999.关于发展我国民办大学的理性思考［J］.中国高教研究.（4）

潘懋元,姚加蕙.2006.民办高等教育发展的困境与前瞻［J］.中国高等教育.（8）

潘懋元.2008.关于民办高校1990.评估的思考及建议［J］.浙江树人大学学报.（4）

普萨查罗波洛斯,乔治.1990.教育收益的最新信息及其对教育政策制定的意义［A］.曾满超等译.西方教育经济学流派［C］.北京:北京师范大学出版社.

钱国英.2008.国有民办高校可持续发展问题研究［D］.华中师范大学硕士论文.

瞿延东.1999.关于民办教育改革与发展中的几个问题［J］.教育发展研究.（11）

桑玉成.2000.政府角色［M］.上海:上海社会科学出版社.

沈云慈.2009.对我国民办高等教育发展的探讨［J］.现代教育科学.（5）

沈中伟,陈新民,周朝成.2004.教学质量是民办高校可持续发展的生命线［J］.浙江树人大学学报.（6）

石丽媛. 2006. 以就业为导向是民办高校可持续发展的唯一出路[J]. 教育与职业.(24)

史秋衡等. 2005. 中国大陆民办高校的分类与评估[J]. 民办教育研究.(2)

斯格特, 理查得 W. 著, 黄洋等译. 2002. 组织理论[M]. 北京:华夏出版社.

孙霄兵主编, 张文、季国强、文东茅副主编. 2003. 中国民办教育组织与制度研究[M]. 中国青年出版社.

泰彦, 西井著. 2006. 日本政府对私立大学的日常经费补助制度与私立大学的财政状况[A]. 北京大学和东京大学主办的"中日高等教育财政高层研讨会"会议材料[C].

陶黄. 1996. 国家学历文凭考试初探[J]. 教育科学.(4)

田虹. 2008. 民办高校可持续发展的几点思考[J]. 湖北函授大学学报.(02)

魏贻通主编. 1991. 民办高等教育研究[M]. 厦门:厦门大学出版社.

邬大光. 1999. 21 世纪民办高等教育的使命[J]. 高等教育研究.(4)

邬大光. 2005. 投资办学是中国民办高等教育的本质特征. 人民政协报.

邬大光. 2001. 中国民办高等教育的市场化特征与政策走向分析[J]. 中国高等教育.(11)

王保华. 2006. 领先服务:民办高校与公办高校竞争的策略——西安欧亚学院个案研究[J]. 西安欧亚学院学报.(1)

王红岩. 2003. 20 世纪 50 年代高等教育改革中私立大学命运探析[J]. 西北工业大学学报(社会科学版).(6)

王澍. 2004. 民办高等教育发展的制度视野[M]. 东北师范大学.

王铁. 2003. 自学考试生源下降的原因分析及其对策[J]. 湖北招生考试.(10)

王颖, 薛变立, 贾万刚. 2004. 辽宁省民办高等学校发展的调查研究[J]. 辽宁教育研究.(12)

文东茅. 2008. 走向公共教育:教育民营化的超越[M]. 北京:北京大学出版社.

文雯. 2005. 1976 年以后我国民办高等教育的合法性变迁[J]. 教育研究与实验.(3)

吴霞. 2006. 民办高校可持续发展问题研究[D]. 东南大学硕士论文.

项贤明, 葛岳静, 李艳玲. 2001. 大众化过程中高等教育结构的变迁——美国的经验与我国的发展趋势[J]. 比较教育研究.(2)

向绍萍.2000.解决四个问题发展民办教育[J].萍乡高等专科学校学报.
（12）

谢海珍.2007.民办高校可持续发展刍议[J].西安欧亚学院学报.(2)

徐国兴.2009.私立(民办)高校评估的基本形式和主要模式研究[J].浙江树
人大学学报.(6)

徐绪卿.2006.师资队伍建设:民办高校可持续发展的根基[J].中国高等教
育.(8)

徐绪卿.2004.树大模式和民办高校的可持续发展[J].民办教育研究.(1)

徐绪卿.我2009.国民办高等教育发展回顾及中长期发展思路[J].浙江树人
大学学报.(1)

徐智德.2006.实验室建设是民办高校可持续发展的基础建设[J].民办教育
研究.(6)

阎凤桥.2003.美国私立高等教育特征分析[J].黄河科技大学学报.(3)

阎凤桥.2006.大学组织与治理[M].北京:同心出版社.

阎凤桥.2007.我国民办高等学校区域分布、时间变化及其影响因素分析[J].
民办教育研究.(1)

阎光才.2002.约制民办教育不良竞争的制度分析[J].教育与经济.(4)

[美]杨伯翰大学教育领导与基础系统 E. VanceRandall& Cheng Biao.2000.中
国政府对私立学校的管理[J].民办教育动态.(10)

杨东平.2006.2005:中国教育发展报告[M].北京:中国社会科学出版社.

余孟辉.2006.树立科学教育发展观促进民办高校可持续发展[J].科教文汇
（上半月）.(11)

袁振国,周彬.2003.中国民办教育政策分析[M].北京:中国社会科学出版
社.

约翰斯通,D.2002.布鲁斯著,李红桃、沈红译.高等教育成本分担中的财政
与政治[J].比较教育研究,(1)

占盛丽,钟宇平.2005.中国大陆高中生需求民办高等教育的实证研究[J].民
办教育研究.(1)

张德祥.1995.政府与高等学校之间的"缓冲器"[J].高等教育研究.

张德祥,周润智.2002.高等教育社会学[M].北京:高等教育出版社.

张剑波.2005.制度创新:民办高等教育可持续发展的灵魂[J].湘潭大学学报
（哲学社会科学版）.(1)

张剑波,杨炜长.2007.完善法人治理结构:民办高校可持续发展的重要保障 [J].湘潭大学学报(哲学社会科学版).(1)

张建华.2009.认清形势明确任务,为促进辽宁民办教育健康发展做出贡献 [J].辽宁民办教育简报.(2)

张随刚.2002.东南亚国家私立高等教育政策比较[J].黄河科技大学学报. (6)

张彤.1999.从"拾遗补缺"到"重要组成部分"[J].高等教育研究.(4)

张旺.2005.我国民办高等教育发展的制度环境分析与思考[J].高教探索. (1)

张应强.2006.高等教育改革与我国民办高校的可持续发展[J].大学教育科 学.(06)

赵福芹.2009.民办高校的发展战略分析[J].民办高等教育研究.(3)

赵旭明.2006.民办高校治理研究[M].中共中央党校博士论文.

中国民办教育协会专题调研课题组.2009.我国民办教育改革与发展的区域 特征分析[J].教育发展研究.(8)

周朝成.2007.私立(民办)高等教育发展的政府经费资助政策比较——以 美、日、中三国为例[J].浙江树人大学学报.(1)

周国平.2005.我国民办高等教育经费资助政策:问题与建议[J].民办教育研 究.(2)

周雪光.2003.组织社会学十讲.社会科学文献出版社[M].

朱玉,毛建明.2003.多样性发展中的选择——浙江树人大学办学模式的探析 [J].中国改革.(6)

Acemoglu, Daron, Michael Kremer & Atif Mian. June 2003. Incentives in Markets, Firms and Governments. Working Paper 9802. *National Bureau of Economic-cResearch*. http://www. nber. org/papers/w 9802 .

Altbach, Philip G. 1999. "Comparative Perspectives on Private Higher Educa-tion", in @ Private Prometheus : Private Higher Education and Development in the 21st Century, *Philip G. Altbach（ed.）*, *Greenwood Press*.

Brint, Steven, Jerome Karalbel. 1989. The Diverted Dream Community Colleges and the Promise of Educational Opportunity in American, 1900 – 1985. *Oxford U-niversity Press*.

Bok, Derck. 1986. Higher Learning. *Harvard University Press*.

Cameron, K. 1978, (23). Organizational effectiveness of higher education. *Administration Science* Quarterly.

Claudia de Moura Castro and Juan Carlos Navaror. 1999. "Will the Invisible Hand Fix Private Higher Education?", in Private Prometheus : Private Higher Education and Development in the 21st Century, Philip G. Altbach (ed.), *Greenwood Press.*

Commons, John. The Economics of Collective Action[M] . New York : Macmillan. 1950.

DiMaggio, Paul J. & Walter W. Powell. 1983, (42) : 726 – 43. The Iron Cage Revisited : Instittional Isomorphism and Collective Rationallity. *American Sociological Review.*

Geiger, Roger. 1998. The Ten Generations of American Higher Education. Philip G. Althach, Robert O. Berdahl, and Patricia J. Gumport. Amrerican Higher Educaiton in the Twenty – first Century Social, Political, and Economic Chanlleges. *The Johns Hopkins University Press.*

Haunschild, Pamela R. and Anne S. Miner. 1997, (42). Interorganization Imitation : The effects of Outcome Salience and Uncertainty. *American Journal of Sociology.*

Hawley, Amos. 1968. Human Ecology In International Encylopedia of the Social Sciences, ed. *David L. Sills.*

Hnnan, Michael T. and Johm H. Freeman. 1977. The Population Ecology of Organizations. *American Journal of Sociology.*

James, Estell. 1993 . " Why Do Different Countries Choose a Different Public – Private Mix of Educational Services", in *Journal of Human Resources*, 28 (3) (Summer) .

Levy , Daniel C. 1986. Private Education Studies in Choice and Public Policy. *Oxford University Press.*

Levy , Daniel C. 1999. When Private Higher Education Does Not Bring Organizational Diversity : Argentina, China, and Hungary. Private Prometheus : Private Higher education and Development in the 21st Century (Philip G. Altbach (edt.)) *Boston college.*

Levy , Daniel C. March 2003. How Private Higher Education's Global Growth Defies the New Institutionalism. PROPHE Working Paper #4, Department of Educational Administration & Policy Studies, *State University of New York.*

Levy ,Daniel C. January 2004. The New Institutionalism: Mismatches with Private Higher Education's Global Growth. PROPHE Working Paper #3.

Levy ,Daniel C. May 2006. The Unanticipated Explosion: Private Higher Education's Global Surge. Comparative Education Review. *Academic Research Library.*

Levy ,Daniel C. 2006. How Private Higher Education's Growth Challenges the New Institutionalism. Heinz – Dieter Meyer and Brian Rowan. The New Institutionalism in Education. *State University of New York Press.*

Meyer,John W. and Brian Rowan. 1977, (83). Institutionalized Organizations: : Formal Structure as Myth and Ceremony. *American Journal of Sociology.*

North, Douglass. 1981 Structure and Change in Economic History [M]. New York. Norton. Ouchi,Williams G. Markets,1980, (25) :129 – 4. Bureaucracies and Clans. *Administrative Science Quarterly.*

Schultz,Theodore W. 1963:39 – 42. The Economic Value of Education. *Columbia University Press.*

Tilak,Jandhyala B. G. 2006. "Private Higher Education :Philanthropy to Profits", From UNESCO,Higher Education in the world 2006. The Financing of Universities. PACGRAVE MCMICCAN.

Thomas,Wolf. 1990. Managing A Nonprofit Organization. *Simon & Shuster.*

Tolbert,Pamela S. and Lynne G. Zucher. 1983. Institutional Sources of Change in the Formal Structure of Organizations: The Diffusion of Civil Service Reform, 1880 – 1935. *Comell University.*

Trow , Martin. The Transition from Elite to Mass Higher Education [R]. Paris: OECD, 1974.

附　　录

附录一：民办高等学校调查
问卷（一）

您好！

问卷所要调查的对象是学校领导（正副校长）、教学机构负责人（正副院长和正副系主任）、财务部门负责人与行政部门负责人（处长，科长等）。

我们将对问卷填写者的回答和被调查学校的结果予以保密，通过本问卷获得的资料只用于研究目的。填写问卷采取匿名方式进行。问卷的填写大约需要 30 分钟。请您尽快填完问卷后，交给学校的指定人员。

通信地址：北京大学教育学院邮政编码：100871

　　　　　　　阎凤桥 <收>

如果您对问卷有什么问题和建议，请您与下列研究人员联系：

姜华，电话：13909830600，电子邮件:polojiang@126.com

阎凤桥，电话：010 - 62763443，电子邮件:fqyan@ gse. pku. edu. cn

感谢您对我们工作的支持！

北京大学教育学院课题组

2006 年 6 月 2 日

填表说明：

1、如果没有特别说明，按照最新数据（2005－2006 学年）填写此问卷，如果没有该年度数据，请填写上年度数据，并注明所填写数据的年份。

2、请将答案直接填写在横线上或表格内，无特别说明的选择题均为单选题。

学校的全称：＿＿＿＿＿＿＿＿＿＿＿＿＿＿＿＿＿＿

一．学校的基本情况

1、学校正式成立时间（教育行政部门正式批准）是＿＿＿＿年＿＿＿月

2、学校独立的教学场所的情况：

	无独立 教学场所	有独立 教学场所	占地面积 （平方米）	校舍建筑面积 （平方米）
开办初期				
现在				

3、学校现有总资产＿＿＿＿＿＿万元，其中固定资产＿＿＿＿＿＿万元

4、学校现有藏书＿＿＿＿＿万册，教学实验仪器价值＿＿＿＿＿＿万元

5、学校的类型：

①独立颁发学历文凭　②国家高等教育文凭考试试点校

③自学考试助学机构　④其他非学历机构（请注明：＿＿＿＿＿）

6、学校的举办方式是＿＿＿＿＿＿

（1）个人举办　　　（2）若干人合办　　（3）国有企业办学

（4）民营企业办学　（5）事业单位办学　（6）社团办学

（7）民主党派办学　（8）公办转制　　　（9）政府与民间合作办学

（10）中外合作办学　（11）独立学院

（12）其他（请注明）＿＿＿＿＿＿

7、学校有没有与境外学校或机构合作办学＿＿＿＿＿＿

①没有

②有（请注明哪些境外学校或机构_____）

二．学生情况

8、在校学生构成（单位：人）

年度	本科层次	专科层次	高职	五年一贯高职	学历文凭考试	自学本科考试	自学专科考试	其他（注明）
2002								
2003								
2004								
2005								
2006								

9、在校学生生源（单位：人）

年度	本省生源	外省生源
2002		
2003		
2004		
2005		
2006		

其中外省学生来源最多的三个省份分别是_____、_____、_____

10、每年的生均学费水平：（单位：元/年）注：请与第8题对应填写

年度	本科层次	专科层次	高职	五年一贯高职	学历文凭考试	自学本科考试	自学专科考试	国外合作办学
2002								
2003								
2004								
2005								
2006								

三. 教师情况

11、教师来源（单位：人）（兼职教师是指工作关系不在本校的教师）

	总计						
专职教师							
兼职教师							

12、教师的年龄结构、性别结构、学历结构和职称结构

		专职教师	兼职教师	骨干教师	普通教师
年龄结构	35 岁以下				
	35 – 50 岁				
	50 – 60 岁				
	60 岁以上				
性别结构	男性				
	女性				
学历结构	研究生				
	本科				
	本科以下				
国家职称结构	教授				
	副教授				
	讲师				
	助教				
	无职称				
校内职称结构	教授				
	副教授				
	讲师				
	助教				
	无职称				

13、学校是否开展过对教师的培训：_____

①是

②否⇨ 请跳过 14 题，从 15 题开始回答

14、培训方面，学校采取哪些措施？_____ （多选项，按照重要程度从高到低排序）

①教研组或系集体活动　②去公立大学进修　③去其他民办大学进修

④出国学习　　　　　　⑤其他（请注明_____）

15、学校没有任何教师培训的原因是_____ （多选项，按照重要程度从高到低排序）

①没有必要　　　　　②没有条件　　　　　③正在规划中

16、2005 年，学校的培训费用预算是_____，占学校当年支出的_____%。

17、贵校为专职教师提供了哪些福利待遇_____ （可多选项）

①住房公积金　　　　②医疗保险　　　　　③养老保险

④失业保险　　　　　⑤工伤保险　　　　　⑥均不提供

四. 经费

18、学校开办时的总投资为_____万元，经费来源：

①举办者投资_____万元

②银行贷款_____万元

③政府行政拨款_____万元

④社会捐助_____万元

⑤收取学费_____万元

⑥其他_____万元（请注明来源_____）

19、2005－2006 学年，学校总收入为_____万元，经费来源：

①举办者投资_____万元

②银行贷款_____万元

③政府行政拨款_____万元

④社会捐助_____万元

⑤收取学费_____万元

⑥校办产业、社会服务等用于教育的收入_____万元

⑦政府补助_____万元

⑧其他_____万元（请注明来源_____）

20、2005 - 2006 年，学校的总支出为_____万元。

五．管理机构及制度

21、学校或机构的内部管理体制
    （1）董事会领导下的校长负责制
    （2）校长负责制
    （3）其他（请注明_____）

22、学校是否设有董事会_____
    （1）是
    （2）否⇨ 请跳到 26 题开始回答

23、董事会成员包括：_____人

24、董事会的工作方式_____
    （1）至少每季度召开一次会
    （2）至少每学期召开一次会
    （3）至少每学年召开一次会
    （4）不定期召开会议，频率很低

25、董事会的作用_____
    （1）决策机构，决定办学方向、经费预决算、校长任免等重大事项
    （2）负责学校的日常管理
    （3）咨询机构
    （4）只是象征性机构，不发挥实际作用

26、学校有没有教职工代表大会或类似的民主管理机构？_____
    （1）有（请注明具体名称：_____）
    （2）没有

27、学校有没有校办企业？_____
    （1）有（请注明具体名称：_____）
    （2）没有
    如果有，它的经营状况：
    ①经济效益很好
    ②经济效益一般

③经济效益不佳

六．民办高校与外界的联系

28、学校所在地省政府对民办学校的管理
（1）和公立学校一样
（2）和公立学校基本一样，但是在某些方面自由度更大一些
（3）和公立学校基本一样，但是在某些方面自由度更小一些
（4）基本不管
（5）其他（请注明_____）

29、学校在发展过程中是否享受过当地政府部门的优惠政策（多选题，按照重要程度排序）_____
（1）办学征地 （2）税收减免
（3）配套建设费减免 （4）财政补贴
（5）没有享受过任何优惠政策
（6）其他（请注明_____）

30、学校有多大权力制定学费标准？_____
（1）完全自主权
（2）自己制定，但要经过其他部门的批准方可生效
（3）其他部门决定，学校执行

31、学校后勤工作采取的管理模式是_____
（1）全部由学校经营管理
（2）小部分由社会其他企业或个人经营管理
（3）一半的后勤工作由社会其他企业或个人经营管理
（4）大部分由社会其他企业或个人经营管理
（5）全部由社会其他企业或个人经营管理

32、学生住宿的经营管理者是_____
（1）学校
（2）学校和社会其他企业或个人联合经营管理
（3）社会其他企业或个人

33、学生食堂的经营管理者是_____
（1）学校
（2）学校和社会其他企业或个人联合经营管理

（3）社会其他企业或个人

34、学校商店的经营管理者是_____

（1）学校

（2）学校和社会其他企业或个人联合经营管理

（3）社会其他企业或个人

35、您的其他宝贵意见：（各个方面的想法和意见都欢迎）

附录二：民办高等学校调查问卷（二）

您好！

　　问卷所要调查的对象是学校领导（正副校长）、教学机构负责人（正副院长和正副系主任）与行政部门负责人（处长，科长等）。

　　我们将对问卷填写者的回答和被调查学校的结果予以保密，通过本问卷获得的资料只用于研究目的。填写问卷采取匿名方式进行。数据的处理和分析将由北京大学教育学院专业研究人员完成。

　　在问卷的最后一页，我们将根据学校的要求，增加学校所感兴趣的调查问题。

　　请您尽快填完问卷后，交给学校的指定人员。问卷的填写大约需要 30 分钟。

　　如果您对问卷有什么问题和建议，请您与下列研究人员联系：

　　姜华，电话：13909830600，电子邮件：polojiang@126.com

　　阎凤桥，电话：010－62763443，电子邮件：fqyan@ gse. pku. edu. cn

　　感谢您对我们工作的支持！

北京大学教育学院

马里兰大学教育学院　课题组

2006 年 5 月 25 日

第一部分：学校的一般类型

这一部分主要是了解您所在学校的管理特点。每一个问题下面有四种关于学校的描述，请根据您所在学校与每一种描述的相似程度，在旁边表格的适当选项上划√。

	非常不同意	不同意	无所谓	同意	非常同意	不知道
1、学校组织特征						
A 学校人际关系融洽，像是一个大家庭，每个人都十分关注集体的荣誉。	1	2	3	4	5	6
B 学校很有活力，不断创新，鼓励员工竞争和创新。	1	2	3	4	5	6
C 学校管理正规化程度高、设有必要的管理机构和相应的工作程序。	1	2	3	4	5	6
D 学校重视工作效果，制定了具体的办学目标，并对目标的完成情况进行考核。	1	2	3	4	5	6
2、学校领导风格						
A 校领导理解和关心师生员工。	1	2	3	4	5	6
B 校领导勇于革新。	1	2	3	4	5	6
C 校领导办事谨慎、稳妥。	1	2	3	4	5	6
D 校领导根据学校的办学目标制定相应的实施步骤。	1	2	3	4	5	6

	非常不同意	不同意	无所谓	同意	非常同意	不知道

3、学校的凝聚力

	非常不同意	不同意	无所谓	同意	非常同意	不知道
A 学校的凝聚力基于师生员工对学校的忠诚。教师有很强的使命感。	1	2	3	4	5	6
B 学校的凝聚力源于变革和发展。学校工作的重点是不断适应社会变化的需要。	1	2	3	4	5	6
C 学校的凝聚力源于健全合理的规章制度，保持学校的平稳发展是首要任务。	1	2	3	4	5	6
D 学校的凝聚力源于重视任务和目标的完成，重视工作结果。	1	2	3	4	5	6

4、学校工作重点

	非常不同意	不同意	无所谓	同意	非常同意	不知道
A 学校重视提高员工的凝聚力和工作热情。	1	2	3	4	5	6
B 学校重视筹措办学资源。	1	2	3	4	5	6
C 学校强调工作持久性和稳定性。	1	2	3	4	5	6
D 学校强调竞争。常用量化的方法衡量工作完成情况。	1	2	3	4	5	6

第二部分：学校管理特征

这一部分的问题主要是了解您对学校管理特征的一些看法，请从旁边表格中选择最适当的一项划√。

	非常不同意	不同意	无所谓	同意	非常同意	不知道
1、学校管理分工明确。	1	2	3	4	5	6
2、学校制定了严密的规章制度和工作程序。	1	2	3	4	5	6
3、本校制定了有特色的办学目标。	1	2	3	4	5	6
4、学校的教学计划能体现本校的办学宗旨。	1	2	3	4	5	6
5、学校内部成员对学校办学宗旨有一致的看法。	1	2	3	4	5	6
6、学校的重要决策由少数人制定。	1	2	3	4	5	6
7、学校没有制定长期发展计划。	1	2	3	4	5	6
8、教学和管理创新活动越来越普遍。	1	2	3	4	5	6
9、学校管理人员升迁变动较频繁。	1	2	3	4	5	6
10、学校员工的工作积极性在不断提高。	1	2	3	4	5	6
11、学校领导能够兑现对员工的承诺。	1	2	3	4	5	6
12、经费不足是学校目前面临的一个问题。	1	2	3	4	5	6
13、学校内部的冲突不断增加。	1	2	3	4	5	6
14、外部因素在很大程度上制约着学校的发展前景。	1	2	3	4	5	6
15、学校多数高层管理者是从学校内部晋升上来的。	1	2	3	4	5	6
16、学校多数管理人员有相似的受教育程度。	1	2	3	4	5	6
17、学校多数管理人员具有相似的工作期望和追求。	1	2	3	4	5	6

第三部分：被调查者情况

下面的问题是想了解您个人的背景信息。请在横线上划√或填写数字。

1、您的性别？ _____男性 _____女性

2、您的出生年份？ _____年

3、所在学校名称：_____

4、您在本校工作了多少年？ _____年

5、您的工作人事关系是否放在本校？

A、是 B、否

6、您每周在本校工作的时间为_____小时。

7、您目前在本校担任的职务是什么？（单选）

董事会成员 _____

高级管理人员（如校长、副校长） _____

中层管理人员（如校长助理，正副院长，正副系主任，正副处长、正副主任） _____

一般行政人员 _____

其他、(请注明)_____

8、您从事哪方面的管理工作？

学术事务 _____

学生事务 _____

招生 _____

行政/财政事务 _____

其他事务 （请注明）_____

9、您获得的最高学历是什么？（单选，请在符合您的情况的选项上划√）

学历情况
博士研究生
硕士研究生
本　　科
专科及专科以下

如果您对学校，问卷还有其他看法，或您还有其他关心的问题，请填写在下面的空白处。

谢谢您对我们此次调查的大力支持！

附录三：民办高等学校可持续发展对策调查问卷

您好！

民办高等教育是我国高等教育的重要组成部分，而现实中民办高等教育的发展却受到种种困扰。为了探寻我国民办高等教育可持续发展之路，我们制作了这套问卷，希望在您的帮助下，我们能够找到民办高等教育可持续发展的有效途径。

我们将对问卷填写者的回答和被调查学校的结果予以保密，通过本问卷获得的资料只用于研究目的。填写问卷采取匿名方式进行。数据的处理和分析将由东北大学教育经济与管理研究所的专业研究人员完成。

如果您对问卷有什么问题和建议，请您与下列研究人员联系：

黄帅，电话：13998867686，电子邮件：alan3q@163.com
姜华，电话：13909830600，电子邮件：polojiang@126.com
感谢你的合作，祝工作顺利！

一、解决我国民办高等教育可持续发展问题的外部对策

下面是一些解决民办高等教育可持续发展问题的外部对策（$S_1 - S_{17}$）。你是否同意？如果同意，请在对应的"是否同意"栏中打"√"。

表1：民办高等教育可持续发展外部对策

	外部对策	是否同意
S_1	转变政府职能，减少微观干预，尊重民办高校的自主法人地位	
S_2	形成大教育体系观，实现民办高校教育系统的生态平衡	
S_3	创造公平的教育市场竞争法则	
S_4	完善社会中介制度，发挥中介组织在民办高等教育领域中的作用	
S_5	明确民办高校的法律地位，完善民办高校立法	
S_6	加速出台民办教育的地方立法，优化政策环境	
S_7	为民办高校发展提供公平的外部环境	
S_8	建立完善的民办高校学生资助体系	
S_9	对民办高校招生予以政策上的照顾	
S_{10}	区别营利性民办高校和非营利性民办高校，政府给予非营利性民办高校财政支持	
S_{11}	创造条件，让商业银行主动介入民办学校的发展	
S_{12}	深化民办高等学校的劳动人事制度和社会保障制度改革	
S_{13}	为民办高校制订相应评估标准，建立民办高校质量的监督保障体系	
S_{14}	有关部门和民办高等学校合作，使学校的管理透明化	
S_{15}	进一步拓展民办高等学校办学的自主空间	
S_{16}	创新投资体制，吸引社会各界投资民办高等教育	
S_{17}	创新办学体制，为民办高校提供更加灵活的办学模式	

以上这些民办高等教育的外部对策中，有一些可能是相互有关联的，比如 S_5 "明确民办高校的法律地位，完善民办高校立法"和 S_6 "加速出台民办教育的地方立法，优化政策环境"相互之间就可能有关联，您就在 S_5 后面栏目中写上 S_6，在 S_6 后面栏目中写上 S_5。注意有些对策可能同两个或三个对策有关联。请你在下表中，逐一将每条对策有关联的对策的序号写出来。

表2：民办高等教育可持续发展外部对策的相互关系

（注意：只标注您同意的对策）

	外部对策	相关对策序号
S_1	转变政府职能，减少微观干预，尊重民办高校的自主法人地位	
S_2	形成大教育体系观，实现民办高校教育系统的生态平衡	
S_3	创造公平的教育市场竞争法则	
S_4	完善社会中介制度，发挥中介组织在民办高等教育领域中的作用	
S_5	明确民办高校的法律地位，完善民办高校立法	
S_6	加速出台民办教育的地方立法，优化政策环境	
S_7	为民办高校发展提供公平的外部环境	
S_8	建立完善的民办高校学生资助体系	
S_9	对民办高校招生予以政策上的照顾	
S_{10}	区别营利性民办高校和非营利性民办高校，政府给予非营利性民办高校财政支持	
S_{11}	创造条件，让商业银行主动介入民办学校的发展	
S_{12}	深化民办高等学校的劳动人事制度和社会保障制度改革	
S_{13}	为民办高校制订相应评估标准，建立民办高校质量的监督保障体系	
S_{14}	有关部门和民办高等学校合作，使学校的管理透明化	
S_{15}	进一步拓展民办高等学校办学的自主空间	
S_{16}	创新投资体制，吸引社会各界投资民办高等教育	
S_{17}	创新办学体制，为民办高校提供更加灵活的办学模式	

您认为民办高等教育可持续发展的外部对策还有那些：

二、解决我国民办高等教育可持续发展问题的内部对策

解决民办高等教育可持续发展，不仅需要为民办高等教育提供一个良好的外部环境，也要求民办高等教育内部良好的对策。

下面是一些解决民办高等教育可持续发展问题的内部对策。你是否同意？如果同意，请在对应的"是否同意"栏中打"√"。

表3：民办高等教育可持续发展内部对策

	内部对策	是否同意
S_1	面向市场需求，培养应用性人才	
S_2	准确、科学定位，实现与公办高校的"异轨竞争"	
S_3	加强全面建设与改革创新，促进学校的健康发展	
S_4	依据地区经济社会发展和教育规律要求，确定应用型大学的发展方向	
S_5	优化师资结构，加强教师培训和师资队伍建设	
S_6	坚持以"学生发展"为本的理念	
S_7	将职业教育和人文素质教育相结合，培养可持续发展的人才	
S_8	树立科学的教学质量观，以市场和就业为导向，构建应用型专门人才的培养模式	
S_9	坚定地面向市场，依法自主办学	
S_{10}	推进民办高校的实验室建设	
S_{11}	加强自律、诚信办学，提高社会声誉，塑造品牌形象	
S_{12}	营造良好的学校文化环境，培育大学文化和大学精神	
S_{13}	深化毕业认证模式（在学生毕业时取得学历证书和相应的资格认证）	
S_{14}	健全、完善和坚持董事会领导下的校长负责制	
S_{15}	调整运行机制，加强日常管理	
S_{16}	注重教育质量的产出性评价，完善民办高校内部教育质量监控体系	
S_{17}	加强与国外高校和国内企业的合作	

以上这些民办高等教育的内部政策中，有一些可能是相互有关联的，比如 S2 "准确、科学定位，实现与公办高校的异轨竞争"和 S4 "优化师资结构，加强教师培训和师资队伍建设"相互之间就可能有关联，那您就在 S2 后面栏目中写上 S4，在 S4 后面栏目中写上 S2。注意有些对策可能同两个或三个对策有关联。请你在下表中，逐一将每条对策有关联的对策的序号写出来。

表4：我国民办高等教育可持续发展外部对策关系

（注意：只标注您同意的对策）

	内部对策	相关对策序号
S_1	面向市场需求，培养应用性人才	
S_2	准确、科学定位，实现与公办高校的"异轨竞争"	
S_3	加强全面建设与改革创新，促进学校的健康发展	
S_4	依据地区经济社会发展和教育规律要求，确定应用型大学的发展方向	
S_5	优化师资结构，加强教师培训和师资队伍建设	
S_6	坚持以"学生发展"为本的理念	
S_7	将职业教育和人文素质教育相结合，培养可持续发展的人才	
S_8	树立科学的教学质量观，以市场和就业为导向，构建应用型专门人才的培养模式	
S_9	坚定地面向市场，依法自主办学	
S_{10}	推进民办高校的实验室建设	
S_{11}	加强自律、诚信办学，提高社会声誉，塑造品牌形象	
S_{12}	营造良好的学校文化环境，培育大学文化和大学精神	
S_{13}	深化毕业认证模式（在学生毕业时取得学历证书和相应的资格认证）	
S_{14}	健全、完善和坚持董事会领导下的校长负责制	
S_{15}	调整运行机制，加强日常管理	
S_{16}	注重教育质量的产出性评价，完善民办高校内部教育质量监控体系	
S_{17}	加强与国外高校和国内企业的合作	

您认为民办高等教育可持续发展的内部对策还有那些：

最后请您完整填写您的个人信息（有选择的信息请打"√"）：

性别：<u>男/女</u>　年龄：_____岁　本人所在地区：_____省_____市

职务：<u>教师/职员/中层管理者/校级管理者/研究者/官员</u>

职称：<u>初级/中级/高级/无职称</u>

学历：<u>高中/专科/本科/硕士/博士</u>　工作时间：_____年

在民办高校工作时间：_____年

附录四：国内公办与民办高校
学生数量比较

1995 年－2008 年中国公办高等教育和民办高等教育变化情况

年份	在校生/ 万人	毛入 学率/ %	公办高等教育/ 万人		民办高等教育/ 万人	
			4 年制	3 年制	4 年制	3 年制
1995	290.64	6.86	163.82	126.82		—
1996	302.11	8.03	179.46	116.30		6.34
1997	317.44	8.84	198.61	107.82		11.00
1998	340.87	9.76	223.46	97.61		19.80
1999	413.42	10.50	272.44	106.34		29.80
2000	556.09	11.20	340.02	179.57		36.50
2001	719.07	12.90	424.37	248.58		46.11
2002	903.36	15.00	527.08	313.16		63.12
2003	1108.56	17.00	629.21	367.25		112.10
2004	1333.50	19.00	669.24	493.65	68.6	102
2005	1561.78	21.00	748.32	600.83	100.5	112.13
2006	1738.84	22.00	804.35	654.00	138.99	141.5
2007	1884.90	23.00	837.50	697.71	186.8	162.88
2008	2021.02	23.30				

数据来源：教育部发展规划司.《中国教育统计年鉴》历年. 人民教育出版社

附录五：美国公办与私立高校
学生数量比较

1943 年 – 1966 年美国 18 – 24 岁高等教育适龄青年入学状况

年代	总数（万人）	高等教育毛入学率/%	公立		私立	
			4 年制/万人	2 年制/万人	4 年制/万人	2 年制/万人
1943 – 44	115.5	6.8	51.1	6.1	55.6	2.8
1945 – 46	167.7	10.0	72.4	11.0	79.6	4.7
1946 秋	207.8	12.5	—	—	—	—
1947 秋	233.8	14.2	98.9	16.3	112.7	5.9
1948 秋	240.3	14.7	103.2	15.4	116.1	5.7
1949 秋	244.5	15.2	103.6	17.1	117.9	5.8
1950 秋	228.1	14.3	97.2	16.8	109.2	5.0
1951 秋	210.2	13.4	88.2	15.6	102.0	4.4
1952 秋	213.4	13.8	91.0	19.2	98.6	4.7
1953 秋	223.1	14.7	97.6	21.0	99.7	4.8
1954 秋	244.7	16.2	111.2	24.1	105.2	4.1
1955 秋	265.3	17.7	121.1	26.5	113.4	4.3
1956 秋	291.8	19.5	135.9	29.8	121.1	5.0
1957 秋	332.4	22.0	—	—	—	—
1959 秋	364.0	23.8	—	—	—	—
1961 秋	414.5	23.6	—	—	—	—
1963 秋	478.0	27.7	234.1	74.0	158.8	11.1
1964 秋	528.0	28.7	259.3	87.5	169.8	11.4
1965 秋	592.1	29.8	292.8	104.1	182.0	13.2
1966 秋	639.0	30.7	316.0	118.9	190.4	13.7

统计资料来源 U. S. Department of Education，NCES，120 *Years of American Education：A Statistical Portrait@* ，*Edited by Thomas D. Snyder，January* 1993. 注：原统计表缺 1958. 1960. 1962 三年的统计数据。表中标有 "—" 则表明该项统计数据缺。[12]

后　记

本书是在我的博士论文的基础上修改而成文的。2007 年我从北京大学博士毕业后，一直想能够将我的毕业论文整理成书，但是繁忙的教学和科研工作几乎占用了我的所有时间，中间几次开始修改，几次又停顿下来，最后终于在朋友和师长们的督促下成文，感觉终于完成了一件重要的事情。

虽然在我的博士论文的后记中已经提到了许多帮助和支持我的人，但是在这里我还是怀着激动的心情，再次表达我的感激之情。

首先要感谢我的导师丁小浩教授，能够成为她的学生，真是非常幸运。从她的一言一行中，我学会了对待学问的认真和严谨，对待他人的宽厚和豁达，对待生活的热爱，我对她的感激真是无以言表。

感谢我的校外导师张德祥教授，他严谨的治学作风深深地影响了我。每次有机会同他进行交流，都能够从他高屋建瓴的谈话中吸取到营养，导师的学问和人品是我永远的学习榜样。

感谢北京大学党委书记闵维方教授、教育学院原常务副院长陈学飞教授、现任院长文东茅教授、副院长阎凤桥教授和李文利教授，正是由于他们的努力，无论是学习期间和毕业之后，都为我们这些学生搭建起了心灵的家园！

感谢北京大学教育学院负责教务工作的侯华伟和徐未欣老师，他们一直都在为我们服务，兢兢业业。北京大学教育学院的陈向明教授、陈洪捷教授、马万华教授、陈晓宇教授、岳昌君教授、郭建如老师、王蓉老师、赵国栋老师、鲍威老师等等，他们都以不同的方式给予了我极大的帮助。

感谢我在博士学习期间的班长张贵龙，和一起同窗 4 年的同学张艳、王菊、庞海芍、巩建闽、邹斌、刘洪宇、牟海松、黄伟、仵志勇、周红卫、严加红、何旭明、范秀仁，我们一起学习、一起讨论，在困难是我们相互扶持，在高兴的时候一起欢庆，这段求学时光成为了我最美好的回忆。

感谢我的好友吴永才、赵伟、白红兵，他们在一直默默的支持着我。原辽宁省教育厅法规处的齐红深处长、陶黄副处长和现任辽宁省社管办的张丽佳主任和任红老师，他们都在以各种方式支持我的写作。

在论文的写作中，我几乎访问了辽宁省和陕西省的所有民办高校，他们为我的论文提供了重要的资料数据，在此深表谢意。

我的家人，在我攻读博士期间给予了我莫大的支持与鼓励，使我能够在不惑之年开始新的学业，并按时毕业，对于他们的付出，我一生都难以报答。我的弟弟和弟妹，他们也是民办高等教育的亲历者，在我做博士论文的时候，一直在支持我，在此深表感谢！

本文融入了我的辽宁省"十一五"规划的课题的成果，该课题是同我的学生王鸿和黄帅一起作的研究，对他们的支持表示感谢！

本书能够得以出版，多蒙科学出版社的支持，他们对本书做了全面修改和补正，感谢他们所付出的一切。

姜　华
2010 年 12 月
于东北大学